本书获中央财政资金资助教师专业素养提升项目的资助

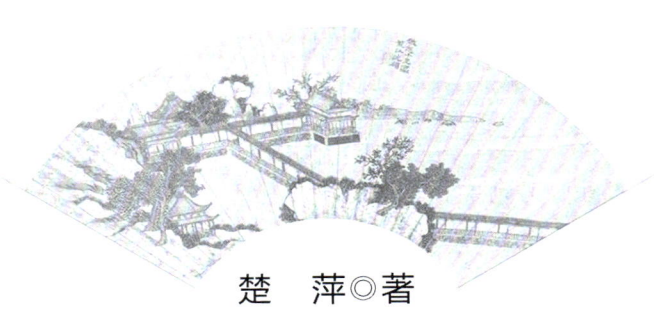

楚　萍◎著

吴伟业
戏曲作品研究

中国社会科学出版社

图书在版编目（CIP）数据

吴伟业戏曲作品研究/楚萍著. —北京：中国社会科学
出版社，2017.10
ISBN 978 - 7 - 5161 - 9798 - 1

Ⅰ.①吴…　Ⅱ.①楚…　Ⅲ.①古代戏曲—文学研究—
中国—明清时代　Ⅳ.①I207.37

中国版本图书馆 CIP 数据核字（2017）第 018651 号

出 版 人	赵剑英	
责任编辑	郭晓鸿	
特约编辑	席建海	
责任校对	季　静	
责任印制	戴　宽	

出　　版	中国社会科学出版社	
社　　址	北京鼓楼西大街甲 158 号	
邮　　编	100720	
网　　址	http://www.csspw.cn	
发 行 部	010 - 84083685	
门 市 部	010 - 84029450	
经　　销	新华书店及其他书店	

印　　刷	北京明恒达印务有限公司	
装　　订	廊坊市广阳区广增装订厂	
版　　次	2017 年 10 月第 1 版	
印　　次	2017 年 10 月第 1 次印刷	

开　　本	710 × 1000　1/16	
印　　张	15.75	
插　　页	2	
字　　数	201 千字	
定　　价	69.00 元	

序

楚萍的《吴伟业戏曲作品研究》是在她的博士学位论文的基础上增改而成的。今年春末，楚萍把修改过的稿子发给我，嘱我为她即将出版的书写序，我没有犹豫就答应了。因为我了解楚萍撰写这部书稿的经历，也了解书稿逐步完善的过程。正因为如此，这部书能够出版，我尤其感到欣慰。我想通过这篇"序"，记下我和楚萍共同经历的一段时光，也谈谈这本书的亮点所在。

第一次见到楚萍是在硕士研究生入学的面试会上。那是 2005 年的春夏之交，楚萍即将从山东大学中文系本科毕业，作为保送生到中国社会科学院文学研究所参加面试。她留给我的最初印象是朴实又透着机灵。选择她做我的硕士研究生，这最初的印象起了很大的作用。

攻读硕士学位的三年，楚萍的科研与学习、学位论文的选题和写作都按部就班，完成得比较顺利。硕士学位论文的论题是关于明代戏曲家李开先的。2007 年的春天至夏天，她写出一部分稿子就交给我，我看过后返还给她修改，这样她陆陆续续地交稿，我一部分一部分地看，没有出现赶着看稿、改稿的紧张阶段。那年秋天，我将赴丹麦哥本哈根大学进行学术访问。在我动身之前，楚萍的硕士毕业论文已经基本定稿。2008年夏初，我还在丹麦，楚萍的硕士毕业论文答辩会我请邓绍基先生安排主持。后来得知，就是在那之后不久，邓先生的病症开始显现。近些年每念及此事，我都很难过，难抑对邓先生的怀念之情。楚萍在硕士研究生毕业的同时，报考了我的博士研究生，并顺利通过了考试。

难以预料的是，博士阶段的学习对于楚萍来说艰难了很多。人生就是如此，一个人一生中，能埋头读书、不问世事的时间不会一直持续。成年之后，生活中不可能只有书本，立足生存是排在首位的。楚萍在被录取之前已经和一个公司签约，因此她放弃了好不容易得到的免费脱产念博士学位的机会。随之而来的是每天朝九晚五的工作节奏，工作内容和所学专业毫无关系，孩子还幼小，如此种种，使得她必须虔心坚持，才有可能完成学业。

其实，在楚萍入学之前，我和楚萍谈到过以她当时的境况以及读博士学位的艰难，她表示有思想准备，能够克服困难。入学之初，就她博士阶段的学习安排和博士毕业论文选题，我和她有一次长谈。那是在2008年9月，我刚回国不久。首先谈到她要不要继续她硕士阶段的研究论题——关于李开先及明代戏曲研究。她表示想另起炉灶，鉴于清代戏曲材料丰富，她想选关于清代戏曲的论题。围绕清代戏曲，我们谈论了不少设想，记得最后我对她说，既然这样，你就从吴伟业开始读吧。没想到，楚萍这一读，就没有从吴伟业的作品中"出来"。

当楚萍告诉我，她的博士论文打算以吴伟业的戏曲作品作为研究对象时，我有些担心。专门研究吴伟业的戏曲作品的成果比较少，正是因为吴伟业的戏曲作品一则数量较少；二则没有在戏曲舞台上流行。不像他"梅村体"诗歌那样自成一体,影响广泛。所以,学界对其诗歌的关注更多。

2013年春天,楚萍交给我的博士学位论文初稿,虽然整体说来有些单薄,但我较为放心了。论文从吴伟业的生平、交游及其戏曲作品的论述展开,逐一讨论。实际上,这是一种不容易讨好的做法,因为不是从问题出发,往往容易缺乏独特的研究角度。仔细读下来,我发现论文的长处很明显:正因为对吴伟业的戏曲作品及戏曲创作思想的专门研究相对较少,所以系统地、原原本本地评介、分析其戏曲作品的特点就有价值。论文的特点是通过细致分析剧作中人物与史传所记历史人物的异同,探讨剧作者寄寓在剧作中的特殊思想情感。再者,论文长于在戏曲作品中的情节细部发现问题,进行分析,从中显出独到的眼光和见解。例如,将《秣陵春》与《牡丹亭》对比,通过分析"离魂""梦境"与"双影"的渊源关系及其差异,以此阐发《秣陵春》对传统艺术精神的继承和创新。又通过比较《秣陵春》和《牡丹亭》两部剧作结局的不同,得出了结论:《秣陵春》用了一个男女爱情故事的框架,抒发的却是兴亡之感和故国之思。因为论据具体,分析细致,所以有说服力。

当时,我在楚萍的论文评阅书上写了这样一段话:"本论文的特点或曰创新点,一是在关于吴伟业身世经历的论述中,较细致地梳理了吴伟业与戏曲创作有关的交游以及这些不同类型的人对吴伟业的戏曲创作所产生的影响;二是细致分析了吴伟业的《秣陵春》《临春阁》《通天台》几部戏曲作品在题材选取上的特点、剧情对历史材料改造的缘由及意义等,并且将吴伟业的剧作与之前的《牡丹亭》和之后的《桃花扇》比较,论述吴伟业剧作内容上的时代特色、艺术成就及其在戏曲史上承前启后的地位和意义。论文抓住吴伟业的戏曲作品均写历史题材这一特点，从人物塑造、道具使用等方面十分细致地分析了剧作者的艺术创造成就以及所寄托的情感内涵，是这篇论文的长处。"2013 年夏初，楚萍通过了博士论文答辩。

时隔三年多，读到这部修改过的书稿，我高兴地看到，楚萍对博士论文做了较大的充实和完善，某些部分更加丰富饱满了。我想，对于吴伟业这位身处明清之际的境遇特殊的重要文学家，关于他在戏曲创作上的成就，应该有不同的、更多的研究成果问世。楚萍这部书的出版，对相关研究领域无疑是有所补充、有所拓展的。我也希望，楚萍的坚韧性格能一如既往，不断发掘在学术研究方面的潜能，今后有更多的学术成果问世。

李 玫

2016 年 12 月 23 日于北京

目　　录

第一章　吴伟业研究综述

第一节　吴伟业生平评介

吴伟业，字骏公，号梅村、灌隐主人、鹿樵生，明末清初著名的诗人、戏曲家和书画家。他生于明朝万历年间，师从复社领袖张溥，中崇祯四年会试第一、殿试第二，其试文被崇祯帝亲批"正大博雅，足式诡靡"①，并亲赐吴回乡归娶。他在明代历官翰林院编修、东宫侍讲、南京国子监司业、左中允、左谕德、弘光朝少詹事。明亡后归家隐居，誓不出仕。但迫于清政府的高压和双亲的教促，于顺治十年违心仕于清廷，为秘书院侍讲、国子监祭酒。顺治十三年十月，嗣母去世，上书请假奔嗣母丧，顺治十四年初抵家，此后未再出仕。其事见于《清史列传·贰臣传》《清史稿·文苑传》、嘉庆《太仓州志·人物列传》（二）、程穆衡《娄东耆旧传·吴伟业传》。

---

① 吴伟业：《太仓州志·人物列传》，转引自吴伟业著《吴梅村全集》附录一，李学颖集评标校，上海古籍出版社1990年版，第1418页。

综观吴伟业的一生，有几个重要的转折点值得特别关注。

一是师从复社领袖张溥。张溥，字天如，号西铭，太仓人，与吴伟业同乡。其伯父张辅之曾为南京工部尚书。张溥之母为其父侍婢，出身低微，一度被赶出张家，母子二人相依为命。张溥读书十分刻苦，其所读之书必手录七次，故其书斋称"七录斋"。他认为当时的腐儒穷其毕生精力钻营于八股文，目光短浅，于修身、齐家、治国、平天下无益，乃有志于兴复古学，倡导以古学兴天下。他后来创建的复社，即取"兴复古学"之意。吴伟业跟随父亲在王在晋家塾读书期间，曾与李明睿相处过一段时间。李明睿一见吴伟业，大加赞赏，预言张溥将以古学兴天下，力劝其父吴琨使伟业跟随张溥学习。据说曾有孩子窃取吴伟业的文稿投赠张溥，张溥一见，大为叹赏，"文章正印，其在子矣"①，亲自延请伟业至其家，相与讲求"通经博古"之学。明朝末年，阶级矛盾、民族矛盾复杂，朝廷内部也矛盾丛生，顾宪成、高攀龙领导的东林党在兴复古学的同时，以家国天下为己任，在铲除魏忠贤阉党的过程中发挥了一定作用。明末文人以兴复古学为号召的党社为数不少，在吴伟业生活的太仓周围，即有松江陈子龙领导的"几社"、太仓张溥领导的"应社"。吴伟业师从张溥之时，张溥周围已集聚了大批以兴复古学为己任的文人，如张采、杨廷枢、陈子龙、万寿祺、阎尔梅、沈眉生、黄宗羲等，甚至后来臭名昭著的吴昌时当时也与张溥等人交好。崇祯元年，张溥贡入太学，扩大了交游范围，结识了众多名人，名满京都。崇祯二年，张溥以兴复古学、致君泽民为号召，集合大江南北众文社，成立"复社"，并召开尹山大会，一时声势倾动朝野。崇祯三年，吴伟业等人参加南京省试，复社士子中式者颇多，吴伟业、杨廷枢、万寿祺、阎尔

---

① 顾湄：《吴梅村先生行状》，转引自吴伟业著《吴梅村全集》附录一，李学颖集评标校，上海古籍出版社 1990 年版，第 1403 页。

梅、吴继善、吴克孝、彭宾等人皆入选，复社号召力进一步增强。崇祯四年二月，吴伟业会试第一，殿试第二，崇祯帝亲赐归娶，一时传为美谈。可以说，吴伟业师从张溥之后，在张溥及复社的影响下，扩大了自身的影响力，最终走上了科举入仕这条道路。但也正因为吴伟业入仕之初即贴上了复社的标签，其政治生涯也变得更加起伏动荡。

二是崇祯帝自缢，清兵入关，明朝覆亡。吴伟业在明朝的政治生涯虽如履薄冰，胆战心惊，但他始终认为，自己深受崇祯帝厚恩。他在崇祯四年会试第一、殿试第二的名头，曾使温体仁一党甚为不满，并借机弹劾其座主周延儒。崇祯帝亲阅吴伟业的会试试卷，评价很高，认为其试文"正大博雅，足式诡靡"，并亲赐归娶，使吴伟业一生引以为荣。崇祯九年秋，吴伟业奉命典湖广乡试，作为主考官，为明朝拔擢了一批才子名士。崇祯十一年二月初七，皇太子出阁，就讲文华殿，崇祯帝亲问伟业《尚书》大义，对他的讲解十分满意，赐其瓜果等物。《梅村家藏稿》卷二十二有《风流子（掖门感旧）》："记当日，文华开讲幄，宝地正焚香，左相按班，百官陪从，执经横卷，奏对明光。至尊微含笑，《尚书》问大义，共退东厢。忽命紫貂重召，天语琅琅，赐龙团月片、甘瓜脆李，从容晏笑，拜谢君王。"① 崇祯十二年，伟业奉命赴河南封延津、孟津二王。后因母病，改任南京国子监司业。可见，崇祯一朝，吴伟业时时小心，因而并未出现贬官甚至罢官等事，甚至还几次得到了崇祯帝的赞赏，对于刚愎自用、猜忌成性的崇祯帝来说，实属难得。因此，吴伟业始终感念崇祯帝的恩德。崇祯十七年，李自成农民军攻破北京，崇祯帝自缢煤山（今景山）。消息传到太仓，正在隐居的吴伟业痛苦不已，亦投绳，被家人发现后解救下来。清兵入关后，他曾与好友王翰相约出家，但因家人劝阻，终未成行。正因未能追随崇祯帝而去，吴

---

① 吴伟业：《吴梅村全集》，李学颖集评标校，上海古籍出版社1990年版，第579页。

伟业始终心怀愧疚，欲以遗民自终。顺治九年，清两江总督马柱国奉旨举荐地方人才，疏荐吴伟业于朝。伟业闻讯后愤懑烦忧，抱病家居。侯方域听说后，致书吴伟业，历数其出仕之"三不可""二不必"①，劝其珍重名节（《与吴骏公书》），吴伟业的复书已不存，但侯方域之友贾开宗曾亲见吴伟业复书，言辞慷慨，并发誓"必不负良友"②。贾开宗特意在侯方域《壮悔堂集》之《与吴骏公书》后书写了自己的感想。因《壮悔堂集》付刻时，吴伟业还未被迫应召，故其后还有"其后当事敦迫，卒坚卧不出"③之句，并对吴伟业其人及其复侯方域之书评价颇高。可见，直到顺治九年末，吴伟业仍是选择坚持做遗民，不应清廷之征召。这体现出吴伟业对崇祯帝，对明王朝的深厚感情。

三是出仕清廷。从记载来看，顺治十年之前，吴伟业坚持不出仕清廷。但随着清廷日益严厉的敦促，吴伟业也不得不为未来打算。顺治十年四月初，吴伟业亲至南京，拜谒两江总督马柱国，上《辞荐揭》，并作二诗相赠，表示其不愿出仕之意。但吴伟业也听到、看到清廷征召的严苛。据《清史稿》记载，康熙十二年，明遗民傅山被召举博学鸿词，以老病辞，清廷"令役夫舁其床以行"④。可以想象，顺治年间的征召当比康熙年间更为激烈。吴伟业本就"清羸善病"，自知其必须出仕清廷后，于顺治十年秋抱病入京，直到顺治十一年夏以后身体才逐渐恢复。对于吴伟业来说，这次入仕，成了一生最大的污点，不仅备受众人訾议，即使从自己的良心来说，也是万万不可原谅的。

据焦循《剧说》卷六记载：吴伟业被清廷启用，即将启程时，士绅

① 侯方域：《壮悔堂集》卷三，四部备要本，（台湾）中华书局 1981 年版，第 18—19 页。

② 同上书，第 19 页。

③ 同上。

④ 赵尔巽等：《清史稿》卷 501 列传 288《遗逸二》，中华书局 1977 年版，第 13855 页。

为其饯行。座中有吴伟业之友张南垣，其为明末清初著名的园林大师，特别擅长叠石为山。践行宴会上上演《烂柯山》传奇，讲的是朱买臣的故事。朱买臣未发迹时，只是一穷苦书生，其妻崔氏不满清苦的生活，逼朱买臣写了一纸休书，改嫁张木匠。演至张木匠时，因张南垣在座，伶人将其改为"李木匠"。吴伟业用扇子敲打着小几说："有窍。"意即伶人将剧中的木匠改名换姓为很识趣之举。此时满座哄堂大笑。当演到朱买臣发迹，衣锦还乡，其妻上前认夫，被朱买臣拒绝时唱道，"切莫提起朱字"。张南垣也用扇子敲打着小几说："无窍。"意即吴伟业应清廷之召，其行为如同朱买臣之妻改适张木匠，违背了士大夫的"贞节"，是很不识趣的行为。张南垣之语令在座诸人愕然，吴伟业也因羞愧而失色①。

焦循此条记载摘自黄宗羲《撰杖集·张南垣传》，黄宗羲与吴伟业相善，当不至无中生有。可见，吴伟业的仕清，在当时引起了很大的议论。外界的议论越大，吴伟业心中的悔愧也就越多。其实，掐头去尾，吴伟业在清廷也就两年多的时间，其间先后经历了陈名夏的惨死、陈之遴的流徙宁古塔，自己时时处于危疑之中，非但未有实际的利益，反而白白丧失了名节。归家不久，奏销案起，吴伟业的名籍被褫夺，这恰恰遂了他的心愿，从此再也不用为此心怀愧疚了。即便如此，他还是不能原谅自己的过失，其悔恨之情不仅见于诗篇，如"我本淮王旧鸡犬，不随仙去落人间"（《过淮阴有感》）②、"故人往日燔妻子，我因亲在何敢

---

① 焦循《剧说》原文如下："张南垣精于累石，而善滑稽。吴梅村起用，士绅饯之，演《烂柯山》传奇。至张石匠，伶人以南垣在座，改为李木匠。梅村以扇确几，曰：'有窍！'哄堂一笑。及演至买臣妻认夫，唱'切莫提起朱字'，南垣亦以扇确几，曰：'无窍！'满堂为之愕眙，而梅村失色。"中国戏曲研究院编：《中国古典戏曲论著集成》之八，中国戏剧出版社1959年版，第204页。

② 吴伟业：《吴梅村全集》，李学颖集评标校，上海古籍出版社1990年版，第398页。

死，憔悴而今至于此"（《遣闷》其三）①、"为当年沉吟不断，草间偷活。脱妻孥非易事，竟一钱不值何须说"（《贺新郎·病中有感》）②，至死也不敢忘怀，令其子在他死后"殓以僧装"（见顾湄《吴梅村先生行状》）③，以见九泉之下的崇祯帝和殉国诸友。

吴伟业的一生，前半生与"党祸"相始终。他自出仕起就贴上了"复社"的标签，卷入了复杂的政治斗争中。他生于明末，亲身经历了阶级矛盾、民族矛盾十分尖锐的时期，既有仇视农民起义的心理，又有同情下层民众多灾多难生活的感情。他与复社人士陈子龙、杨廷麟、杨仕聪，明末四公子中的侯方域、冒襄、陈贞慧等人相友善，同阉党遗毒及误国误民的奸权做斗争，在政治上可以算是积极的、先进的。他还是著名的诗人，与钱谦益、龚鼎孳合称"江左三大家"，学习元稹、白居易长篇歌行体诗歌的写法，开创了诗歌史上的"梅村体"，风华独胜，情韵为深，留下了《圆圆曲》《鸳湖曲》《永和宫词》《箫史青门曲》《洛阳行》等脍炙人口的"梅村体"诗歌。他的词以描写细致、刻画入微见长，多写女性情怀和离情别绪，具有江南词作清丽芊眠的特色。不仅如此，他还涉足戏曲领域，创作了传奇《秣陵春》和杂剧《通天台》《临春阁》，借戏曲这一形式，抒发了故国之思和兴亡之感，在明末清初的戏曲史上具有十分重要的地位。同时，吴伟业还是著名的书画家，其书法赵孟頫，好作山水画，深谙董其昌、黄公望笔法，笔墨清疏秀雅，传世作品有《山水图》《桃源图》《南湖春雨图》《溪山无尽图》等。

吴伟业的交游十分广泛，不仅有当时的达官显贵，还有艺术家、方外之人，甚至还有下层的妓女、戏曲演员、民间艺人。概括来看，主要

---

① 吴伟业：《吴梅村全集》，李学颖集评标校，上海古籍出版社1990年版，第260页。
② 同上书，第585页。
③ 同上书，第1406页。

有六大类：一是明末的政治清流，如陈子龙、杨廷枢、杨廷麟、范景文等人；二是家乐主人，如吴昌时、徐汧、李明睿、王时敏、朱必抡、徐懋曙、吴绮、宋敬舆、魏裔介等人；三是戏曲家，如尤侗、李玉、李渔、袁于令等人；四是戏曲演员，如王紫稼、刘冬儿、寇白门、卞玉京，其中刘冬儿、寇白门、卞玉京等人还是明末著名的妓女，均以演唱昆曲著名；五是当时的民间艺人，如善说书的柳敬亭，善于昆曲清唱的苏昆生、善鼓琴的王生、善歌的朱乐隆等人；六是方外之人，如善诗的苍雪和尚，曾相约出家的愿云和尚（即好友王翰）等人。

第二节　吴伟业研究综述

　　吴伟业的一生，无论从政治生涯、生平交游，还是从文学创作、艺术成就方面来看，都显得比较复杂，难以用简单的语言来概括。明亡是他人生中的大事，未能追随崇祯帝而去成为他终身的遗憾。作为明代遗民，他在崇祯王朝覆灭后不久，便开始思索明亡的原因。仕清是他人生重要的分水岭，从此之后，他不能再以明末遗民的身份自处。深受儒家思想忠君观念影响的他，成了被人不齿的"两截人"，承受着来自社会和自身的双重精神压力，时时遭受着良心的谴责。这种谴责投射到文学作品中，就具有了很强的自我批判精神和自省的力量，"我本淮王旧鸡犬，不随仙去落人间""竟一钱不值何须说"这样的自我批判在其作品中屡见不鲜。

　　对于吴伟业的研究，其实从吴伟业尚在人世的时候就已经开始了。康熙七年，吴伟业门生顾湄、周瓒编成《梅村集》四十卷，其中诗歌十八卷，词二卷，文二十卷，许旭、周肇、王昊等人参与校订。陈瑚为其作序，将吴伟业拟于杜甫和韩愈。康熙十年，吴伟业去世，严正矩、尤侗、杜濬、姜埰、沈受宏、周茂源、张锡怿先后写作诗文进行哭祭，对吴伟业的一生做出了评价，尤其关注他不得已仕清一事，并高度评价了他在诗、词、曲等方面的成就。如尤侗《祭吴祭酒文》："呜呼，先生之文如江如海，先生之诗如云如霞，先生之词与曲烂兮如锦，灼兮如花。其华而庄者如龙楼凤阁，其清而逸者如雪柱兵车，其美而艳者如宝钗翠钿，其哀而婉者如玉笛金箫。其高文典册可以经国，而法书、妙画，亦自名家，岂非才人大手，死而不朽者耶！"① 对吴伟业在诗、词、曲、文、书、画等方面的成就极力赞扬。康熙十二年七月，太仓人顾湄因吴伟业之侄吴晓之请，为其撰写《吴梅村先生行状》。康熙四十五年冬，陈廷敬因吴伟业之子吴暻之请，为其撰写《吴梅村先生墓表》。这都是对吴伟业的人生经历进行梳理所做的初步研究。

后人对吴伟业的研究，多集中在其人、其诗、其曲三个方面，下面分别论述之。

一 吴伟业其人研究

后人对吴伟业其人的研究，初始集中于其出仕清廷一事。《清史列传》将吴伟业放入《贰臣传》，是将吴伟业作为变节之人看待的，从其价值取向上认为吴伟业其人节行有亏，不值得肯定。但《清史稿》又将其放入《文苑传》，认为"伟业学问博赡，或从质经史疑义及朝章国故，无不洞悉原委。诗文工丽，蔚为一时之冠，不自标榜"②，将吴伟业当作儒林士子、谦谦君子看待。可见，前人对吴伟业其人的态度是不

---

① 尤侗：《祭吴祭酒文》，转引自吴伟业著，李学颖集评标校《吴梅村全集》附录，上海古籍出版社1990年版，第1419页。

② 赵尔巽等：《清史稿》卷484《文苑传一》，中华书局1977年版，第13325页。

一的。道光二十年，顾师轼根据前人为吴伟业诗歌所作笺注中有年月可考的部分，编辑《梅村先生年谱》。其谱简略，且顾氏编辑此谱之前，尚未及见后来董康发现的《梅村家藏稿》，因此以诗歌中所咏之事发生的时间为诗作系年，多有误漏。如顾谱将《鸳湖曲》创作时间系于顺治四年，经叶君远先生考证，应作于顺治九年；顾谱将《永和宫词》创作时间系于崇祯十五年（此年为田贵妃死年），经考证，应作于顺治二年三四月间。民国十七年，日本人铃木虎雄根据顾湄的《吴梅村先生行状》、陈廷敬的《吴梅村先生墓表》《清史列传·贰臣传》、沈德潜的《清诗别裁集》、郑方坤的《清名家诗人小传》所录《梅村诗钞小传》以及顾师轼的《梅村先生年谱》，审定讹漏，编订《吴梅村年谱》。后来，又有马导源编订的《吴梅村年谱》，基本抄录铃木虎雄编订的年谱，无所建树。

新中国成立后，因吴伟业曾仕清，对其研究曾一度搁浅。20 世纪70 年代末，叶君远先生跟随冯其庸学习，始全面研究吴伟业。叶先生纵览史料，审定此前吴伟业各种年谱的错误之处，重新编订《吴梅村年谱》。其建树有：一是考订了吴伟业学习作诗的时间，对其大部分诗歌进行系年，打破了《四库全书总目提要》和赵翼认为的"吴梅村祭酒，入手不过一艳材耳"（朱庭珍：《筱园诗话》卷二）[①] 的观点，而是分析其早期所写的《殿上行》等诗歌，认为缠绵悱恻并非吴伟业早期诗歌的真实面目。二是厘定了吴伟业仕清、辞官的大致时间。三是考订了吴伟业传奇《秣陵春》和杂剧《通天台》《临春阁》的最晚作期。在《吴梅村年谱》的基础上，叶先生相继写作了《吴伟业评传》《吴伟业与娄东诗传》《清代诗坛第一家：吴梅村诗歌研究》《吴梅村传》等书。

进入 21 世纪，吴伟业研究日渐兴盛，先后有徐江的《吴梅村研究》、施祖毓的《吴梅村钩沉》、高章采的《官场诗客》、王振羽的《梅

---

① 吴伟业：《吴梅村全集》，李学颖集评标校，上海古籍出版社 1990 年版，第 1516 页。

村遗恨：诗人吴伟业传》等带有钩沉、传记性质的研究作品相继出版。其中，施祖毓的《吴梅村钩沉》中引用了大量史料，以证实吴梅村曾有抗清的真实行动，可惜猜想成分较多，可信度较小。

另外，吴伟业的心态仍是研究的重点，越来越多的高校学生开始关注吴伟业仕清一事及对他有重要影响的政治事件，并对其心态进行考论，出现了一批有代表性的硕士、博士学位论文，如王于飞的《吴梅村生平创作考论》、杨碧云的《吴伟业仕清心态考论》、韩晓庆的《诗人吴梅村的政治心态与生命观》等。

二　吴伟业诗歌研究

乾隆三年，程穆衡的《吴梅村诗集笺注》初稿成，书中引用明末清初的史料，对《梅村集》中的诗歌进行笺注。乾隆三十年，程穆衡取原笺注本"分散其类，依年排次"①，编为十二卷，并增加"诗馀"为第十三卷。乾隆四十年，靳荣藩编辑《吴诗集览》二十卷并付刻。该书曾就正于程穆衡，并同多人商榷。乾隆四十六年，杨学沆为程穆衡所作《吴梅村诗集笺注》作补注，并自吴伟业玄孙处借抄《梅村诗话》附在卷尾。嘉庆十九年，吴翌凤的《吴梅村诗集笺注》刻成。此书改订靳荣藩《集览》中的穿凿附会之处，去其琐碎芜杂。严荣自信此书一出，靳荣藩所编《吴诗集览》就可以废弃不用了。②宣统二年，武进人董康得的《梅村家藏稿》六十卷，釐为五十八卷，第二年刻成问世。程穆衡笺注、杨学沆补注、靳荣藩集览、吴翌凤笺注虽各有谬误及穿凿附会之处，但至今仍是研究吴伟业诗歌，尤其是吴伟业诗歌所言之事、之人的重要参考文献。

---

① 冯其庸、叶君远：《吴梅村年谱》，文化艺术出版社 2007 年版，第 471 页。

② 吴翌凤《吴梅村诗集笺注·弁言》中有"盖此书五而集览可废矣"一语，转引自冯其庸、叶君远《吴梅村年谱》，文化艺术出版社 2007 年版，第 474 页。

新中国成立后，对吴伟业诗歌的研究评价多集中于各类文学史中，论文已不多见，专著只有钱仲联先生的《梦苕盦专著二种》，采用考证、评论式的研究方法，与笺注、集览一脉相承。自叶君远先生的吴伟业研究专著出版始，尤其是进入 21 世纪后，吴伟业诗歌研究日益繁盛。研究者首先对"梅村体"进行了厘定。其次对"梅村体"部分诗歌的作期、思想内容进行了进一步探讨。姚雪垠、叶君远等人曾就《圆圆曲》所提到的陈圆圆其人、入宫时间、委身吴三桂的时间等，引经据典，进行了争论。叶君远先生还根据吴伟业与吴昌时的关系、吴伟业对吴昌时的态度，推翻了程穆衡等人关于《鸳湖曲》为"痛昌时见法而作"[①] 的观点，认为此诗乃为吴伟业感慨于吴昌时由翻手为云、覆手为雨的风光无两而至一朝被弃市的结局，感叹政局无情，提醒自己应远离政治。最后是开始关注"梅村体"诗歌以外的其他形式的诗歌，叙事诗、讽喻诗等日渐进入研究视野，出现了黄锦珠的《吴梅村叙事诗研究》、陈光莹的《吴梅村讽喻诗研究》等著作。

三　吴伟业戏曲作品研究

吴伟业戏曲作品不多，只有传奇《秣陵春》及杂剧《通天台》《临春阁》三部作品，但三者在戏曲史上仍占有重要地位，为清初文人传奇及杂剧的代表作品。《秣陵春》等作问世后，文人学者对其评价颇高。如尤侗的《梅村词序》，认为吴伟业能兼善诗、词、曲三种文体，不可多得，其戏曲作品《通天台》《临春阁》《秣陵春》，抒发了对于历史兴亡、更新换代的感叹，表达了故国之思，"盖先生之遇为之也"[②]，这完全是吴伟业自身生活经历的反映。李宜之作于顺治十年的《秣陵春序》

---

① 叶君远：《吴伟业评传》，首都师范大学出版社 1999 年版，第 63 页。
② 尤侗：《梅村词序》，转引自吴伟业著，李学颖集评标校《吴梅村全集》附录，上海古籍出版社 1990 年版，第 1495 页。

将《秣陵春》与《牡丹亭》《昙花记》《西楼记》《燕子笺》《鸳鸯棒》进行比较,认为《牡丹亭》唱词不协音律,《西楼记》有隽语而失之轻佻,《燕子笺》结构新奇,但失之于俗。《秣陵春》严格区分戏曲用韵中的阴阳之分,熟练运用宫调,不故意驰骋才情,也没有掉书袋的缺点,"字字敲打,如出莺喉燕吭间,无不歌诵妥溜,妙会谐丝竹"①,可与《拜月亭记》《琵琶记》分鼎而立。顺治康熙年间,李明睿、冒襄家乐②曾将《秣陵春》搬演上戏曲舞台,而且冒襄家乐直至冒襄去世,一直在演出《秣陵春》。

吴伟业去世后,后人对其戏曲作品的评价依然不断。况周颐《汇刻传剧序》谓:"有若骏公,以沈博绝丽之才,兼慷慨温柔之笔。搔首成今古恨,台通天而可呼;扫眉亦文武才(张贵妃、冼夫人),阁临春而谁主?续文箫之佳话,写秣陵之芳春。其间左丞醉哭数言,郁伊善感;女将边愁一曲,悱恻动人。乃至云和引凤之妍词,曲传玉润成龙之韵事。"③ 对《秣陵春》等三部作品的内容、文辞做出了高度评价。沈修用四言诗的形式分别为《临春阁》和《通天台》题词。

吴伟业写作戏曲作品,很大程度上是因为诗词文已不足以容纳其自我批判和兴亡之感,转而尝试用这种当时十分流行的文学体裁来兴发感怀。历来研究吴伟业,多着眼于其诗歌,对吴诗的题材、结构、艺术形式等进行了较为深入的研究,尤其对"梅村体"诗歌着力较多。其戏曲作品因篇目较少,且均为案头之作,受到的关注也较少,缺少系统、深入的研究。民国之前的学者、文人多关注其戏曲作品本身探讨及作者本

---

① 吴伟业:《吴梅村全集》,李学颖集评标校,上海古籍出版社 1990 年版,第 1496 页。
② 齐森华:《试论明代家乐的勃兴及其对戏剧发展的作用》,《社会科学战线》2001年第 1 期。此文中将"家乐"定义为"所谓家乐即是私人置买和蓄养的家庭戏班,它是中国古代优伶组织的一种特殊形式"。本书中沿用这一观点。
③ 吴伟业:《吴梅村全集》,李学颖集评标校,上海古籍出版社 1990 年版,第 1495 页。

人的轶事，大多蹈袭成说，认为其作品借古抒怀。清人周绮将吴伟业与尤侗、蒋士铨、李渔相提并论，"今古才人聚一编，尤、吴、蒋、李最堪怜"①，认为此四人作品是清初文坛的佼佼者。《今乐考证》《曲目新编》《重订曲海总目》《传奇汇考标目》《新传奇品》均著录吴伟业戏曲作品，且皆归入清代。杨恩寿的《词余丛话》、焦循的《剧说》均著录吴伟业观邱园《蜀鹃啼》剧本事，《剧说》选录吴伟业与张南垣观《烂柯山》演出情景，《词余丛话》也有记载，但将轶事主人吴伟业换成钱谦益，均为讽刺梅村、虞山仕清一事。总体来看，清人对吴伟业的研究多为零章碎目式评点，缺乏系统性论述，且对其仕清一事评论不一。

吴梅、郑振铎对吴伟业戏曲作品均有关注，将其戏曲作品放入戏曲史的考察范畴，对作品内容、本事、轶事进行了整理，明确吴伟业仕清乃不得已之举，其作品表现了家国之思、明亡之痛、个人之悲、出处之难。上述二人对吴伟业戏曲作品创作时间也多有论述。总体来看，多肯綮之论。

由于后人多将吴伟业视为"贰臣"，新中国成立后的很长一段时间内，吴伟业研究尤其是戏曲作品研究几近搁浅。冯其庸、叶君远先生从20世纪80年代初开始研究吴伟业，为其订正年谱，选诗注析，并写作《吴伟业评传》，对其戏曲作品的作期、内容进行了较为详细的考证和探讨，惜其对戏曲作品本身关注不多。孙利平先生所著《吴伟业其人与明清文化传播》一书，将《秣陵春》与梁辰鱼的《浣纱记》进行了比较研究，认为二者均"以离合之情，写兴亡之感"，前者是对后者的继承和发展，并对《桃花扇》的创作有启示意义。《通天台》《临春阁》作为杂剧，篇幅较小，研究更鲜力作。新中国成立后，几乎所有文学

---

① 支丰宜：《曲目新编》题词，中国戏曲研究院编《中国古典戏曲论著集成》之九《曲目新编》，中国戏剧出版社1959年版，第133页。

史、戏曲史论著均对吴伟业戏曲作品有所论述，研究论文也屡见不鲜。综合来看，吴伟业戏曲作品研究主要体现以下五方面的主题：一是作品创作时间。目前学界基本认为吴伟业戏曲作品作于明亡之后、仕清之前，但郑振铎先生认为《秣陵春》创作于明代，理由为该作品多明代的怪诞之风。也有研究者认为《秣陵春》作于仕清之后，其理由是该作中有对仕于两朝情景的描述。近年来，研究者开始以更为宽阔的视野研究《秣陵春》等剧作的创作时间，大致将其定为清顺治六年至吴伟业出仕清廷之前，如郭英德先生的《吴伟业〈秣陵春〉传奇作期新考》，从《南词新谱》的编定时间看其中收录的《秣陵春》的唱词，认为《秣陵春》创作时间应为顺治八年到顺治九年之间。另外，《通天台》的创作时间也多有争论，如张怡冰《〈通天台〉创作时间考辨》。二是作品思想感情。目前对其作品思想感情有两种相反的理解：一种认为其作品在表现家国之思、明亡之痛的同时，透露了吴伟业对仕于两朝的无奈；另一种则认为吴伟业有积极仕清的思想苗头，不值得同情。三是其作品在戏曲史上的地位。一般将其戏曲作品放入案头剧的范畴，对结构布局、辞采声律、作品内容作案头式研究，且逐步关注《秣陵春》在传奇史上承上启下作用方面的研究。四是比较研究。主要为跨文本研究、如孙利平对《秣陵春》与《琵琶行》的比较研究。五是戏曲创作心态探讨，主要有杜桂萍的《论吴伟业对戏曲文体的选择》、杨泽琴的《吴伟业戏曲创作心态发微》等。

本书作者认为，吴伟业作为一个完整的人，应对其做完整、系统的研究。其戏曲作品虽少，但能反映出清初曲坛的特点。因此，本书从以下五方面对吴伟业的戏曲作品进行了分析探究：一是对其戏曲作品进行深入研究，根据材料，分析其作品系年，解读前人成论，解析作品内容和艺术特点；二是对吴伟业在戏曲方面的活动进行研究，如与家乐主人、戏曲作者、戏曲演员的交往，从中分析影响其作品创作的因素，同时厘清其作品对当时曲坛的影响；三是将其作品放在戏曲史发展进程中进行横向、纵向比较研究，甚至将戏曲与其诗歌进行比较研究，厘清其作品传承和影响，有助于全面、深刻认识吴伟业其人，厘清吴伟业研究过程中的一些误解；四是研究"梅村体"诗歌，辨析其与戏曲等通俗文学及吴伟业戏曲创作的关系；五是对吴伟业戏曲理论进行研究，从中发现吴伟业戏曲创作与戏曲理论之间的联系。

第二章　吴伟业戏曲交游考述

　　吴伟业生活于明清鼎革之际，交游从文人、士大夫至僧人、妓女、艺人，十分广泛。明末清初为昆腔戏曲繁盛时期，无论是文人士子，还是民间艺人，都对戏曲有着非同一般的喜爱。因此，在吴伟业的交游中，有一大部分人与戏曲相关。吴伟业于顺治三四年至崇祯十年之间，集中创作了传奇作品《秣陵春》及杂剧《通天台》《临春阁》，此前或此后均未再有戏曲作品问世。但这并不意味着他断绝了与戏曲的关系，从他的种种作品来看，他还是在思考着戏曲，并对民间艺人时有提携之举。因此，将其交游对象进行归类划分，可以归为以下四种人群：一是家乐主人。他们或者自己蓄养家乐，并以家乐作为交往的一种方式，如李明睿、吴昌时、秦松龄等人；或者身兼家乐主人与戏曲创作者两重身份，以戏曲理论指导家乐演出，在演出中提高创作水平，如尤侗、李渔等人。二是戏曲作家和理论家。他们具有创作戏曲的经验，在与吴伟业的交往过程中有着共同语言，如李玉。三是下层艺人、家乐演员。他们熟悉戏曲演出规律，以其技艺征服了吴伟业等文人、士大夫，如苏昆生、柳敬亭、王紫稼等人。四是妓女。她们居于烟粉之地，迎合社会主流人群的爱好，容貌姣好，又会演唱戏曲，如卞玉京、寇湄等人。

　　在吴伟业戏曲交游中，并非所有人都对其戏曲创作或戏曲理论的形成有着直接影响，更大程度上，是一种氛围的营造。在这种氛围中，吴伟业形成了对戏曲的认识，用戏曲表达自己的感情，并以戏曲为媒介，对日后的戏曲创作发挥着影响力。

下面择要述之。

第一节　与家乐主人交游考述

家乐主人是指蓄养家乐的人员。他们蓄养家伎歌童，演唱清曲或排演戏剧、歌舞，其目的或为自娱，或为娱人，而不在于商业盈利。家乐主人本身大都有较高的文学、音乐修养水平，家乐也成为他们与人交往的一种方式或媒介。吴伟业在与他们的交往过程中，或欣赏到了家乐的演出，或以家乐为媒介，与主人杯酒为欢，建立了较深的友谊。

瞿式耜

瞿式耜，字起田，号稼轩，常熟人，万历四十四年进士，长吴伟业20岁。其祖父瞿景淳为礼部侍郎，父亲瞿汝说为湖广参议。瞿式耜本人豪爽有加，不拘小节，且为东林党人，与复社中人相友善。崇祯五年九月，吴伟业新婚后往游常熟，被瞿式耜招饮于东皋草堂，尽欢而罢。据刘水云《明清家乐研究》① 考证，瞿式耜任永历朝吏部、兵部尚书之时，抗清形势十分紧张，但仍蓄有一部家乐，可见其对歌舞戏曲的爱好程度。

崇祯九年，在首辅温体仁及其党羽蔡亦琛、薛国观等人的授意下，

---

① 转引自刘水云《明清家乐研究》，上海古籍出版社 2005 年版，第 168 页。

常熟人张汉儒疏告钱谦益、瞿式耜两人贪肆不法，太仓人陆文声疏告张溥、张采集结复社，倾乱天下。崇祯帝本就对复社心怀猜忌，至此更是揪住了复社的小辫子。崇祯十年正月，崇祯帝拟旨逮捕钱谦益、瞿式耜二人，将其下到刑部大狱，并严令穷究复社。吴伟业作为复社中人，几乎是朝廷中唯一可以施以援手之人，吴伟业为营救二人而四处奔走，并亲自去牢狱中看望。此后不久，吴伟业为瞿式耜作《东皋草堂歌》，并寄给友人陈子龙。

现存《梅村家藏稿》中未收录《东皋草堂歌》，后来冯其庸先生在上海博物馆藏的董其昌的一卷画上发现了《东皋草堂歌》全文，后有吴伟业题跋："余以壬申九月游虞山，稼轩招饮东皋草堂，极欢而罢。已而，稼翁同牧斋先生被急征于京师。余相劳请室，乃作前歌。又十余年再游虞山，值稼轩道阻不归，过东皋则断垣流水，无复昔日景物矣。乃作后歌。其长公伯申兄出董宗伯卷，并书其上。登高望远，云山渺然，俯仰盛衰，掷笔太息。"①

《东皋草堂歌》首先对瞿式耜故居东皋草堂进行了描述：东皋草堂位于常熟虞山之阳，背山面水，周围长满了松树，水中有芙蓉、蒲苇，烟树缭绕，一派隐逸风光。主人瞿式耜不久北上京师，很快被罗织罪名下狱，似乎草堂也感受到了悲哀："此时草堂来悲风，藤花葛蔓幽朦胧。洞庭波恶山鬼泣，猿鸟叫啸寒崖中。"② 虽然最终洗清了冤屈，瞿式耜被从牢狱中放出，但再也不复当日的风光。吴伟业特意安慰瞿式耜："吾闻菰城下瞰杼山湖，碧澜堂侧足欢娱。三公厅事胡为乎？"③

崇祯十二年后，吴伟业家居时间较多。崇祯十三年吴伟业任南京国

---

① 冯其庸、叶君远：《吴梅村年谱》，文化艺术出版社2007年版，第71页。
② 同上。
③ 同上。

子监司业，不久即归家。崇祯十四年至十七年期间，曾游嘉兴、南京、苏州，但未北上京师，也未去过常熟。直到顺治五年，吴伟业才至常熟，访瞿式耜故居。当时瞿式耜任永历朝史、兵部尚书，抗清于广西桂林。此时，曾经繁盛的东皋草堂一片萧条景象，瞿式耜之子不堪清廷勒索，贴出了卖宅的告示。吴伟业感慨于怀，作《后东皋草堂歌》。瞿式耜卒于顺治七年，在抗清战争中慷慨殉国。

王时敏

王时敏，字逊之，号烟客，江南太仓人，明末清初著名的书画家。

王家为太仓望族，王时敏祖父即明代大名鼎鼎的首辅王锡爵。王锡爵于嘉靖四十一年殿试高中榜眼，万历十二年，任礼部尚书兼文渊阁大学士，万历二十一年，晋内阁首辅。吴伟业入仕的过程与王锡爵有着很大的相似性。崇祯四年，吴伟业参加会试，名列第一。考官批阅试卷时，周延儒曾为确定第一、第二名的人次苦恼，当时有人说吴伟业的会试试卷行文绝似王锡爵，周延儒大喜，拿着吴伟业的试卷遍示在场之人，并再次重复"绝似王锡爵"这句话，于是吴伟业被定为第一名。殿试中吴伟业再次发挥出色，高中榜眼，与王锡爵的入仕过程再次表现出惊人的相似性。可以说，入仕之前，吴伟业已经与王锡爵、与王家联系在一起了。

万历二十二年，王锡爵致仕家居，不久即蓄养家乐，常与当时著名曲师赵瞻云等人来往，借此消遣晚岁之寂寞。太仓作为昆曲的发源地，有着深厚的昆曲传统，蓄养家乐、交流唱曲经验也成为文人学士、达官贵人甚至市井之民的常态。赵瞻云，号瞻云子，太仓人，著名曲师。陈继儒有《赵瞻云传》，对赵瞻云其人、其行进行了细致的刻画：赵瞻云生性率真，对待友人真诚。不仅具备杰出的音乐才能，还兼通小儿医，经常为人出诊。王锡爵致仕后，与赵瞻云来往日益密切，其南园与赵瞻云家相距不远。每次王锡爵去南园，都要四处寻找赵瞻云是否在。酒酣耳热时，赵瞻云"曼为长讴"，座中之人即使号称精通音乐，也没有人敢出一声，"即群少年竹肉满堂，嗫无敢发声者"①。

王时敏之父名王衡，字辰玉，号缑山，是明代戏曲史上著名的戏曲家。王衡于万历二十九年中进士，授翰林院编修。王衡早年由王锡爵之弟、叔父王鼎爵教养。王鼎爵性嗜声乐，受其影响，王衡自小喜爱戏剧。出仕不久，王衡就认识到仕途风波的残酷，生发了归家隐居的念头，继而以养亲为由辞官，隐居太仓，经营家乐，写作戏曲作品，过着文酒曲宴的生活。王衡的杂剧有《真傀儡》《郁轮袍》《长安街》等。

王时敏秉承其祖、其父遗风，对戏曲也十分热爱，因此也蓄养家乐。康熙二年，当时的著名清曲大师苏昆生流寓太仓，王时敏延请其"教家僮时曲为娱老计"（王宝仁《王烟客先生年谱》康熙二年癸卯年谱）②。王时敏之子王抃和王抑也十分热爱戏曲。王抃，字怿民，号巢松，为王时敏第五子、吴伟业门生，也是清代著名的戏剧家，撰有《玉阶怨》《筹边楼》《舜华庄》《戴花刘》《鹫峰缘》《浩气吟》等剧。王抑为王时敏第九子，也曾蓄养家乐，以供家族内部娱乐和自娱。

王时敏出身名门，以荫官至太常寺少卿，少年时即表现出卓越的艺术才能。王锡爵晚年得孙，对王时敏十分钟爱，让他单独居住别业，搜集天下名人书画真迹，以供其穷心研究。王时敏亲受业于明代著名画家董其昌，并对黄公望的墨法深有体会，晚年更加臻于神化。吴伟业与王时敏虽同为太仓人，且所居之处不远，但两家门第差别太大，基本无缘相识。从种种史料来看，二人在明朝基本无交往，其真正的交往大概始于顺治初年。崇祯十七年，吴伟业请江南著名的园林大师张南垣为其建

---

① 陈继儒：《陈眉公小品》之《赵瞻云传》，文化艺术出版社1996年版，第82页。
② 转引自刘水云《明清家乐研究》，上海古籍出版社2005年版，第168页。

造梅村别墅。梅村别墅距离王时敏的南园仅一里左右（"去梅村一里，为王太常烟客南园"①），二人或于此时相识。自此之后，二人的交往十分频繁。

顺治二年，王时敏得其祖王锡爵南宫闱牍墨本，吴伟业为之跋尾［王宝仁《奉常公年谱》："（顺治二年）是年，得文肃公南宫闱牍墨本，以数百千易之老兵之手，吴梅村伟业为之跋尾。"②］。《梅村家藏稿》中有《跋王文肃公闱牍》，可以与王宝仁的记载相印证。在《跋王文肃公闱牍》，吴伟业回忆了自己与王锡爵在仕途方面相似的经历，表现出对王锡爵的钦慕之情。此时，江南刚刚经历了清兵的屠戮，王锡爵早年参加会试时的试卷能够留存，可谓是劫灰中的万幸。对于始终眷恋崇祯王朝的吴伟业而言，这也许又拨动了他心中的某根神经，因而感慨万千。

顺治三年，吴伟业偶步至王时敏南园，"忽闻琵琶声出于短垣丛竹间，循墙侧听，当其妙处，不觉拊掌"，原来是善琵琶者白在湄之子白彧如在弹奏。见吴伟业至，重新"朗谈一曲，乃先帝（崇祯帝）十七年以来事，叙述乱离，豪嘈凄切"③。座中有曾侍奉于崇祯帝宫中的姚姓中常侍，为在场诸人讲述玉熙宫曾经的乐事。自李自成农民军攻入河南，杀死福王后，崇祯帝常惨然不乐，宫中再也没有这种乐事了。吴伟业感慨兴怀，仿白居易《琵琶行》之体，作《琵琶行》。此场景又成为吴伟业创作传奇《秣陵春》的灵感来源。王宝仁《奉常公年谱》也记载："（顺治）三年丙戌，南园梅花盛开，时通州白在湄及其子彧如，俱善琵琶，流落吾州，延之园中，适梅村至。"④

顺治四年，王时敏卜居西田，作《首夏西田杂兴》诗，吴伟业次韵

---

① 吴伟业：《吴梅村全集》，李学颖集评标校，上海古籍出版社1990年版，第55页。
② 转引自冯其庸、叶君远《吴梅村年谱》，文化艺术出版社2007年版，第130页。
③ 吴伟业：《吴梅村全集》，李学颖集评标校，上海古籍出版社1990年版，第55页。
④ 转引自冯其庸、叶君远《吴梅村年谱》，文化艺术出版社2007年版，第133页。

和之。当年秋，王时敏招吴伟业等人往西田赏菊，吴伟业作《王烟客招往西田赏菊》，后作《丁亥之秋，王烟客招余西田赏菊，踽月苍雪师亦至，今年余既卧病，同游者多以事阻，追叙旧约，为之慨然，因赋此诗》。

顺治八年，王时敏在归村别业筑农庆堂，居住其中，自号"归村老农"。吴伟业为其作《归村躬耕记》：（王时敏）告其友人曰："吾年六十，盖以老矣，将躬耕乎此。"①

顺治十年，吴伟业被迫应清廷之诏北上。十一年初，抵京后，缠绵病榻，怀念与王时敏诗酒悠游的日子，作《怀王奉常烟客》诗："把君诗卷问南鸿，憔悴看成六十翁。老去祗应添鬓雪，愁来那得愈头风。田园芜没支筇懒，书画萧条隐几空。尤喜梅花开绕屋，腊醅初熟草堂中。"② 在吴伟业万般委屈出仕清廷的日子里，其中的一个精神寄托就是王时敏的诗卷了。时吴伟业虽已憔悴老迈，愁绪满怀，仍怀念着当初归隐田园，与王时敏把酒共欢的日子。而今，田园已经荒芜，书画萧条，不知何时能够回到日思夜想的田园。可喜的是今春梅花盛开，酒香满屋，心灵或许可以得到稍许的慰藉。

顺治十四年初，吴伟业终于解脱束缚，自京师抵家，与王时敏感情更厚。顺治十八年八月，王时敏七十寿辰，吴伟业为其作祝嘏之文。康熙二年，王时敏延请苏昆生，为其教家童唱曲，为娱老计。吴伟业与苏昆生为旧交，有了苏昆生这一媒介，吴伟业与王时敏在戏曲方面的交往更多。

康熙四年九月十五日，吴伟业应王时敏之邀，与王瑞国、许旭等集于郊园。是年冬，吴伟业为王时敏《仙山楼阁图》题跋。康熙十年八月

---

① 吴伟业：《吴梅村全集》，李学颖集评标校，上海古籍出版社1990年版，第828页。
② 同上书，第412页。

中，王时敏八十大寿，吴伟业往贺。十二月，吴伟业卒。

徐汧

徐汧，字九一，号勿斋，江苏长州（今苏州）人。崇祯九年进士，改庶吉士，授检讨、中允。后还朝，迁右庶子，充日讲官。不久奉使江西，便道归家。周延儒再次辅国，招徐汧，两次始应，至镇江，听到京师陷落的消息，悲恸欲绝。弘光朝征其为少詹事，固辞不果，就职之初即力陈时政七事，被马士英、阮大铖之党攻击。南明亡，投水而死。鲁王监国，赠徐汧太子太保，礼部尚书，谥文靖。其事见于《明史》①。

据徐鼒《小腆纪传》记载，徐汧少时即砥砺志行，与同乡人杨廷枢相友善，二人在当时皆很有名气。天启五年，魏大中被逮，经过苏州时，徐汧"贷金资其行"②。周顺昌被逮，缇骑敲诈勒索，徐汧与杨廷枢筹集资金，打发缇骑，被周顺昌称赞"国家养士三百年，如徐生，真岁寒之松柏也"③。崇祯十年，黄道周以就钱龙锡贬官，倪元璐上疏请求以己代谪，崇祯帝不允。徐汧上疏，极力颂扬黄道周、倪元璐为人刚

---

① 张廷玉等：《明史》，中华书局 1997 年版，第 6887—6888 页。"列传第一百五十五"记载：徐汧，字九一，长洲人。生未期而孤。稍长砥行，有时名，与同里杨廷枢相友善。廷枢，复社诸生所称维斗先生者也。天启五年，魏大中被逮过苏州，汧贷金资其行。周顺昌被逮，缇骑横索钱，汧与廷枢敛财经理之。当是时，汧、廷枢名闻天下。崇祯元年，汧成进士，改庶吉士，授检讨。三年，廷枢举应天乡试第一。中允黄道周以救钱龙锡贬官。倪元璐，道周同年生，请以己代谪，帝不允。汧上书颂道周、元璐贤，且自请罢黜，帝诘责汧。汧曰："推贤让能，盖臣所务；难进易退，儒者之风。间者陛下委任之意希注外廷，防察之权辄逮阉寺，默窥圣意，疑贰渐萌。万一士风日贱，宸纲日移，明盛之时为忧为大。"帝不听。汧寻乞假归。还朝，迁右庶子，充日进官。十四年奉使益王府，便道还家。当是时，复社诸生气甚盛，汧与廷枢、顾杲、华允诚等往复尤契。居久之，京师陷。福王召汧为少詹事。汧以国破君亡，臣子不当吊位。且痛宗社之丧亡，由朋党相倾，移书当事，劝以力破异同之见。既就职，陈时政七事，惓惓以化恩仇、去偏党为言。而安远侯柳祚昌疏劾汧，谓："朝服渴潞王于京口，自恃东林巨魁，与复社杨廷枢、顾杲诸奸狼狈相倚。陛下定鼎金陵，彼为《讨金陵檄》，所云'中原逐鹿，南国指马'是何语？乞置汧于理，除廷枢、杲名，其余党徒，容臣次第纠弹。"时国事方棘，事亦寝寝。汧移疾归。明年，南京失守，苏、常相继下。汧概然叹息，作书戒二子，投虎丘新塘桥下死。郡人赴哭者数千人。
② 徐鼒：《小腆纪传》，中华书局 1958 年版，第 187 页。
③ 同上书，第 188 页。

正不阿，并请求罢黜自己，遭到崇祯帝诘责，不久即乞假归家。顺治二年，南京失守，苏州、常熟相继被攻下。徐汧见国事不支，作遗书训诫二子，投虎丘新塘桥下死。

徐鼒《小腆纪传》卷十七《徐汧传》记载：顺治二年，清兵南下，南京即将被占领，徐汧对他的两个儿子说："国事已经不可挽回，我的死期到了。"出门后听说苏州已被攻下，当夜自缢，仆人发现后将其救下。友人朱薇劝他："你是大明朝的大臣，怎么可以野死呢？"徐汧慷慨而言："郡城已经不是我们的国土了，我的家在哪里？"于是整肃衣冠，"北向稽首，投虎丘之新塘桥死"①。可见，徐汧是一个非常有气节的人。

徐汧家有二株园，为其蓄养歌伎所在。《民国吴县志》卷39上《第宅园林》载："徐忠节公汧宅在吴趋坊周五郎巷，宅后有二株园，一名尹氏园。"② 徐汧第二子徐贯时生性豪放，喜欢招揽宾客。徐汧在京为官时，徐贯时经常携引宾客，在二株园欢饮无虚日。他曾画《二株园春玩图》，图中描绘"姬侍、音乐、狗马、禽鱼、花木、亭榭、水石之胜，备极豪侈"③。崇祯十七年，京师陷落、崇祯帝自缢而死的消息传来，徐汧即遣散家乐，独居一室。

徐汧与吴伟业开始交往的时间不详。据推测，大致应在四年之前，即同为复社社友之时。崇祯四年，吴伟业得中会元，其会试试卷本应由座师李明睿作序，而吴伟业不知何故，请老师张溥代。此事让李明睿十分恼火，差点将吴伟业逐出门生行列。多亏徐汧劝吴伟业向李明睿赔罪，此事才算告结。可见，二人至迟相识于崇祯四年。但据徐汧与吴伟

---

① 徐鼒：《小腆纪传》，中华书局1958年版，第188页。
② 李根源、曹允源：《民国吴县志》卷39"第宅园林"第二十七，江苏古籍出版社1991年版。
③ 同上。

业的关系，二人应在此前已有很亲厚的关系。吴伟业曾亲赴苏州拜访徐汧，并观赏过徐汧家优王紫稼（见《王郎曲》）精彩的演出，但具体时间并无记载。崇祯四年八月，吴伟业离京归娶，直到崇祯七年末方还朝。而此期间，徐汧在京为官。崇祯十一年，黄道周贬官，不久徐汧乞假归家。由此推断，吴伟业亲往苏州拜访徐汧应在崇祯十二年。此年，吴伟业奉使赴河南封王，途中忽闻母病，即归家探病。吴伟业《王郎曲》跋曰："王郎名稼，字紫稼，于勿斋徐先生二株园中见之，髫而皙，明慧善歌。今秋遇于京师，相去已十六七载……"①《王郎曲》作于顺治十一年秋，向前推十六七年，大致应为崇祯十一二年。而崇祯十一年吴伟业尚未归乡，不可能在苏州与徐汧相见。崇祯十三年，吴伟业已在南京国子监司业任上，不可能赴苏州。最有可能的就是崇祯十二年。此年，吴伟业赴苏州拜访徐汧，徐汧出以家乐侑酒，家优王紫稼在其列，吴伟业见之。

崇祯十四年，吴伟业在南京国子监司业任上，以徐汧嘱为《清风使节图》题诗，阐扬徐、吴两家祖先之功德。

秦松龄

秦松龄，字汉石，又字次椒，号留仙，又号对岩，江苏无锡人。生于崇祯十年，顺治十二年中进士，官翰林检讨、谕德，后因逋粮案罢官家居，遂蓄养家乐，奉父娱老。其父秦德藻，号海翁，性孝友，为无锡地方乡贤。秦德藻好伎乐，家有寄畅园，在无锡惠山寺左，为秦氏宴客演剧之所。《光绪无锡金匮县志》卷四十《杂识》对秦德藻家的园亭和家乐也有记载。《瑶华集》卷十六有《风流子·游惠山秦园》，描述了观看秦松龄家乐演出的情景：作者做客寄畅园，遥望着园中的香花、朱

---

① 吴伟业：《吴梅村全集》，李学颖集评标校，上海古籍出版社 1990 年版，第 284 页。

柳，忽然被劝酒声拢回思绪，远远听到檀板之声，接着装饰精美的钿车来到，原来是秦家女乐来此演出。演出完毕，车船离去，作者似乎还沉浸在演出中，思绪久久不能回来①。

　　秦氏延请当时苏州著名的清曲大师徐君见为家乐教习，故其家乐水平之高，可以想见。余怀、陈维崧、吴伟业等皆曾参加过秦氏的家乐曲宴。余怀的《寄畅园闻歌记》对此有记载，苏州人徐君见以度曲闻名四方，自己著录南北曲谱。此前太仓有魏良辅，具有杰出的音乐才能，改良昆曲，称一代大师。徐君见竟大有超越魏良辅之势，以至于对魏良辅去世过早，不及与徐君见相见表示遗憾。徐君见六十多岁时，嗓音竟然还如同雏鹰静女，浏亮可人，在松间石上出口歌唱，游鱼出听，飞鸟也不敢鸣叫。文人墨客听其演唱，被其牵引入曲情中，为之惝恍伤神。可见徐君见演唱技能之高。

　　值得欣慰的是，徐君见的技艺被秦氏家僮习得，因此，秦氏家乐一时蔚为大观。曾亲见秦氏家乐演出的余怀记载，秦松龄带领家乐演员六七人，乘坐画舫，怀抱乐器，如同凌波仙子，与众客人相见，令其家乐演出。这六七名演员得到了徐君见的真传，身穿青纻衣，足踏五丝履，气质如同书生处女，绰约静丽。此时正是秋冬之交，树叶开始凋落，天高气清。演员们列坐在园中花石上，有人弹奏，有人吹奏，不久歌喉初启，如同行云流水，更累累如贯珠，令人心旷神怡。②

------

　　① 曹亮武《游惠山秦园》原文："二皋亭最好，分流处，日夜洗云根。况翠叠青山，入帘滴滴，云移春水，映树鳞鳞。还堪羡，酒旗无数飐，鸟语不时闻。此日园丁，休嫌野老，隔年梅芷，应认王孙。从来繁华地，重留恋，倍觉香雾氤氲。一带朱阑拂柳，画槛萦人。被金尊促起，数声檀板，钿车送到，几队罗裙。且自牵船竟去，莫待销魂。"见蒋景祁编《瑶华集》卷十六，中华书局1982年版，第975页。
　　② 余怀《寄畅园闻歌记》，原文如下："太史留仙则挟歌者六七人，乘画舫，抱乐器，凌波而至，会于寄畅之园。于是天际秋冬，木叶微脱；循长廊而观止水，倚峭壁以听响泉。而六七人者，衣青衣，五丝履，恂恂如书生，绰约若处子，列坐文石，或弹或吹。须臾歌喉乍转，累累如贯珠，行云不流，万籁俱寂。"见张潮辑《虞初新志》，河北人民出版社1985年版，第67页。

目前尚不清楚吴伟业与秦松龄相交始于何时。但顺治十二年，秦松龄中进士，当时吴伟业应清廷征召，正居留京师。太仓、无锡相隔不远，或许二人相识于此时。自顺治十六年始，二人交往日见频繁。三月，秦松龄来太仓，借榻吴伟业梅花庵中，流连经月。吴伟业以其请，为其母作祝寿之文《秦母于太夫人七十序》。康熙五年十月，吴伟业游松江，秦松龄听闻，专程到松江寻访吴伟业。秦松龄《苍岘山人集》诗卷一有《碧山集·茸城访吴梅村先生》三首，其一云："来寻吴祭酒，十月到茸城。晓日昏昏上，寒潮细细生。旌旗山郭路，虾米水乡情。示我登楼作，高吟彻骨清。"① 康熙七年秋，吴伟业游无锡，与姜宸英、严绳孙、顾湄同游秦松龄之寄畅园，作诗咏胜，即为《梅村家藏稿》中的《秦留仙寄畅园三咏》，分别咏"三山塔影""惠井支泉""婉转桥"，三者均为"寄畅园"名胜。康熙九年八月，吴伟业再次往游无锡，与秦松龄、秦乐天饮酒赋诗。当时有人称道吴伟业的五言近体诗，吴伟业十分谦虚地表示，自己的五言近体诗从见到杜濬《金焦诗》而一变，但仍不及杜濬。后与秦松龄、毛奇龄等夜饮，席间畅谈前朝之事。

秦松龄比吴伟业小28岁，前者官场不顺，后者欲为明遗民而不果，均有人生蹭蹬之感。二人相遇于清代，秦松龄仰慕吴伟业的文才，吴伟业对秦松龄罢官后居名园、蓄家乐自娱的行为也十分赞赏。从吴伟业与秦松龄的交往可以看出，二人乃是建立在相似感情基础上的忘年之交。

吴绮

吴绮，字薗次，一字丰南，号绮园，又号放翁、红豆词人，江苏江都人。清顺治十一年贡生，荐授弘文院中书舍人，升兵部职方司主事。奉诏谱杨继盛事为《忠愍记》传奇，得顺治帝赏识，其事见《清史稿》

---

① 转引自冯其庸、叶君远《吴梅村年谱》，文化艺术出版社 2007 年版，第 396 页。

卷484《文苑一》。迁武选司员外郎、湖州知府。康熙八年罢官,家居二十余年。

吴绮是一个特别讲义气的人。长沙总宪赵洞门当权时,每日宾客盈门,一旦罢归,送行者只有三人,吴绮就是其中之一。后来赵被召回,再次宾客盈门,而吴绮则落落然踪迹疏阔。龚鼎孳门生遍九州,一旦去世,两个孙子孤苦无依,无人周济,只有吴绮雪中送炭,振拔幼孙如爱子,并将自己的女儿许配于他。吴绮有"三风太守"的美名,因其为湖州太守时,能够施行惠政,打击当地的豪滑地主,"人谓其多风力,尚风节,饶风趣,称为'三风太守'"①。从湖州太守任上罢归后,贫苦无田宅,购得一处废圃居住,凡有向其求诗文者,用花木作为润笔之费,其家周围种满了花木,人称其圃为"种字林"。著《林蕙堂集》,其词最有名,妇女幼儿皆能成诵。因其词中有"把酒祝东风,种出双红豆"之句,又称"红豆词人"。② 吴绮也是当时著名的家乐主人,罢官后开始蓄养家乐。但因家贫,其家乐规模较小,且以自娱为主。

吴伟业与吴绮相识于京师。顺治十一年,吴伟业应清廷征召,到达京师。而吴绮恰于此年成贡生,授弘文馆中书舍人,二人因此而相识。吴伟业一见吴绮,即引为忘年交,呼其为"小友"。因同为吴姓,故二人相赠之诗歌标题中均有"家"字,以示亲密。吴伟业曾与吴绮及米汉雯等往丰台看芍药,归饮于祖园,吴绮《林蕙堂全集》卷十七有《呈家梅村学士》记载此事:"开元才子蕊珠仙,曾向蓬山领众贤。宫腊送人归制院,御笺陈事入经筵。湘东丽藻三枝管,江左繁哀七宝弦。白虎诸儒方奏赋,风流推许并花砖。"③ 诗中将吴伟业比作生堂诗人李白,

---

① 小横香室主人:《清朝野史大观》卷五"清人逸事",上海科学技术文献出版社2010年版,第591页。
② 同上。
③ 转引自冯其庸、叶君远《吴梅村年谱》,文化艺术出版社2007年版,第256页。

对其诗才进行了推许。

顺治十四年初，吴伟业奔嗣母张氏之丧，离开京师，二人分别，但此后多有往还。康熙六年，顾有孝、赵沄编定钱谦益、龚鼎孳与吴伟业之诗为《江左三大家诗钞》，其中，吴伟业诗三卷，计东为其题词，吴绮为参阅者之一，可见吴伟业对吴绮的看重。

康熙七年，吴伟业欲往湖州游玩，当时吴绮任湖州知州。吴伟业先期致意吴绮，吴绮复书，热情迎接吴伟业的到来。三月三日，吴伟业至湖州，吴绮招来徐乾学等十人，陪同吴伟业会饮于郡圃之爱山台，同修禊事，分韵赋诗词。吴伟业同时作《爱山台禊饮序》，见于《梅村家藏稿》。并作五言长律赠吴绮，吴绮次原韵奉答。孙山人太白亭落成，二十六日，吴伟业与吴绮、于琨、姚时亮、吴雯清、宋实颖、白梦鼐、徐乾学、越闿等人在孙山人墓旁饮酒赋诗，并作《修孙山人墓记》。立夏日，吴伟业陪吴绮过孙山人太白亭，置酒，分韵赋诗词。吴伟业自湖州返家后，作《西江月》词留别吴绮，吴绮次韵答之。

康熙八年，吴绮罢去湖州知府之任，吴伟业作《家薗次罢官吴兴有感四首》，其一云："世路嗟谁稳，栖迟可奈何。官随残梦短，客比乱山多。"① 对吴绮的遭遇表示同情，并为作《家薗次卜居吴门序》。康熙十年正月十五日，吴绮来太仓，吴伟业招余怀、王鑑、王曜升、许旭、顾湄、沈受宏、毛师柱等人陪吴绮宴集于乐志堂，毛师柱作诗纪之。年底，吴伟业卒。

李明睿

李明睿，字太虚，江西南昌人，生于 1585 年。明天启二年进士，改翰林院庶吉士。曾闲居六七年，后因廷臣推荐，擢中允。崇祯十七

---

① 吴伟业：《吴梅村全集》，李学颖集评标校，上海古籍出版社 1990 年版，第 382 页。

年，李自成农民军攻入北京，李明睿投降。清兵入关后，入清为礼部侍郎，署尚书事，不久以病乞休，其传见于乾隆《南昌府志》卷六十二《人物》四《文苑》。长吴伟业 24 岁。李明睿为吴伟业父吴琨之友，又为吴伟业座师，与吴伟业有着十分密切的关系。吴伟业 12 岁前后，跟随父亲在王在晋家塾读书。王在晋，字明初，号岵云，天启崇祯年间，尝官兵部尚书。李明睿应王在晋邀请，教授王的第四、第五子。当时吴琨正教授王的另外两子，与李明睿相处甚洽。李明睿十分赏识吴伟业的文章，认为他日后必将成大器，并劝说吴琨让吴伟业拜张溥为师。据钮绣《觚賸》卷一《吴觚上·酒芝》记载：李明睿教授王在晋之子期间，正逢岁暮，王家设宴酬谢李明睿和吴琨。宴席中间，王家拿出家藏的玉卮侑酒。李明睿因醉酒，将玉卮摔碎。王在晋之子很不满，当面指责了李明睿几句，李明睿也毫不相让，场面弄得很僵。席散之后，李明睿对吴琨说，自己不能再留在这里了。吴琨知道李明睿缺少行路之费，第二天早起，将李明睿送到城外，并将自己坐馆所得的十两银子送给了他。很快李明睿就中了进士，供职翰林院。几年后，李明睿因典试，再次经过苏州，与王在晋之子会于舟中，急切询问吴琨的近况。他听说吴伟业当时也中举，于是购买了他的行卷，向京师的友人推荐。第二年，吴伟业参加会试，被取中进士第一名，殿试又中榜眼，备具一时之荣耀。[①]

　　李明睿在吴伟业的成长过程中起了决定性的作用：一是吴伟业拜张溥为师，成为复社的一员，举崇祯三年南京省试第十二名。当时复社中

---

　　① 钮绣《觚賸》原文如下："岁将阑，主家设具宴两师。酒半，出所藏玉卮侑酒，李醉，挥而碎之。王氏子面加诮让，李亦盛气不相下。席罢后，谓吴曰：'我安可复留此！'遂拂衣去。吴知其不能行也，翌日早起，追于城闉，出馆俸十金为赠。乃附贾舶归。……是秋登乡荐，明年成进士，入词馆。数载后以典试复命过吴门，王氏子谒于舟中，李亟询吴先生近状。是时梅村亦登贤书，因购吴行卷，携以北上，为延誉京师。辛未梅村遂为太虚所荐，登南宫第一，及第二人，年仅弱冠。"见康熙三十九年刻本，第 17—18 页。

人中者颇多，据陆世仪《复社纪略》记载："榜发，解元为杨廷枢，而张溥、吴伟业皆魁选，陈子龙、吴昌时俱入彀，其他省社中列荐者复数十人。"① 二是吴伟业中举之际，李明睿恰好经过南京，听说伟业魁选，购买了他的行卷，回京之后即向众人推荐。李明睿的延誉起到了作用，而他正是吴伟业的房师。据李继贞《萍槎年谱》记载：崇祯四年会试，朝廷得士二十一人。填榜时只有第一、第二名尚待推敲。首辅兼主考官周延儒想到吴伟业跟李继贞为同乡，于是招来李继贞询问具体情况。李继贞不仅做了详细的回答，而且评价吴伟业"行文直似王文肃公"。王文肃公即王锡爵，为万历年间首辅。周延儒十分高兴，于是将吴伟业试卷定为第一。② 周延儒作为首辅，本不应再典会试。但周欲延揽人才，这使次辅温体仁十分不满。三月十五日，吴伟业殿试高中榜眼。八月，温体仁党借伟业会试试卷攻击周延儒，所幸崇祯帝亲阅其卷，御批"正大博雅，足式诡靡"八字，廷议方息。虽然当年吴伟业会试刻稿由其师张溥鉴定，让李明睿很不满，但吴伟业始终对李明睿尊敬有加。

　　李明睿也蓄家乐以自娱。据刘水云《明清家乐研究》考证，李明睿家乐大约蓄于崇祯年间闲居之时，著名的家伶有"四面观音""八面观音"等。金声桓之乱南昌，其家乐流散民间，著名的"四面观音""八面观音"也落入清朝将帅之手。《清朝野史大观》卷五《清人逸事》"八面观音、四面观音"条：三桂爱姬有称"八面观音"者，故宗伯南昌李明睿家妓，城破，为蔡毓荣所得。又有"四面观音"者，亦美姿

---

① 转引自冯其庸、叶君远《吴梅村年谱》，文化艺术出版社2007年版，第32页。

② 李继贞《萍槎年谱》原文如下："辛未会试同考，得士二十有一人，是年榜元为吴伟业，世通家也。填榜止余第二第一尚有推敲，首揆周讳延儒偶思吴卷为太仓人，系余同里，因招余首问家世以及年貌、文望，余一一答之甚悉，且云行文直似王文肃公。首揆喜，大声遍语同考，更首肯文肃公一语，于是遂定吴卷为第一。"转引自冯其庸、叶君远《吴梅村年谱》，文化艺术出版社2007年版，第32页。

容，后归征南将军穆占①。

顺治五年，吴伟业至苏州，遇李明睿于虎丘。李明睿自南昌往扬州，途经苏州，吴伟业赠之以《座主李太虚师从燕都间道北归，寻以南昌兵变，避乱广陵，赋呈八首》诗。《座师李太虚先生寿序》也提及此事："先生流离险阻，家园烽火，祸乱再作，仅以其身漂泊于江山风月之间。"②

李明睿至扬州后，又蓄起家乐。曹溶、毛奇龄等人均观看过其家乐演出。《全清词》（顺康卷）中有曹溶《青衫湿·广陵饮李太虚寓中，出家姬作剧》和毛奇龄《虞美人·广陵李宗伯寓观女剧作》，均提到观看李明睿家姬演剧的情景③。顺治十一年，李明睿七十，吴伟业作《寿座师李太虚先生》四首，其第一首云："锦筝士女觞飞夜，铁笛关山剑舞秋。犹有壮心消未得，欲从何处访丹丘。"④ 将李明睿蓄养家乐与消遣壮心结合起来，可以见得李明睿晚年的寂寞之情。

李明睿此时蓄养家乐，不仅为自娱，还携其拜访友人，与其一决高下。顺治十四年，李明睿与夫人携家乐拜访江西吉水籍同乡李元鼎，各出家乐争胜。李元鼎《石园全集》卷十七有《丁酉初春，家宗伯太虚偕夫人携小女伶过我，演〈燕子笺〉〈牡丹亭〉诸剧，因各赠一绝得八首》，赞叹李明睿家乐演员精湛的唱功和如花的美貌。李明睿家乐演员中有柔些、澄些，皆貌美能歌，刘振麟《东山外纪》卷二记载了李明

---

① 小横香室主人：《清朝野史大观》（中），上海科学技术文献出版社 2010 年版，第 517 页。
② 吴伟业：《吴梅村全集》，李学颖集评标校，上海古籍出版社 1990 年版，第 764 页。
③ 《全清词》（顺康卷）第二册，中华书局 2002 年版，第 801 页。毛奇龄词如下："芜城新曲勾栏浅，覆地氍毹软。小蛮金管雪儿筝，二十四桥明月照人醒。三朝不作衔书凤，但舞江南弄。晓风散去彩云愁，可是竹西歌吹火扬州。"见《全清词》（顺康卷）第六册，第 3711 页。曹溶全词如下："红桥旧日深情地，一片玉箫吹。画娥青敛，着人多处，不在歌时。教师催出，齐登绣毯，摆落游丝。曲中帘卷，堂前黄月，占断相思。"
④ 吴伟业：《吴梅村全集》，李学颖集评标校，上海古籍出版社 1990 年版，第 764 页。

睿家乐中出色的演员柔些：在李明睿参加扬州胜会之时，年仅15岁的柔些登场，面对数万观众，声容镇定，征服了全场观众的心。著名诗人杜濬曾为其作《柔些歌》，流传吴地。李明睿家乐演员中的澄些擅长演唱《牡丹亭》剧曲，其声清幽遥远，令同时之人不敢望其项背。烟波、回雪也是其中的佼佼者。

李明睿流寓数年后，又一度举家返回家乡南昌，继续过文酒诗宴的生活。康熙六年，吴伟业致书冒襄，曾提及"小词《秣陵春》近演于豫章沧浪亭，江右诸公皆有篇咏，不识曾见之否"①，此处的"豫章沧浪亭"即李明睿从扬州返回南昌之后再次蓄乐的场所。吴伟业的《秣陵春》传奇也成为李明睿家乐演出的剧目。后不知何故，李明睿将其家乐遣散，自己也不胜悲痛，以游山玩水来消遣。方文《余山续集·西江游草》有"闻李宗伯家伎并遣伤之"，对于李明睿遣散家伎烟波、回雪，并将其许配家中奴仆的行为表示惋惜，认为听歌赏曲本为文人乐事，貌美艺精的家姬只应与文人结缘。李明睿有作品《萧江集》，施闰章曾为其作序，认为《萧江集》作于李明睿遣散家姬之后，心中悲苦，不能忘情。虽为纪游之作，实际为抒心中忧愁。②

吴伟业创作的传奇作品《秣陵春》与汤显祖的《牡丹亭》均有男女爱情的描述，且成就男女爱情的手段出奇地一致，均通过女性"离魂"的方式。吴伟业的家乡太仓与汤显祖的家乡相距较远，且二人生活年代也不一致，吴伟业出仕前汤显祖已经故去，除去《牡丹亭》作为当时的名作不停演出，吴伟业可能受其影响外，李明睿作为汤显祖的同

---

① 吴伟业：《与冒辟疆书》其五，《吴梅村全集》，李学颖集评标校，上海古籍出版社1990年版，第1177页。

② 施闰章撰《施愚山文集》卷26"杂著"二《萧江集小引》，何庆善、杨应芹校点，黄山书社1993年版，第512页。原文见施闰章《萧江集·小引》："李太虚之作称萧江者，纪游也。先生既遣家伎，若不能忘情者，驾言出游，以写忧也。"

乡，又酷嗜戏曲，可能在吴伟业受汤显祖的影响上有更直接的关系。

徐懋曙

徐懋曙，字映薇，又字复生，江苏宜兴人。明崇祯四年进士，官江西吉安府知府。遭国变后，徐懋曙穷居乡野，借女乐以耗壮心。著有《且朴斋诗稿》。

通观史籍，徐懋曙其人有以下两个特点。

一是为人正直，有政绩。徐懋曙曾典试粤东，有人嘱托他开后门，他严词拒绝："吾三年前无科举，匍匐北雍，惟恐弗及；今幸联捷为试官，敢负初心乎?"① 最终没有放低要求，所录取的全都是当地的名士。任江西吉安府知府时，外坚防御，内击豪强，赢得了清廉的名声。吉安地处福建、湖北、湖南交界处，四周多小山，他凭借地势，做好防御工事，保全了吉安一府的安全。治地内多豪强大族，他打击豪强，杜绝请谒，维护了治内稳定。当时有巡视官前来视察工作，欲中伤徐懋曙，问及知府为官怎样时，大司马李邦华答云："明如万里无云，清乃一尘不染。"② 巡视官为之动容。离任时，吉安父老上万人请求徐懋曙留任。后为黄州、宁波太守，均有所作为，遗惠当地。

二是鼎革后家居不出，蓄养家乐以消耗壮心。其家乐演员中有湘月、凝香、花想等人，貌美而艺精，是当时有名的家乐演员。吴伟业《且朴斋诗稿序》云："然而气运关心，不堪凄恻，乃教翠鬟十二，遂空红粉三千。一老子韵脚初收，众女郎踏歌齐应。"③ （《吴梅村全集》卷六十《且朴斋诗稿序》）徐懋曙曾携家乐至昆山为前辈叶国华演剧。叶奕苞《经锄堂诗》卷八《阳羡徐映薇先生携女乐湘月辈数人过昆侍

---

① 阮升基、唐仲冕编撰《宜兴县旧志》，嘉庆二年刻本。
② 同上。
③ 吴伟业：《吴梅村全集》，李学颖集评标校，上海古籍出版社1990年版，第1206页。

家大人观剧，次韵四首》，第一首中有"就中绝艳是凝香"句①，对徐懋曙家乐演员凝香的演技、相貌进行了描绘；第二、第三、第四首分别对徐懋曙家乐演出的具体情形及感染力进行了描绘②。徐懋曙谢世后，家乐散落四方。陈维崧《湖海楼诗集》卷四有《徐太守映薇》诗，诗后有注，对徐懋曙其人及其家乐演员情况进行了简单描述，并对其家乐演员的归宿进行了提示，"无何太守既亡，歌姬亦散，闻湘月已黄帔入道矣"③。

吴伟业与徐懋曙相识较早。《且朴斋诗稿序》云："忆余曩与映薇年兄同游师门，映薇虽不官史，而一时称能诗者必首映薇；余虽不能诗而官于史，映薇称知诗者必及余。余两人深相得，而于诗相得尤深。中间虽或中或外，或迁谪投闲，或循资待罪，宦迹时离，诗简时合。"④吴伟业与徐懋曙均于崇祯四年中进士，此处既称"年兄"，又称"同游师门"，当指二人为同一座师。故二人相识最迟也应在崇祯四年。"官于史"指吴伟业曾任翰林院编修、实录纂修官等官职。而徐懋曙中进士后授"部曹"，后出任吉安、黄州、宁波知州，故称其"不官史"。吴伟业以诗歌著称，徐懋曙也能诗，故二人相交的基础应为诗歌。所以序中称二人"宦迹时离，诗简时合"。

---

① 叶奕苞：《经锄堂诗》，《四库禁毁丛刊》第 147 册卷八，第 582 页。

② 同上，叶奕苞四首诗分别为：其一："东风吹柳斗鹅黄，春日春人正擅场。薄丛丛歌缓缓，就中绝艳是凝香。"其二："千金一曲教初成，解得歌时万态生。拍遍阑干花正落，泥人肠断不分明。"其三："脉脉歌情曲外生，一回舞态一回轻。只应天上容他住，何怪曾倾下蔡城。"其四："摇曳翻身下舞筵，蝉衫麟带尚回旋。无端白我青丝鬓，惹起闲愁到枕边。"

③ 陈维崧：《湖海楼诗集》卷四《徐太守映薇》："风流太守识宫商，城北迎宾烛万行。今日歌姬都入道，听歌人况客他乡。诗后注云：太守讳懋曙，崇祯辛未进士，官至江西吉安府知府。性晓音律，喜宾客。家居蓄女伎一部，姿首明丽，正末湘月、旦泥凝香、花想，色艺尤为动人。数邀余焚香顾曲，歌丝鬓影，辄萦人心臆间。无何太守既亡，歌姬亦散，闻湘月已黄帔入道矣。"见《陈维崧集》中册，上海古籍出版社 2010 年版，第 742 页。

④ 吴伟业：《且朴斋诗稿序》，《吴梅村全集》，李学颖集评标校，上海古籍出版社 1990 年版，第 1206 页。

鼎革后，徐懋曙家居不出，蓄养家乐，一改此前的士大夫之习，"一遁而入于野夫游女之群，相与一唱三叹，人之视之与其自视，皆不复知为士大夫也"。① 但吴伟业作为老友，知其蓄养家乐只是消耗壮心的一种方式，其实并未忘情世事，恰恰是关心气运，不堪凄恻，才佯装颓废，"人谓是映薇湎情《结绮》、缠绵燕婉时，余谓是映薇絮语《连昌》、唏嘘慷慨时也"②。二人此间的交往虽少见于史籍，但始终心心相印。徐懋曙曾遗吴伟业诗曰："菰芦十载卧蓬蓬，风雨为君叹索居。"③ 虽不同居一地，但兄弟之情，宛然如旧。又曰："山中已着还初服，阙下犹悬次九书。"④ 显示徐懋曙对吴伟业此前被迫应清廷之召又持理解与同情的态度，这对于始终对此耿耿的吴伟业来说，不能不是一个很大的安慰。同样，吴伟业对徐懋曙纵情戏曲的行为也有着深层的理解，担忧时人将徐懋曙与宋子京相比，不能理解他的苦衷。因此，吴伟业在顺治十七年季秋为徐懋曙《且朴斋诗稿》所作序中，不仅将其诗歌置于"天保以上，采薇以下"⑤，还以挚友的身份，向世人剖白其心曲，以免其被世人误解。

吴昌时

吴昌时，字来之，号鸳湖主人，浙江嘉兴人。明崇祯七年进士，官文选郎，后罹罪弃市。据乾隆《吴江县志》卷五十七《旧事》记载，吴昌时本吴江人，其母为嘉兴人，生昌时时蟠肠出，十分害怕，于是抱子归嘉兴，不能与夫共处。昌时为庶出，其兄为吴昌期，由举人仕至贵州按察司副使。吴昌时成进士后，吴昌期死，因无子，而家十分富有，

① 吴伟业：《吴梅村全集》，李学颖集评标校，上海古籍出版社1990年版，第1206页。
② 同上。
③ 同上。
④ 同上。
⑤ 同上。

昌时遂往吴江承继其兄家产。

吴昌时少时曾受业于周忠毅公宗建，故与复社清流互通声气。但昌时为人阴险狡诈，日以访权要、干政局为事。崇祯十四年，周延儒再次被起用，吴昌时在其中为其通关节，故居功自大，挟势弄权，周延儒反被其玩弄于掌心。"周延儒视师通州，一晨而昌时之启事八至"①，这种行为引起崇祯帝的重视，令人秘访其关节交通之情状。昌时后欲柄权政，违反旧例，暗中操作，为文选司郎中，引起朝臣侧目。官吏考评时，昌时故技重演，将异己者十人摒弃于外，中外哗然。不久，御史蒋拱辰弹劾昌时私吞公款巨万，且其事与周延儒多有关联，崇祯帝震怒，令周延儒自尽，昌时弃市。

吴昌时当时也曾蓄养家乐，其蓄乐场所即竹亭湖墅，也即所谓的"勺园"，位于嘉兴鸳鸯湖畔。他豪奢无度，故其所用器具也十分精致名贵，家乐演员无论是装束，还是表演，都十分精彩。崇祯十五年正月，吴伟业游西湖，经过嘉兴，拜访吴昌时。归庄《归庄集》卷十《杂著·随笔二十四则》记载：吴昌时为官之前，生活十分豪奢，不仅楼台池馆为当地绝胜，室内的装饰、陈设也十分讲究。吴伟业造访时，"见其坐塌四面，环列梅花一百盆。梅花之外，稍下一二尺，铺以氍毹，又列水仙一百盆，盆皆极精好瓷器。斯须酒至，则屏从者，行酒行炙。皆靓丽小鬟"②。归庄为吴伟业好友，此记载应得自吴伟业之口。此时吴昌时尚未入京为官，出家乐张饮，宾主尽兴。

顺治九年春，吴伟业再次来到嘉兴，重游吴昌时竹亭湖墅故地。吴昌时已于崇祯十六年弃市，其圆亭也满目凄凉，不由感慨万千，作《鸳

---

① 乾隆《吴江县志》卷57"旧事"，第21页，见《中国地方志集成》之《江苏府县志辑》，江苏古籍出版社1991年版。
② 归庄：《归庄集》卷十《杂著·随笔二十四则》，中华书局1962年版，第515页。

湖感旧》和《鸳湖曲》。曾经是"主人爱客锦筵开，水阁风吹笑语来。画鼓队催桃叶伎，玉箫声出柘枝台。轻靴窄袖娇妆束，脆管繁弦竞追逐。云鬟子弟按霓裳，雪面参军鹦鹆"①的热闹场面，此时却是"东市朝衣一旦休，北邙抔土亦难留。白杨尚作他人树，红粉知非旧日楼。烽火名园窜狐兔，画阁偷窥老兵怒"②，前后形成了鲜明的对比。吴伟业通过《鸳湖曲》，也在告诫自己：官场风波迭起，今日贵为权要，明日即可能人头落地，身后凄凉。自己也应远离官场，过平淡的日子。朱麟应有《续鸳鸯湖棹歌》，也点明了吴伟业之意：吴昌时家居时，亭台池馆、家乐盛极一时。何须听到吴伟业《鸳湖曲》之后，才明白政局如海、人生如沧海一叶舟，时时处于危险之中的道理？③

后来吴伟业在入清后写作的《复社纪事》中对吴昌时其人进行了深刻的分析："来之不知书，粗有知计，尤贪利嗜进，难以独任。"④ 周延儒再次入朝为相，吴昌时发挥了一定的作用。崇祯十五年，吴昌时入朝为官，一直居功，擅权势，干政局，周延儒反而被他利用，最终落得被杀的下场。如果说崇祯十五年之前吴昌时尚未露出自己的狐狸尾巴，吴伟业还将其作为同流，那么，随着崇祯十五年后政局的发展，以及入清后吴伟业的反思，吴昌时在吴伟业眼中的形象也日渐清晰明了。吴昌时也成了吴伟业告诫自己的一个反面典型。

---

① 吴伟业：《吴梅村全集》，李学颖集评标校，上海古籍出版社 1990 年版，第 71 页。
② 同上。
③ 朱麟应原诗如下："雪面云鬟舞柘枝，勺园声伎艳当时。何须听到梅村曲，始信风波一叶危。"转引自刘水云《明清家乐研究》，上海古籍出版社 2005 年版，第 378 页。
④ 吴伟业：《复社纪事》，见《吴梅村全集》，李学颖集评标校，上海古籍出版社 1990 年版，第 605 页。

第二节　与著名文士交游考述

此处的名士是指吴伟业生活的时代，即明末清初的著名文人士子。他们能诗能文，以文章风流相推许，在当时的文学史、历史上留下了浓墨重彩的一笔。他们受当时社会环境的影响，对戏曲尤其是昆腔戏曲十分喜爱，有的甚至自己蓄养家乐，亲自指导家乐演员，而有的则作为"顾曲周郎"，其戏曲音乐修养水平得到了时人的推崇。

冒襄

冒襄，字辟疆，号巢民，一号朴庵，又号朴巢，明末清初的文学家，今江苏如皋人，生于万历三十九年，卒于康熙三十二年，享年83岁，私谥"潜孝先生"。

在明末清初历史上，冒襄其人有四个方面值得注意。

一是出身名门，与陈贞慧、侯方域、方以智并称"明末四公子"。冒家世代为如皋巨族，冒襄之父冒起宗为明朝副使。据说冒襄十岁即能诗，董其昌曾为其作序。1642—1647年，冒襄曾六次参加南京乡试，但均落第，仅两次中副榜。此时阮大铖在南京欲结识复社中人。冒襄与陈贞慧等人置酒桃叶渡，与六君子遗孤饮酒赋诗，痛骂阮大铖为阉党余孽。曾借阮大铖家乐助兴，一边赞其演剧水平之高，一边訾詈阮氏。阮大铖对冒襄及六君子遗孤十分痛恨，发誓要扫除复社余党。

二是家有园亭声乐之盛，喜结纳海内名士。冒家园亭称"水绘园"，中有"得全堂"，为其宴客、演剧之所。清代著名诗人王士禛、著名词人陈维崧都曾是水绘园中的常客。陈维崧为陈贞慧之子，陈贞慧死后，冒襄将陈维崧迎入水绘园。陈维崧在水绘园中，以其文学才华征服了冒家上下，上至冒家主人，下至冒家奴仆，无不以得陈维崧所题诗词为荣。据《清朝野史大观》记载：冒襄家乐歌儿徐紫云"㑩丽善歌"，陈维崧一见倾心，为其题诗，并画小像，题为"云郎小照"。春日梅花盛开，陈维崧与徐紫云徜徉逾花间，十分亲昵。冒襄见后，佯装十分生气，令家奴将紫云带走杖罚。陈维崧十分着急，转求冒襄之母。冒母请其作咏梅花绝句百首，方可放过紫云。陈维崧大喜，百首绝句一夜立就，冒襄击节叹赏①。王士祯入清廷为官之前，也多次在水绘园中居留。

冒氏家乐在当时很有名气，从冒襄之祖冒梦龄始蓄家乐，传至冒襄，已是第三代。冒襄家乐中有著名演员徐紫云、杨枝及其子小杨枝、秦箫等。徐紫云为冒襄家乐演员中最漂亮的一位，演技也被名流文士称赏。冒襄每次宴请文人墨客，必请紫云演剧。据王士祯《渔洋诗话》记载："紫云者，冒歌儿最姝丽者，为其年所眷。"② 后陈维崧北上京师，徐紫云跟随，几年后病逝。杨枝擅长舞蹈，其子称小杨枝，长相、演技也十分出色。秦箫善于演唱悲哀之曲，能令人唏嘘感叹。弘光元年，清兵攻破南京，阮大铖被杀（一说逃亡），其家乐演员朱音仙来到水绘园，为冒襄家乐教习。

三是冒襄曾纳秦淮名妓董小宛为侧室，成为明末文士风流与秦淮佳丽结合的佳话。董小宛，名白，字小宛，一字青莲，为明末秦淮名妓。余怀《板桥杂记》中卷"丽品"对董小宛其人其事有记载：董小宛天资聪慧灵巧，容貌娟秀。七八岁时已表现出"文人气"，阿母教她知书、作画，很快就能学会。年龄稍大一些，越加表现出孤洁幽静的一面，喜

---

① 小横香室主人：《清朝野史大观》卷九"清朝艺苑"，上海科学技术文献出版社2010年版，第995页。

② 王士祯：《渔洋诗话》，见《王士祯全集》六《杂著》十六，齐鲁书社2007年版，第4755页。

欢幽静，经常流连于幽林远涧，厨艺、茶道十分出色，女红、唱曲也很在行。但特别不喜欢男女杂坐，歌舞喧闹。董小宛十分羡慕苏州山水园林，曾移居半塘，筑屋河滨，甘于竹篱茅舍的清幽，日日吟诗、鼓琴。后与冒襄相识，跟随冒襄游览惠山、荆溪、京口、金山，观长江。18岁时成为冒辟疆侍妾，陪伴辟疆九年，如良家淑女，尽到了封建社会侍妾的本分。27岁时，因积劳成疾，芳年早逝。① 董小宛死后，冒襄极尽哀伤，为其撰写《影梅庵忆语》，回忆与小宛相识相伴的经历，令人泣下。

四是冒襄始终坚持气节，立志做明代遗民，坚决不应清廷征召。崇祯十六年，冒襄中南京乡试副榜，应授推官，但因天下大乱，未及上任，一直坚持隐居。顺治十年，清朝大学士陈名夏上书推荐冒襄，冒襄不应。康熙五年，清廷再次征召，冒襄不为所动，坚卧不出。到康熙中期，冒襄家产荡尽，家计已不能维系，不得已让其家乐走上了卖艺的道路，自己则间而卖字为生。其孙曾浑写信请其周济一点银两，冒襄遍访友人，仍不能凑足所需之数，不得已回信："捱尽面皮，竟无一应！"② 一气之下生病多日。一代名士沦落到此种地步，令人十分哀伤。但即使这样，冒襄仍不改初衷，坚持明遗民的立场。冒襄死后，私谥"潜孝先生"，这一"孝"字，是对明王朝的孝，显示了一个遗民高尚的气节。

考察冒襄与吴伟业交往的印迹，可以发现，二人于冒襄50岁前开始书信往还，但终其一生，终未谋面，这不能不说是文学史上的一大遗

---

① 原文为："董白……天姿巧慧，容貌娟妍，七八岁时阿母教以书翰，辄了了。少长顾影自怜，针神曲圣，食谱茶经，莫不精晓。性爱闲静，遇幽林远涧，片石孤云，则恋恋不忍舍去。至男女杂坐，歌吹喧阗，心厌色沮，意弗屑也。慕吴门山水，徙居半塘，小筑河滨，竹篱茅舍，经其户者则时闻咏诗声或鼓琴声，皆曰：此中有人。已而，扁舟游西子湖，登黄山，祷白狱，仍归吴门。丧母抱病，贷楼以居。随如皋冒辟疆过惠山，历澄江荆溪，抵京口，涉金山绝顶，观大江竟渡以归。后卒为辟疆侧室，事辟疆九年，年二十七，以劳瘁死。"见余怀《板桥杂记》，李金党校注，上海古籍出版社2000年版，第34—35页。

② 见香港《书谱》1979年第三期冒舒諲公布的冒襄小楷原件。

憾。个别研究者未仔细查证二人交往始末，错认为二人相识于崇祯初年。如 1997 年 12 月《南通师专学报》刊发的顾启先生的《冒辟疆与吴伟业》一文言："崇祯三年，二人（冒襄与吴伟业）同赴金陵乡试，吴中举，冒因病未能完场。……是年，复社开金陵大会，两人皆与会。"① 体味其中意思，似认为二人相识于此时。但考之吴伟业《冒辟疆五十寿序》，则此推断漏洞百出。顺治十七年，冒襄五十初度，陈维崧应冒襄之子冒青若、冒穀梁之请，来到太仓，请吴伟业为冒襄作寿序。吴伟业欣然允诺，在序中对冒襄极力赞扬："如皋有孝友易直之君子曰冒君辟疆，能文章，善接纳，知名天下垂三十载，其生平踪迹，于金陵，于吴郡，遍择其豪长者与游，顾于余独未邂逅，然心向往之。"② 认为冒襄为天下大名士，海内广有交游，而自己独独未与其识面，但自己始终对其心怀向往。接下来又说："余三十年知辟疆，未得一见，因其年以见于吾文，相赠以言，亦犹行古之道也。"这足以证明二人虽相知，但直到冒襄五十岁之前，终未谋面。顾启先生文中同样引用了《冒辟疆五十寿序》的文字："……如皋有孝友易直之君子曰冒君辟疆，能文章，善结纳，知名天下垂三十载，其生平踪迹，于金陵，于三吴，以及海内，遍择其贤豪长者与游……余心向往之。"③ 文字基本相同，但独独将"顾于余独未邂逅"一句省略，不知目的为何。顾文中还有"自此，他（吴伟业）与清廷断绝……此举引起遗民及复社老友的注目，归庄访问他，冒襄与他恢复音问……"④ 之语，似言因吴伟业仕清，冒襄曾一度与他断绝关系，听闻他与清廷撇清关系后，才重新与他恢复音问。此语十分不妥。考之《梅村家藏稿》，在顺治十七年之前，二人并无书

① 顾启：《冒辟疆与吴伟业》，《南通师专学报》1997 年第 4 期。
② 吴伟业：《吴梅村全集》，李学颖集评标校，上海古籍出版社 1990 年版，第 773 页。
③ 顾启：《冒辟疆与吴伟业》，《南通师专学报》1997 年第 4 期。
④ 同上。

信等往还，直到吴伟业为冒襄撰写五十寿序，二人才开始书信往来，但始终未曾见面。

康熙二年冬，毛师柱、周篆往如皋访冒襄，请吴伟业作书一封以为引荐，这就是《梅村家藏稿》中的《与冒辟疆书》第一，书中言："萧辰摇落，孤蓬冲雪，而远访未识面之安道。"① 此处用了戴安道的典故，既言"未识面"，则正与《冒辟疆五十寿序》中的"将子无怒，秋以为期"相呼应，证明二人到康熙三年也未识面。冒襄见到吴伟业的书信，十分高兴，旋即以诗答寄吴伟业。不久，毛师柱返回太仓，冒襄再以诗致吴伟业。《巢民诗文集》卷五有《寄吴梅村先生》《答别毛亦史即次见投原韵并致梅村先生》，题下原注均为"癸卯"。

康熙三年冬，吴伟业寄书冒襄，以其请为董小宛遗像题数诗，即《梅村家藏稿》中的《与冒辟疆书》。书中言及奏销案后之世事，语殊愤激。并认为冒襄的《影梅庵忆语》"缠绵哀艳，文生于情……亦梦华佳话也"②。余怀《板桥杂记》中卷中提及吴伟业为董小宛遗像题诗一事，认为在众多的名人题诗中，只有吴伟业十首挽诗可以让董小宛流传后世，其第四首尤其出色，中有"珍珠无价玉无瑕"③ 之句，将董小宛比作珍珠和白玉，是对其人格的肯定。

康熙五年七月，吴伟业游苏州，致书冒襄，将为冒襄《秋听图像》所题词和为董小宛画扇所题诗寄给他。

康熙六年，吴伟业在华山寺，作书寄冒襄，将自己所作的九峰之诗寄给他。岁暮，吴伟业作书复冒襄，向冒襄推荐昆曲清唱大师苏昆生，言其"独身萧寺中"④，望冒襄能振拔之。不久，又致书冒襄，向其推

---

① 吴伟业：《吴梅村全集》，李学颖集评标校，上海古籍出版社 1990 年版，第 1173 页。
② 同上书，第 1174 页。
③ 余怀：《板桥杂记》，李金党校注，上海古籍出版社 2000 年版，第 35 页。
④ 吴伟业：《吴梅村全集》，李学颖集评标校，上海古籍出版社 1990 年版，第 1177 页。

荐自己的传奇《秣陵春》："小词《秣陵春》近演于豫章沧浪亭，江右诸公皆有篇咏，不识曾见之否？江左玲珑亦有能歌一阕乎？望老盟翁选秦青以授之也。"① 可惜，直到康熙十年吴伟业去世，冒襄始终未见到《秣陵春》传本，也就无法演出《秣陵春》。

康熙十年八月十五日，吴伟业致书冒襄，后题以"辛亥中秋绝笔"，对与冒襄终生未能见面深表遗憾："自以相慕之殷，何相遇之不易？……虽蒙鹢首见过，未能握手高谈、衔杯危坐也。"② 这再次表明了二人相慕而终未识面。

虽然吴伟业直到去世也未能见得冒襄家乐演出《秣陵春》，但后来冒襄不知从何处得到了《秣陵春》传本，令其家乐排演，每与友朋相聚，则出家乐演出。冒襄等人对于《秣陵春》的"寄托遥深"深有感触，每观罢，则相与抱头痛哭，并各自赋诗，表达对《秣陵春》的感怀及对吴伟业一生遭际的同情。从冒襄与吴伟业交往的踪迹中，也可看出古时士大夫的文人风流，不必会面，已知之甚深。

龚鼎孳

龚鼎孳，字孝升，合肥人，生于万历四十三年，小吴伟业六岁。其事见《清史稿》卷484。龚鼎孳明崇祯七年中进士，授兵科给事中。崇祯十七年，李自成农民军攻破北京，龚鼎孳投降。清兵入关之后，龚鼎孳故伎重演，投降清廷，先后任吏科给事中、礼科给事中、太常寺少卿。顺治三年，父亲去世，龚鼎孳上疏"请赐恤典"。但当时的给事中孙垍龄疏言："鼎孳辱身流贼，蒙朝廷擢用，曾不闻夙夜在公，惟饮酒醉歌，俳优角逐。闻讣仍复歌饮流连，冀邀非分之典，亏行灭伦，莫此

---

① 吴伟业：《吴梅村全集》，李学颖集评标校，上海古籍出版社1990年版，第1177页。
② 同上书，第1178页。

为甚！"① 龚鼎孳非但未获得恩典，反而被降两级，但不久之后即遇恩诏获免，迁左都御史。后来因事降八级调用，补上林苑丞，不久即罢官。康熙初曾被起用。龚鼎孳虽曾投降李自成农民军，又投降清廷，为清议所不齿之人，但其人有两点可取之处：一是才华高赡，诗作尤其有名，与钱谦益、吴伟业并称"江左三大家"。二是古道热肠，喜欢提携后进，在士林中享有很高的威望。清代著名词人朱彝尊、陈维崧落拓京师，贫不自给，龚鼎孳经常接济他们。明遗民傅山、阎尔梅陷狱，龚鼎孳多方奔走，使两人获救。临死之前，尚不忘将徐轨嘱托给梁清标："负才如虹亭，可使之不成名耶？"② 后来徐轨因梁清标之荐，试博学鸿词科，高中，入史馆。

吴伟业崇祯四年会试第一、殿试第二，当年秋归乡娶妻，崇祯七年秋方还朝。二人当于此时互有耳闻。崇祯九年秋，吴伟业奉命典试湖广，与宋玫分任正、副主考，龚鼎孳为分考官。《梅村家藏稿》卷五十八《梅村诗话》记载："丙子余与九青使楚，而孝升分一经，最得士，相知为深。"③ 于龚鼎孳而言，吴伟业为榜眼，并获崇祯帝钦赐归娶，是朝中的名人；而此次典试，吴伟业又是自己的顶头上司，龚鼎孳当是怀着敬慕之情。但于吴伟业而言，自己当时正在学习作诗，龚鼎孳的诗歌已小有成就，吴伟业也应是羡慕的。龚鼎孳虽然一生节行有亏，但在诗歌方面却取得了很大的成就。吴伟业此时与龚鼎孳相知，一方面，因为龚鼎孳作为分考官，录取了一批有才有名的士子；另一方面，当是吴伟业羡慕龚鼎孳的诗才。

顺治七年秋，龚鼎孳自临清舟中以书见寄，备言与伟业别后的崎

① 赵尔巽等：《清史稿》卷484列传271《文苑传一》，中华书局1977年版，第13325页。
② 同上。
③ 吴伟业：《吴梅村全集》，李学颖集评标校，上海古籍出版社1990年版，第1138页。

岏："庾楼之别，垂十五年，壬午以前，犹得时通音驿。运移癸、甲，大栋渐倾，妄以狂愚，奋身刀俎，甫离狱户，顿见沧桑，续命蛟宫，偷延视息，堕坑落堑，为世惭人。"① 书信中赞扬伟业的高节，自愧为"两截人"。

顺治十年，吴伟业被迫北上京师，龚鼎孳作为旧交，与吴伟业经常往还。谈迁《北游录》记载吴伟业与龚鼎孳往还两次：一次为顺治十一年九月，谈迁至吴伟业居所，恰逢曹溶、龚鼎孳、周肇在场；另一次为顺治十二年，谈迁到大慈仁寺，巧遇曹溶与龚鼎孳，此前吴伟业曾向龚鼎孳推荐谈迁。这是谈迁与吴伟业往来之时的所见，其实，吴伟业与龚鼎孳往还甚多。顺治十一年，吴伟业以王紫稼之请作《王郎曲》，当是王紫稼在京师，备受追捧，龚鼎孳等人即与王紫稼相识相交。吴伟业作《王郎曲》，龚鼎孳同时亦有诗赠王紫稼。据刘水云《明清家乐研究》考证，龚鼎孳亦蓄有家乐，不仅如此，龚鼎孳文采风流，除与戏曲演员王紫稼交往外，还与家乐主人冒襄、李明睿、李雯等交善，而这些人也正是吴伟业的友朋。

顺治十二年龚鼎孳因"事涉满汉，意为轻重"得罪朝廷。据《清世祖实录》卷九十四记载："顺治十二年乙未，冬十月辛亥朔，戊辰，论吏部，朕每览法司覆奏本章，龚鼎孳往往倡为另议，若事系满洲，则同满议，附会重律；事涉汉人，则多出两议，曲引宽条。果系公忠为国，岂肯如此……着明白回奏，尔部即行传谕。丙子……部议龚鼎孳应革职。得旨，降八级调用。"② 顺治十三年，龚鼎孳被降官八级，七月顷，远谪广东，吴伟业作《送旧总宪龚孝升以上林苑监出使广东》诗送行，甚伤感。

---

① 吴伟业：《吴梅村全集》，李学颖集评标校，上海古籍出版社1990年版，第1138页。
② 《世祖章皇帝实录》，《清实录》第三册，卷914，中华书局1985年版，第9页。

康熙九年，吴伟业因吴兴祚之请，为龚鼎孳诗集撰写序言，谓鼎孳之诗才气、性情与学识兼备。

侯方域

侯方域，字朝宗，河南归德（今商丘）人，生于万历四十六年。其父侯恂为明朝户部尚书，叔父侯恪为祭酒，皆为东林党人。侯方域生性豪迈不羁，有文才，为当时所推重。据《清史稿》卷484记载："时太仓张溥主盟复社，青浦陈子龙主盟几社，咸推重方域，海内名士争与之交。"① 侯方域自负文才高迈，但几次参加乡试，均未得中，于是放纵使气，流连秦淮歌楼舞榭，结识名妓李香君，此事后被孔尚任写入《桃花扇》。崇祯十五年，李自成军破陈州，陷归德，围开封，大败明军于河南。侯方域远赴江南避乱。阮大铖居南京，蓄家乐自我揄扬。陈贞慧、吴应箕草《留都防乱揭》，将阮大铖罪行暴露于天下。阮大铖欲通过侯方域向复社示好，侯方域受李香君提醒，推却阮大铖的重金。阮大铖愤恨，誓扫除复社余党。后弘光立朝，阮大铖因马士英之荐入朝，大肆钩稽复社中人，侯方域出投高杰军。高杰被许定国设计杀死，侯方域随军降清，后归河南。顺治八年，侯方域被迫出应乡试，中式副榜，十一年卒。

从此可见，侯方域虽为当时贵公子，文才高纵，为当时文人学士推许，成为复社中人，但其政治眼光并不敏锐，甚至间或有软骨头之嫌。这从他差点接受阮大铖的收买、从军降清、出应乡试等行为中均有所体现。

侯方域还是著名的家乐主人。侯氏为归德巨族，其父侯恂开始蓄养家乐。侯方域对戏曲也表现出浓厚的兴趣和很高的天赋。胡介祉《侯朝

---

① 赵尔巽等：《清史稿》卷484列传271《文苑传一》，中华书局1977年版，第13319页。

宗公子传》云：侯方域亲自为其家乐按谱，分清阴阳平仄，不唱错一字。侯方域还具有一个特别的本领，即众人高坐，饮酒行乐，高谈阔论之时，他能丝毫不受影响，对客挥毫，口中与客人应酬，笔下作诗如故。旁观者因热闹的气氛扰乱了心神，但侯方域能够兼顾众人与裁答，如平常在书房中。座中歌伎偶然有人"白雪偶乖，红牙稍越，曲有误，周郎顾，闻声先觉，虽梨园老弟子莫不畏服其神也"①。

　　吴伟业与侯方域交往较早，大致于崇祯六年即已开始。侯方域《与吴骏公书》作于顺治九年，其中提到"域凡驽不材，年垂四十，无所表见，然辱学士交游之末者，自甲戌以来，今且二十年矣。是时学士方少年，为天子贵近臣，文章、德器倾动天下，议者谓旦夕入相"②，从此上推二十年，则为崇祯六年。此时，吴伟业归乡娶妻尚未回京，张溥约复社士子召开虎丘大会，或许侯方域此时与吴伟业结识。

　　崇祯十五年，侯方域避李自成之乱，远赴江南。吴伟业与侯方域两见于南京、苏州，吴伟业读侯方域为已死雪苑社友所撰传文，为之唏嘘太息。《宋牧仲诗序》提到此事："往余在京师，从大司徒归德侯公以尽交宋中诸贤。诸贤方以雪园文社相推许，公仲子朝宗遇余特厚。无何寇事作，朝宗以其家南下，一再见于金陵、于吴门，出其文，所为二三同志作传，则皆不免于兵，余为之嘘唏太息，不忍竟读。"③

　　顺治九年四五月间，两江总督马国柱奉旨举地方人才，疏荐吴伟业于朝。十月朔，侯方域以诗书见寄，谆谆劝勉吴伟业珍重名节，切勿仕清。这就是著名的《与吴骏公书》。其中申明吴伟业不可出者三：一是

　　① 侯方域：《壮悔堂集》，前附胡介祉《侯朝宗公子传》，四部备要本，（台湾）中华书局1981年版。
　　② 侯方域：《壮悔堂集》卷三《与吴骏公书》，四部备要本，（台湾）中华书局1981年版，第18—19页。
　　③ 吴伟业：《吴梅村全集》，李学颖集评标校，上海古籍出版社1990年版，第680页。

吴伟业弱冠中进士，会试第一，殿试第二，蒙崇祯帝之恩，回乡娶妻，荣耀一时；二是仕途顺利，入朝没几年就升至宫尹、学士，身为明朝大臣，不应再出仕清廷；三是明亡后，吴伟业隐居不出，清名高节，为士林敬仰，位居士林领袖之地位，无论在朝还是在野，都已经备极一时荣耀，即使出仕，也无法超越这种地位，何苦败坏自己的名节，入仕清廷？不必出者二：一是狄仁杰作为唐臣，后出仕武周，耶律楚材作为辽臣，后出仕元朝，虽然一时君臣都能信任他们，但他们付出了极大的心力，用心良苦，也仅仅能表明二人心迹而已。吴伟业出仕清廷，清廷必然不会像武周信任狄仁杰、元朝信任耶律楚材一样。二是如果吴伟业果真能得到清廷信任，但一时辅佐之才很多，何必非吴伟业不可？吴伟业出仕清廷，就像鸠占鹊巢，始终不会得到好的评价。此封书信中，侯方域不避絮语，为吴伟业一一陈述其中利害，一方面是作为好友，其有劝诫之责；另一方面侯方域曾于顺治八年被迫出应乡试，深知天下舆论之利害，自身名节不保之悔恨，希望吴伟业不要走自己的老路。书后还有《寄吴詹事》诗："曾忆挂冠吴市去，此风千载号梅村。好酬社日田家酒，莫负瓜时郭外园。海泛东来云漫漫，江枫晚落叶翻翻。少年学士今白首，珍重侯嬴赠一言。"[1] 侯方域将自己比作侯嬴，将吴伟业比作信陵君，可见二人情谊之厚。吴伟业接到侯方域的书信后，为其中言语所感动，复书自矢必不负良友。其书虽不见，但侯方域友人贾开宗在《与吴骏公书》后有题记："余见学士复侯子书，尤慷慨，自矢云：'必不负良友。'其后当事敦迫，卒坚卧不出。斯人斯文，并足千古矣。"[2]

　　顺治十一年，侯方域卒，此时吴伟业尚在京师，听闻此噩耗，作

---

① 侯方域：《壮悔堂集》卷三《与吴骏公书》，四部备要本，台湾中华书局 1981 年版，第 18—19 页。

② 侯方域：《壮悔堂集》之《四忆堂诗》卷六，王云五主编《万有文库》第二集七百种，商务印书馆民国 26 年（1937）版，第 385 页。

《怀古兼吊侯朝宗》诗：“河洛烽烟万里昏，百年心事向夷门。气倾市侠受奇用，策动宫娥报旧恩。多见摄衣称上客，几人刎颈送王孙。死生总负侯嬴诺，欲滴椒浆泪满樽。”① 诗后有注：“朝宗归德人，贻书约终隐不出，余为世所逼，有负夙诺，故及之。”② 再次将侯方域比作侯嬴，为自己辜负了与好友的诺言而悔恨。

第三节　与戏曲家交游考述

　　明末清初，昆曲一时蔚为大观，在吴伟业生活的太仓及苏州、南京等地，昆曲演出成为文人士大夫、市井小民竞相追捧的对象，这也直接促成了昆曲创作的高潮。在吴伟业的戏曲交游中，尤侗、李渔、李玉都是著名的戏曲家，他们的创作在当时产生了较大的影响。清人周绮“尤吴蒋李最堪怜”提到的戏曲作家中，尤、李分别是尤侗、李渔，吴则为吴伟业，蒋士铨稍后出，尚不及与此三人相识。可见，在吴伟业的戏曲交游中，尤侗、李渔当时在戏曲界的地位之高。李玉虽然在新中国成立后才开始受到戏曲研究者的重视，但其作品《情忠谱》等，取材于时事，在当时便已搬演于戏曲舞台，引发了众多关注。吴伟业本人即为戏曲作家，在交游过程中，吴伟业作为当时的文坛名士，与三人或以诗酒为媒，共同探讨戏曲创作；或对其三人大力提携，为其作品揄扬鼓吹。在本节中，本书作者力图探讨吴伟业与当时戏曲家的交游轨迹。

---

① 吴伟业：《吴梅村全集》，李学颖集评标校，上海古籍出版社 1990 年版，第 428 页。
② 同上。

尤侗

尤侗，字同人、展成，号悔庵、艮斋、西堂老人，长州人。清顺治九年以拔贡授河北永平府推官，因鞭打旗丁，被削夺官职。康熙十七年应博学鸿词科中式，授翰林院检讨。尤侗天纵高才，其所作诗文皆新颖，能道人所不能道，中间夹杂谐谑调笑的成分。往往一篇诗文才出手，已经被世人争相传诵。顺治帝曾阅览尤侗诗篇，视其为才子，康熙帝则称其为"老名士"。康熙南巡至苏州，尤侗献诗颂，皇帝十分高兴，亲自为其别墅书"鹤栖堂"匾额。尤侗虽很有才气，但仕途不顺，其牢骚不平之气发之于戏曲作品，著有传奇《钧天乐》以及杂剧《读离骚》《吊琵琶》《桃花源》《黑白卫》《清平调》。

尤侗不仅是著名的戏曲作家，也是家乐主人。据载，尤侗蓄养家乐的目的是为"娱亲"。顺治十三年，尤侗年39岁，于旧宅东营建看云草堂，蓄歌童十人教之歌舞。尤侗《年谱图诗》之八为《草堂戏彩图》，诗前有小序："《草堂戏彩图》，思亲也。先君雅好声伎，予教小伶数人，资以装饰，登场供奉，自演新剧曰《钧天乐》。"①《悔庵年谱》卷上也记载："先君雅好声伎，予为教梨园子弟十人，资以装饰，代斑斓之舞。"②

吴伟业与尤侗的交往始于顺治四年。尤侗自撰《悔庵年谱》记载："顺治四年丁亥，年三十岁，至太仓，谒李夫子（作楗）。太史吴梅村先生伟业引为忘年交。与周子俶肇、王端士揆、王惟夏昊辈饮酒赋诗，五旬而返。"③顺治八年，尤侗、彭珑请吴伟业作《二宋稿序》。"二宋"即宋实颖、宋德宏，为尤侗所在的文社慎交社的领袖。顺治十年三月三四日，慎交社、同声社大会于虎丘，奉伟业为宗主。吴伟业赋《癸巳春

---

① 尤侗：《悔庵年谱》（上）之《草堂戏彩图》及其后记录，清康熙甲戌刻本。
② 同上。
③ 尤侗：《悔庵年谱》（下），清康熙甲戌刻本。

日襖饮，社集虎丘即事》四首，同人传诵，且多和作。

康熙三年四月，吴伟业往游苏州，访尤侗，适逢尤侗生日。尤侗作《生日自题小影·调满江红》，吴伟业和之，又为其小影题诗二首，并为其杂剧作序，即《西堂乐府序》。尤侗则以词见赠。《悔庵年谱》记载此事：康熙三年四月，正值尤侗四十七岁生日，海盐人彭孙遹寓居尤侗南园，其客张子游为尤侗画小像，作《竹林宴坐图》，尤侗十分满意，作《满江红》两阕题小像之后，吴伟业、叶国华、陈维崧、吴绮、余怀等十几人相和。尤侗又作杂剧《黑白卫》，彭孙遹将《读离骚》等四种杂剧编定成一册，吴伟业为其作序。①

康熙八年春，吴伟业在去世前两年，再次来到苏州，与尤侗相见。此前尤侗之父曾嘱其修葺园亭，于是尤侗进一步开掘园池，临池修筑小轩。吴伟业为其园东南之亭题名"揖青"。当时同游者还有海盐人周子行，为尤侗园亭作画，并作尤侗垂钓之貌。吴伟业在图后题二绝句，呼尤侗为"才子"，对其隐居之乐进行了点染，其诗未收入《梅村家藏稿》，见于尤侗《悔庵年谱》之《水亭垂钓图》后。②

康熙十年十二月二十四日，吴伟业卒，尤侗作《祭吴祭酒文》，高度赞扬吴伟业在诗、词、曲、文、书、画方面的成就。

李渔

李渔，本名仙侣，字谪凡，号天徒；又字笠鸿，号笠翁，别署笠道

---

① 原文如下："康熙三年甲辰，四十七岁，海盐彭骏孙孙遹寓南园，其客张子游远为予图小像，甚似，适予生日，调《满江红》二阕题其后，自梅村而下和者数十人，予又作《黑白卫》北剧，骏孙合四种点定之，曰：'此足压《四声猿》矣。'梅村先生为之序。"尤侗：《悔庵年谱》（上卷），清康熙甲戌刻本，第20页。

② 吴伟业二绝句：其一：长杨苑里呼才子，孤竹城边话使君。移作渔矶作垂钓，故山箕踞一溪云。其二：遂初重把旧堂开，故相家声出异才。莫向卢龙梦关塞，此生何必画云台（故相，先文简公也，致政后筑遂初堂）。尤侗：《悔庵年谱》（上卷），清康熙甲戌刻本。

人、湖上笠翁、随庵主人、觉世稗官、觉道人等，浙江兰溪人。

李渔有著名园亭芥子园，为其蓄养家乐之所。芥子园规模很小，但结构十分精巧，叠石为山，遍种香草，很能代表江南园亭艺术。李渔之姬妾居住其中，弄琴、吹箫、演剧，极富文人幽趣。芥子园也成为文人、显贵聚集之地，当时文人方文、兵部侍郎孙承泽等都曾在芥子园观剧。康熙五年，李渔北游秦、晋，在平阳时，知府程质夫出金为其购得乔姬；康熙六年，李渔应甘肃巡抚刘斗之邀赴兰州，接受了主人所赠的王姬和其他几名少女，随即聘请了名师教曲，组成了李渔家乐。康熙十二三年间，李渔家乐台柱演员乔、王二姬先后谢世，其家乐遂逐渐解散。李渔家乐不仅仅为娱乐主人而设，在更大程度上还是主人结纳的工具。李渔的戏曲作品是其家乐演出的主要剧目，李渔甚至专为家乐演出结撰新剧，其戏曲作品以情节新奇、关目精巧著称。李渔对戏曲情节设置、结构安排有着自觉的认识，甚至上升到文学理论的高度，这与其带领家乐演出的经历、经验有着很大关系。

文学史研究者对李渔其人评价不一。有人认为李渔文才天纵，在诗词、小说、戏曲方面均有杰出成就，尤其对于戏曲、小说的题材选取、结构安排、情节设置等方面有开创之功，其《闲情偶寄》中对于戏曲、小说的论述具有开启现代叙事的意义。但也有人认为李渔其人太俗，其戏曲、小说虽关目精巧、情节新奇，但鼓吹的仍是才子佳人的俗套故事，文学品位不高。更有甚者，认为李渔伤风败俗，利用其家乐作为谋取利益的工具，每与达官贵人遇，则出家姬演剧，甚至令家姬侑酒，男女共处一室，败坏道德人伦。

从文献记载看，吴伟业与李渔初次交往于顺治十七年。此时，吴伟业早已从清廷归家，奏销案尚未开始，心情尚好。十七年夏，李渔来太仓拜访吴伟业，吴伟业留其居住梅村别墅，并与之赏花宴饮，填词为乐。《梅村家藏稿》中有《赠武林李笠翁》诗，题下自注："笠翁名渔，能为唐人小说，兼以金元词曲知名。"① 李渔《李笠翁一家言全集·诗集》卷六《梅村吴骏公太史别业》记载了这次拜访，并赞赏了梅村别墅的清幽古朴："不似东山太傅家，但闻人语隔桑麻。林逋客去惟调鹤，老杜诗闲却浣花。万树寒梅千树古，十竿修竹九竿斜。更宜绿水穿林过，时向其中泛一槎。"②《笠翁余集》卷八还有《满庭芳·十余词，吴梅村太史席上作，词中限有十余字》，虽为文字游戏，但也可看出李渔文思之机敏、填词之有趣。

顺治十七年八月，吴伟业赴苏州，十日，于金阊舟中为李渔《尺牍初征》撰序，李渔旋即作书致谢。后吴伟业曾为其诗文集作评，赞美备至。《笠翁一家言诗词集》卷一《真州夜渡》附吴伟业评语："江无月色，路有渔灯，夜渡佳景，宛然在目。"③ 卷二《旅宿不寐，夜半忽闻洞箫》附伟业评语："每出嘲风奇幻。"④《耐歌词》之《捣练子·惜花》（一）后附："惜花妙语，封姨有口，何从致辩。"⑤《何满子·感旧四时词忆乔姬在日》（四）后附："寒时吐气，有如白虹，常事也，却未经人道。"⑥ 从评点中可以看出，吴伟业对于李渔的文才和独具慧眼是肯定的。

李玉

李玉，字玄玉，号苏门啸侣、一笠庵主人，吴县人。传说李玉为明朝相国申时行家人，博学多才，但屡试不中。入清后隐居，与穷困不得

---

① 吴伟业：《吴梅村全集》，李学颖集评标校，上海古籍出版社1990年版，第454页。
② 李渔：《李渔全集》第二卷《笠翁一家言诗词集》，浙江古籍出版社1998年版，第152页。
③ 同上书，第133页。
④ 同上书，第151页。
⑤ 同上书，第383页。
⑥ 同上书，第394页。

志者相游，专门从事戏曲创作，为苏州作家群成员之一，代表作有《一捧雪》《人兽关》《永团圆》《占花魁》。此外，李玉还著有《北词广正谱》。

目前并无任何资料证实李玉与吴伟业早期相识。入清后李玉创作了大量的传奇作品，且商业演出效果非常不错。据叶君远先生考证，顺治十七年八月，吴伟业去苏州，专门拜访李玉，为其《清忠谱》传奇和《北词广正谱》作序。《北词广正谱》为华亭徐于室所著，李玉从戏曲家的角度，对其进行了改编，进一步丰富了原作，"淹雅博洽，迥出原书上"①。

在《北词广正谱序》中，吴伟业对李玉的人生遭际表示了极大的同情：李玉博学强识，才学足以上下千古，但连连受挫，最终才得了一个副榜贡生。甲申之后，不再作仕途之望，将其牢骚不平之气发之于戏曲，用当场之歌哭笑骂来"显微阐幽"，创作了大量脍炙人口的佳作，并获得了良好的商业演出效果。序中有"闻以其余闲，采元人各种传奇散套及明初诸名人所著中之北词，依宫按调，汇为全书"②，可见，此前吴伟业对李玉之人、之事已有所耳闻，并在苏州专门拜访了他，为其作序揄扬。李玉虽学问渊博，但因其身份，始终不能入于文人、士大夫的行列。明亡前后，李玉与一批志同道合之人，如丘园、朱素臣、叶时章等，以撰写戏曲作品的形式弘扬忠孝节烈，表达市井小民的愿望，虽然取得了成功，但仍不能入于文学正统范畴。吴伟业作为当时的名士，亲自去拜访当时名气不大的李玉，并对其赞美备至，对李玉来说，当是一种荣耀。这也显示了吴伟业交游的一种态度：不论其出身，只要具备

---

① 曹允源、李根源：《（民国）吴县志》卷七十五上，民国22年（1933）铅印本，第24页b面。
② 吴伟业：《吴梅村全集》，李学颖集评标校，上海古籍出版社1990年版，第1214页。

一定的才能，有所作为，均在其交游范围内。

第四节　与民间艺人交游考述

明朝末年虽积蓄了大量的社会矛盾、民族矛盾，但明享国已久，市民承安宴乐之习愈演愈烈，加之明末思想解放的潮流，全国上下形成了铺张、享乐的陋习，达官显贵豢养家姬、清客成为时尚，文人士大夫也竞相与歌姬、艺人交往，秦淮河成为当时文人、歌姬、艺人诗酒风流的聚集地。吴伟业生于太仓，曾任秘书院侍讲、南京国子监司业，其与下层艺人的交往轨迹也集中在南京、苏州、北京一带。本节通过梳理吴伟业与秦淮名妓卞玉京、寇湄、刘泽清家姬刘冬儿、当时著名清客柳敬亭（说书艺人）、苏昆生（清唱大师）、戏曲演员王紫稼的交往，厘清在文人与下层艺人的交往过程中，文人扮演的角色及所起的作用。

卞玉京

卞玉京，原名卞赛，一曰赛赛，字云装，后入道，自称玉京道人。有说其为秦淮人，吴伟业则在《梅村诗话》中称其为白门人。卞赛知书，工小楷，擅长画兰，风枝袅娜，淋漓墨沈。亦善弹琴，为秦淮名妓。18 岁时侨居苏州虎丘，不久即归秦淮。后因鼎革，再次来到苏州。曾托身浙江一诸侯，后将侍女柔柔进奉给诸侯，自己削发持律，依良医郑三山。十余年后卒，葬于惠山祇陀庵锦树林。

据叶君远先生考证，吴伟业与卞玉京相识于崇祯十六年春天。当时，吴伟业至苏州，而卞玉京正侨居虎丘。据吴伟业《过锦树林玉京道人墓》诗序记载："与鹿樵生一见，遂欲以身许，酒酣拊几而顾曰：'亦有意乎？'生固为若弗解者，长叹凝睇，后亦竟弗复言。"① 卞玉京对吴伟业一见倾心，但吴伟业当时并未属意，所以佯装不解，此后，卞玉京再未谈及此事，二人的情缘也不了了之。吴伟业曾携卞玉京为好友吴继善送行，时吴继善将赴成都令任，卞玉京亦题诗一首："剪烛巴山别思遥，送君兰楫渡江皋。愿将一幅潇湘种，寄与春风问薛涛。"②

崇祯十六年春，吴伟业至苏州，与卞玉京相识，填词数阕以赠，玉京欲以身许，吴伟业不应。吴继善赴成都令任，吴伟业于苏州为其送别，卞玉京亦作诗相送。崇祯十七年秋，吴伟业应弘光朝之召，赴南京就任少詹事，遇卞玉京。顺治七年十月，吴伟业赴常熟，访钱谦益，席间听闻卞玉京正在常熟。钱谦益自言能请其来，"众客皆停杯不御，已报曰至矣，有顷，回车入内宅，屡呼之终不肯出。生（吴伟业，自称鹿樵生）悒怏自失，殆不能为情"③，吴伟业已而感慨是自己辜负了卞玉京，于是作《琴河感旧》四首。卞玉京曾言将亲自拜访吴伟业。第二年正月，卞玉京忽携婢女柔柔至，著道人装，为其弹琴，以魏国公之女的遭遇为例，诉说清兵下江南之初掳掠妇女的罪行，其好友沙嫩等人也被驱使北上，并由此想到自己："吾侪沦落，分也，又复谁怨乎？"④ 吴伟业与其同赴苏州，将前所作《琴河感旧》四诗赠之。后来，吴伟业闻卞玉京依郑三山十余年后离世。康熙七年秋，吴伟业经过无锡，见到的已是卞玉京的坟墓，不胜伤心，作诗《过锦树林玉京道人墓》，并在诗序中写明了自己与卞玉京相识的经过。

吴伟业与卞玉京，一为才子，一为佳人，本可成就一段佳话。但二

---

① 吴伟业：《吴梅村全集》，李学颖集评标校，上海古籍出版社1990年版，第250页。
② 同上书，第1139页。
③ 同上。
④ 同上书，第63页。

人相见时，明帝国将倾，海内纷纭，才子佳人的爱情缺少了生长的土壤。加之吴伟业初对卞玉京并不专情，等到他后悔之时，已是一介抱恨的遗民，而卞玉京也并无心重归旧好，这段爱情最终便以悲剧收场。吴伟业从中品尝到的，也只是一颗爱情的苦果。

刘冬儿

刘冬儿，良乡人，原为崇祯田贵妃之父田弘遇家姬。田弘遇死后，刘冬儿被帅将刘泽清购得，充当其家乐教师。刘水云《明清家乐研究》云："鼎革后，（冬儿）为帅将刘泽清购得，充当刘泽清家乐教师。"[①]而谈迁《北游录·纪邮》则记载："良乡妓冬儿，善南歌，入外戚田都督弘遇家，弘遇卒，都督刘泽清购得之，为教诸姬四十余人，冬儿尤姝丽。"[②]顺治十二年，吴伟业作《临淮老妓行》，提到甲申崇祯皇帝自缢，刘泽清欲查明崇祯二子存亡与否，以便决定拥立谁为王。刘冬儿因曾为田弘遇家姬，自请身往，易装北上。至田家，知二王均不存于世，返身南还，将其报告刘泽清。据此看来，刘冬儿被刘泽清购得的时间应在鼎革前。田弘遇卒于 1664 年，是在鼎革之前。因此，谈迁的记载从时间上推理是成立的。加之谈迁的记载得自吴伟业之口，吴伟业正是听闻冬儿的遭际后，才写作《临淮老妓行》，因此，谈迁《北游录》的可信度更高，刘冬儿归刘泽清的时间应为鼎革之前田弘遇死后。

田弘遇为崇祯朝外戚，一度蓄养家乐，"武安当日夸声伎，秋娘绝艺倾时世。戚里迎归金犊车"[③]，"武安"即田弘遇，"秋娘"此处则代指冬儿，可见，刘冬儿不仅貌美，而且技艺独绝，因此，在田家受到很高的待遇。田弘遇死后，冬儿被刘泽清购得，"为教诸姬四十余人"。刘

---

① 刘水云：《明清家乐研究》，上海古籍出版社 2005 年版，第 453 页。
② 谈迁：《北游录》，中华书局 1981 年版，第 37 页。
③ 吴伟业：《吴梅村全集》，李学颖集评标校，上海古籍出版社 1990 年版，第 285 页。

泽清，字鹤洲，山东曹县人。于崇祯朝历官参将、副总兵、左都御史等官职。弘光朝，与黄得功、刘良佐、高杰称四镇，封东平伯。弘光朝亡，刘泽清降清，后因罪伏法，其家人入狱。刘冬儿因故人搭救，方被放出。钱谦益曾在刘家见过刘冬儿，为其写下《丙戌南还别故侯家妓人冬哥四绝句》，其一中有"临觞莫恨青娥老，两见仙人泣露盘"① 之句。此处"丙戌"即顺治三年，"故侯"即刘泽清。既云"故侯"，则此时弘光朝已亡。又云"两见仙人泣露盘"，则此时刘泽清已伏法当很明确。其三云："虹气横天易水波，卷衣宫女泪痕多。吹箎剩有侯家伎，记得邯郸一曲歌。"② 从中可看出刘冬儿在刘泽清死后的凄凉境况。

顺治十二年，吴伟业正在京师，听闻刘冬儿的遭遇，创作了《临淮老妓行》，以刘冬儿的经历为线索，串起崇祯朝亡、福王被立、弘光朝亡、刘泽清降清、刘泽清伏法等重大历史事件，暗讽了刘泽清的小人行径。"临淮将军擅开府，不斗身强斗歌舞"③，刘泽清身为武将，本应在国家危亡之时顶天立地，他非但未尽到武将的义务，反而尽其精力蓄养家乐，醉生梦死。"纵为房老腰肢在，若论军容粉黛工"④，视军容为儿戏，与《圆圆曲》中的"恸哭六军俱缟素，冲冠一怒为红颜。全家白骨成灰土，一代红妆照汗青"⑤ 何其相似，这对刘泽清是多大的讽刺。何止刘泽清如此，即使崇祯朝灭亡，皇帝殉国，外戚仍然逸乐，"暗穿敌垒过侯家，妓堂仍讶调丝竹"⑥，一边是李自成农民军入据北京，另一边是崇祯外戚的寻欢作乐。"熏天贵势倚椒房，不为君王收骨肉"⑦，

---

① 钱谦益：《牧斋有学集》卷一，上海古籍出版社1996年版，第3页。
② 同上书，第4页。
③ 吴伟业：《吴梅村全集》，李学颖集评标校，上海古籍出版社1990年版，第285页。
④ 同上。
⑤ 同上书，第79页。
⑥ 同上书，第286页。
⑦ 同上。

田家的贵势均是因田贵妃而得，如今田贵妃与崇祯帝已死，田贵妃的两个儿子却横尸户外，尸骨无人收。刘冬儿返身南归，情形同样并不乐观，"男儿作健酹杯酒，女子无愁发曼声"①，国破家亡之时，小小的家乐教师都在担心，身为武将的刘泽清却依然沉迷逸乐，国家还有何人可以依倚。但不久，刘泽清的好日子也到头了，"收者到门停奏伎，萧条西市叹南冠"②，即使刘泽清降清，但清廷认为其反复无常，不能为我所用，迅速将其收监。刘冬儿赖故人之力得救，但佳人已老，家国飘零，身为弱女子的她不得不重操旧业。"依然丝管对东风，座中尚识当时客"③，朝代虽改，但逸乐之风仍然不改，明代的朝臣有些侍官清廷，继续着丝竹相娱的生活。

在诗中，吴伟业借刘冬儿之口，实则表达了自己对明朝之亡的反思，在对丧失人伦的武将、外戚讽刺的同时，对冬儿自请侦二王消息的行为既表示赞赏，又对其老来凄凉的生活表示同情。其实，刘冬儿的遭遇也是自己的遭遇，吴伟业在改朝换代的大浪中同样不能自主，境况凄凉。同是天涯沦落人，吴伟业在这点上与刘冬儿产生了共鸣，这也是《临淮老妓行》流传至今的一个原因吧。

寇湄

寇湄，字白门，明末南直隶南京人，为当时著名的"侠妓"。余怀《板桥杂记》中卷"丽品"对其有记载，说她"娟娟静美，跌宕风流"④，善画兰、度曲，粗知诗理，但不能深入学习作诗。寇湄十八九岁时，曾被弘光朝保国公朱国弼购为姬妾，藏之金屋。据传，朱国弼娶

---

① 吴伟业：《吴梅村全集》，李学颖集评标校，上海古籍出版社1990年版，第286页。
② 同上。
③ 同上。
④ 余怀：《板桥杂记》，李金党校注，上海古籍出版社2000年版，第51页。

寇湄时，"令甲士五千俱执绛纱灯，照耀如同白昼"①，可见寇湄在当时身价之高。但好景不长，不久清兵南下，攻占南京，朱国弼投降，全家被俘。寇湄以千金向朱国弼自赎，携带一小婢南归。归来后，治园庭，自为女侠，日日与文人骚客相往还。曾改嫁扬州一孝廉，但不得志，不久即还金陵。后因病而亡。

寇湄与卞玉京同为秦淮名妓，吴伟业与卞玉京相识时，应已听说过寇湄其人。但吴伟业真正与寇湄相见，已是顺治十年。此前一年，吴伟业被两江总督马柱国疏荐，年初，又被吏部侍郎孙承泽、大学士陈之遴及陈名夏推荐。吴伟业本不愿仕清，于是于顺治十年春至南京奔波，请求朝廷收回成命。正在此时，遇到了在南京居留的寇湄，为其作《赠寇白门》六首。此时寇湄的境遇早已不复昔日盛况，漂泊无依，"同时姊妹入奚官，捆酒黄羊去住难"，"重点庐家薄薄妆，夜深羞过大功坊"②，而吴伟业也正处于不能自主的境地，同病相怜，相惜相知。

柳敬亭　苏昆生

柳敬亭，本姓曹，泰州人。据吴伟业《柳敬亭传》记载，柳敬亭少年犷悍无赖，名列拘捕名单中，逃走盱眙，困顿不堪。当时他手头有野史一册，之前并未习学说书之艺，但看得久了，对其中的故事已十分熟悉，于是在盱眙市上说书，大批市民为之倾倒。后来过江，在大柳树下休息，攀扯者柳条下泪，已而对同行之人说："嘻，吾今柳姓矣！"（《柳敬亭传》）③于是改名柳敬亭。当时说书者有四大家，分别为广陵张樵、陈思、姑苏吴逸和柳敬亭，而柳敬亭无师自通，独立四人之上。

---

① 陈维崧：《妇人集》，冒襄注，王云五主编《丛书集成初编》，商务印书馆民国25年（1936）版，第5页。

② 吴伟业：《吴梅村全集》，李学颖集评标校，上海古籍出版社1990年版，第211页。

③ 同上书，第1055页。

有人问他的师承，则曰"云间儒者莫君后光"①。当时左良玉奉诏镇守武昌，驻皖城待发。而当时驻守皖城的为杜弘域，是柳敬亭的朋友。左与杜因军事僵持不下，请柳敬亭调解。柳敬亭入左良玉军中，面对刀枪阵仗毫不畏惧，谈笑自若，左良玉大惊，此后十分信任柳敬亭。左亡，柳敬亭闻之大哭。曾入松江提督马逢知幕府，郁郁不得志。后流寓南京、太仓、苏州一带，为人讲述左良玉时事，闻者唏嘘泣下。柳敬亭生性豪放，钱财入手辄散去，自言"且有吾技在，宁渠忧贫乎"②。

吴伟业与柳敬亭相识于崇祯十三十四年间。当时吴伟业改南京国子监司业，与柳敬亭相识，同时者还有医者杨季蘅。《柳敬亭传》曰，"余从金陵识柳生"③，吴伟业居南京时间较长的阶段，一为崇祯十三十四年为南京国子监司业期间，另一为崇祯十七年至弘光元年任少詹事时，而弘光朝时，柳敬亭尚在左良玉军中，故二人应相识于崇祯十三十四年间。

《梅村家藏稿》中有《为柳敬亭陈乞引》，言柳敬亭流寓苏州，入无居，出无仆，仍操说书旧业，于是请吴伟业为其一言。吴伟业自言"吾贫落不能相存"④，则此事应在顺治十七年奏销案后。

苏昆生，原名周如松，河南固始人，为明末清初著名的昆曲清唱大师，以善歌出入公卿府邸和青楼门户。左良玉镇守武昌时，苏昆生曾入其幕府，因歌唱才能深得左良玉赏识。左良玉亡，苏昆生愤而削发入山为僧。顺治七年，随当时的大名士、家乐主人汪汝谦入杭州。后因汪去世，苏昆生入吴中，曾为太仓王时敏家乐教师，为其教授歌童以娱老。后大概因王时敏家境日不如前，苏昆生多次往返于金陵、吴中等地。康

---

① 吴伟业：《吴梅村全集》，李学颖集评标校，上海古籍出版社 1990 年版，第 1055 页。
② 同上书，第 1058 页。
③ 同上。
④ 同上书，第 647 页。

熙十八年病死于无锡惠山寺，享年 79 岁。

　　吴伟业与苏昆生大约相识于顺治十七年冬。此年，苏昆生至太仓，请吴伟业为其一言，与柳敬亭并传（此前吴伟业已作有《柳敬亭传》）。吴伟业为其作《楚两生行》，在序中对苏昆生的唱曲才能给予了高度肯定，"昆生则于阴阳抗坠，分刌比度，如昆刀之切玉，叩之栗然"①，与当时吴中一带"啴缓柔曼为新声"完全不同，因此，王时敏认为苏昆生之唱尚存魏良辅遗音。此前，苏昆生在苏州时，曾遇虎丘广场集会，吴中儿聚众赛歌。苏昆生在一旁边听边评论，说某人某字不合律。众人不服，请苏昆生当众表演。苏昆生一发音，众人不觉屈服。但众少年终不肯折节于苏昆生，这也就是吴伟业所谓的"为吴儿所污"。在苏州无法待下去，苏昆生只有另作他计。临行前，苏昆生拜访吴伟业，这就有了脍炙人口的《楚两生行》。诗中同样赞扬了苏昆生出神入化的歌唱技艺："一升嚼徵与含商，笑煞江南古调亡。洗出元音倾老辈，叠成妍唱待君王。一丝萦曳珠盘转，半黍分明玉尺量。"② 同时对苏昆生清唱有古调之遗存与区分阴阳、音节合律进行了细腻的刻画。此外，吴伟业还为苏昆生写作四首赠诗，将其比作唐朝天宝年间的著名曲师李龟年和南宋的汪元量，并用"堕泪碑""武昌官柳"等意象，对苏昆生与左良玉之间的感情进行了描述。

　　康熙二年，王时敏延请昆生为其教授家僮时曲，吴伟业亦于当时与苏昆生相见、交流唱曲技艺。康熙六年前后，苏昆生再次流寓太仓，寄身萧寺中，吴伟业致书冒襄，希望冒襄能将苏昆生延揽入水绘园。但此时冒襄家计也日见萧条，无法养此清客，苏昆生只好一直辗转于金陵、吴中等地。

---

　　① 吴伟业：《吴梅村全集》，李学颖集评标校，上海古籍出版社 1990 年版，第 246 页。
　　② 同上书，第 247 页。

柳敬亭、苏昆生为民间艺人，但因两人一在说书、一在唱曲方面有着杰出的才能，被当时公卿诸侯、文人士大夫广泛延揽，成为座中清客，名动一时。且两人曾事阮大铖，得知其为阉党余孽后，断然离开，其高尚气节被复社人士、政治清流所敬重。吴伟业作为复社中人，不仅敬佩其气节，对二人的技艺也十分赞赏。因此，不遗余力为二人立传写诗，关心二人生存境况，并委托友朋振拔。这意味着吴伟业已经将二人当作朋友，而非单纯的诗酒风流、文人弄客。

王紫稼

王紫稼，名稼，也称王子介，为明末清初著名的戏曲艺人。王紫稼原为徐沆家优，鼎革之后，归属于巡抚土国宝。土国宝死后，顺治八年，王紫稼入京，以其精湛的歌技和表演才能征服了京城大佬，站稳了脚跟。

清褚人获《坚瓠集》（第九）卷四"王子玠"条载："优人王子介，鼎革之初，名噪一时。辛卯入都门，钱牧斋辈赠之诗歌，遂游公卿间。陈溧阳、龚合肥辈，置之座上。或以优贱，为言陈云：爱听高柳新蝉，当不计其转丸时也。后归里门，益骄奢淫纵。巡方东莱李公森先，廉得其状，捕而杖之，与僧三遮立毙阊门。号令三日，大快人心。合肥闻之，作王生挽歌五首，极其哀悼。"① 龚鼎孳听闻王紫稼的死讯，曾作《王郎挽歌》，将寇湄、王紫稼相提并论，认为二人死后，"天宝风流"已所剩无多。据记载，王紫稼擅长旦角，尤其工于小旦，曾扮演《西厢记》中的红娘，莺声脆语，为人称道一时。

顺治十一年初，吴伟业应清廷之召到达京师。此时，王紫稼在京师红极一时。吴伟业与龚鼎孳、陈名夏、陈之遴等经常往还，而王紫稼正

---

① 褚人获：《坚瓠集》第九集，浙江人民出版社1986年版，第13页。

是龚、陈等人的座上客。况且吴伟业本就十分喜爱戏曲，观看了王紫稼精彩的演出后，自然更觉赏心悦目。于是，应王紫稼之请，为其写作《王郎曲》极力揄扬。据谈迁《北游录·纪邮上》："（顺治十一年甲午十一月）壬子，过吴太史所，太史近作《王郎曲》。吴人王稼，本徐勿斋歌儿也。乱后隶巡抚土国宝，怙势自恣。国宝死，逃入燕。今再至，年三十，而江南荐绅好其不衰，强太史作《王郎曲》云云。"①

　　吴伟业独创的"梅村体"诗歌在鼎革之际就已初具效应，其创作于顺治二年的《永和宫词》和创作于顺治年的《圆圆曲》问世之初，即被广泛传唱。据传，吴三桂见到《圆圆曲》"恸哭六军俱缟素，冲冠一怒为红颜"②后，曾以重金请吴伟业删去，可见当时"梅村体"诗歌受人追捧的程度。当时的人物或事件，一旦进入"梅村体"诗歌的展示范围，即可被口传声诵。王紫稼请吴伟业为自己写诗，看重的就是"梅村体"诗歌的这种广告效应。吴伟业创作《王郎曲》，正是借助自己的诗笔，对王紫稼的一生进行了简洁的勾画，使当时昆曲名角的生存状态及世人百态历历在目，不仅是对王紫稼的鼓吹，更起到了传播戏曲文化的作用。正如王紫稼所期待的，《王郎曲》成，其知名度更高。在研究明清之际的昆曲演员中，《王郎曲》也是研究王紫稼的一份重要材料。

---

① 谈迁：《北游录》，中华书局 1981 年版，第 45 页。
② 吴伟业：《吴梅村全集》，李学颖集评标校，上海古籍出版社 1990 年版，第 78 页。

第三章 《秣陵春》研究

第一节 《秣陵春》与《牡丹亭》

  《秣陵春》又名《双影记》，为吴伟业唯一的一部传奇作品。作品讲述了青年男女徐适与黄展娘的爱情故事。故事发生于北宋初年，此时南唐已亡。徐适为南唐臣子徐铉之子，黄展娘为临淮将军黄济之女、李后主嫔妃黄保仪之侄女。黄展娘年幼时，李后主曾戏言为其择婿。徐适北上洛阳，巧遇李后主阴灵，助其驱逐后汉主刘铱阴灵，因而得到李后主阴灵赏识，与黄展娘在阴间成婚。后徐适被奸人陷害，与黄展娘离散，赵宋王朝特赐徐适状元及第，并允其寻找黄展娘。剧中借助于阗玉杯、晋唐法帖、烧槽琵琶三件道具，令徐适与黄展娘相见、相随、相离并最终成婚。全剧虽带有男女爱情故事的色彩，但笼罩着国破家亡后的孤苦无依之感和出处两难的尴尬，恰是明末清初遗民心态在文学作品中的折射。

  《牡丹亭》又名《离魂记》，是明代万历年间临川才子汤显祖的传奇作品，讲述的是柳梦梅与杜丽娘的爱情故事。杜丽娘为南安太守杜宝的独生女儿，性情真率，爱好自然，在梦中与柳梦梅相遇相亲，因梦成病，一病而亡。杜丽娘的亡灵不甘心美好姻缘无果而终，一直寻找柳梦梅，终于与其相见，柳梦梅也对其付出真心。真情所致，杜丽娘复生。古板的杜宝不同意两人的婚事，直到柳梦梅高中状元，才最终允许两人成婚。

吴伟业是江苏太仓人，汤显祖是江西临川人，二人之间并无真正意义上的师承关系。但通读《秣陵春》与《牡丹亭》，却在字里行间、故事情节中发现一些类似的元素，可寻觅出《秣陵春》对《牡丹亭》的继承与创新。

一　对"离魂"故事模式的继承和发展

《秣陵春》与《牡丹亭》同为讲述男女主人公情事的传奇作品，二者的别名《双影记》与《还魂记》昭示着其同属中国古代的"离魂"故事模式。

中国古代的离魂故事多讲述男女主人公双方或一方魂灵与对方相见生情，感动天上人间，终成眷属。最早的离魂故事是晋干宝《搜神记》中的《无名夫妇》和《马势妇》，随后有南朝宋时期刘义庆《幽灵录》中的《庞阿》等。魏晋时代的志怪小说中还有著名的"吴王小女"的故事，讲述的是吴王夫差的女儿紫玉与书生韩重相爱，因吴王反对，紫玉气结而死，死后魂灵与韩重同居三日，完成了夫妇之礼。这些都是"离魂"故事的典型代表。唐代传奇中有陈玄祐的《离魂记》，写张倩娘与表兄王宙相爱，并缔结婚约。但因王宙家贫，张父将倩女许以他人。倩女因此抑郁成疾，王宙也托故赴长安，与倩娘诀别。不料倩娘半夜追来船上，乃一起出走蜀地，同居五年，生有二子。后倩娘思念父母，与王宙回家探亲。王宙一人先至张家说明与倩娘私奔之事，始知倩娘一直卧病在家，出奔的乃是倩娘的离魂。两个倩娘相会，即合为一体。元代郑光祖的杂剧作品《倩女离魂》即取材于唐传奇《离魂记》，讲述的是张倩女与王文举的爱情故事。张倩女与王文举被指腹为婚，王文举长大后，应试途经张家，欲申旧约。倩女之母嫌王文举功名未就，不许二人成婚。王文举无奈，只得独自上京应试。张倩女忧思成疾，卧病在床，她的魂灵悠然离体，追赶王文举，一同赴京，相伴多年。王文举状元及第，衣锦还乡，携张倩女回到张家。众人疑虑之际，倩女魂魄与病躯重合为一，遂欢宴成婚。

《牡丹亭》继承了魏晋以来离魂故事的传统，通过讲述杜丽娘生生死死寻找柳梦梅、始终不渝、终成眷属的故事，讴歌了"生可以死，死可以生"的人间至情。

《秣陵春》是对中国古代离魂故事模式的丰富和深化。它别出心裁地借助了"影子"这一媒介，"影子"就是被摄取的魂灵的表现形式。徐适的影子出现在展娘所保存的于圆玉杯里，展娘的影子则出现在耿先生赠予徐适的宜官宝镜里，虽然双方的影子出现在对方所持的道具中均为神仙法力所致，但影子这一表现形式却是吴伟业对"离魂"主题的一大发展。影子既不同于魏晋志怪小说中的真人与亡魂相见，也不同于唐传奇和元杂剧中女子的魂灵追随男子，甚至与《牡丹亭》中的"梦"这一表现形式也大不相同。"梦"是杜丽娘的梦，柳梦梅虽然出现在杜丽娘的梦中，但这只是杜丽娘的"一厢情愿"。梦中与柳梦梅相识和相亲，醒来后对梦的追忆，以及"慕色而亡"、亡魂寻觅，都是杜丽娘单方面在努力。而《秣陵春》中的影子则体现着双方共同的情感基础。黄展娘在玉杯中看到徐适的影子，徐适也在宜官宝镜中见到了展娘的影子，展娘爱慕徐适的风流倜傥，徐适更是爱慕展娘的文静美貌，双方相互倾慕，体现出情感的相互性。这就是对以前"离魂"故事中"单恋"

模式的突破，"影子"恰恰在"相互倾慕"的感情中体现出其重要性。两者的影子也是不同的。徐适在玉杯中的影子基本是没有情绪的，但黄展娘在宜官宝镜中的影子却是在变化的，她可以听到徐适的呼唤，甚至可以回应徐适，表明了双方的互动、情感的沟通。这是因为黄展娘的魂灵被剧中的仙人耿先生所摄取，离开黄家，从一个没有感情的"镜中影"变成了有感情的魂灵。

"影子"相对于"梦"来说，是一个更加容易操作的媒介。《牡丹亭》中提到了两个"梦"：第一个是柳梦梅的梦，梦到一女子站在梅树下，"不长不短，如送如迎"①，对着自己说道："柳生，柳生，遇俺方有姻缘之分，发迹之期。"② 这一个梦出现在《牡丹亭》第二出中，为柳梦梅自报家门时随口带出，并未进行详细描述。第二个是杜丽娘的梦，出现在脍炙人口的《惊梦》一出中。该出中演绎杜丽娘到花园游玩，叹赏春日的美景，归来后做了一个美梦，梦到与一书生成其欢好。两个梦显得有些重复，后一个梦不容易突破前一个梦，所以牡丹亭在提到柳梦梅的梦时，只提到了自己做了一个梦，梦中的内容是什么，则并未专门拿出一出来讲述。但两个影子就不同，不仅不会有雷同的感觉，反而容易推陈出新。因此，《秣陵春》相对于《牡丹亭》来说，在离魂的媒介方面，则显得更活泼、更灵活、更别出心裁。

二 《秣陵春》的结局安排

《秣陵春》与《牡丹亭》在故事情节方面也体现出相似性。《牡丹亭》中的杜丽娘经历了因梦生情、慕色而亡、为情复生、被父所阻、终成眷属等过程，《秣陵春》中的黄展娘也经历了因影生情、魂灵被摄、魂归肉体、为礼所阻、姻缘圆满等过程，其情节基本是一致的。二者均

---

① 汤显祖：《牡丹亭》，郭梅校注，长春出版社 2013 年版，第 13 页。
② 同上。

采用双线结构，均以生旦大团圆结局。不同的是，《牡丹亭》最后一出为生旦团圆，而《秣陵春》末出却为《仙祠》，生旦团圆为倒数第二出。

《仙祠》一出的故事情节为：徐适和黄展娘结为夫妇后，为感谢后主厚恩，重修了后主祠庙，并在三月三后主诞辰这天双双赴后主祠庙祭拜，巧遇原为后主仙音院供奉的曹善才。后主与黄保仪仙灵降临，询问死后光景。曹善才弹烧槽琵琶，叙述后主去后凄凉光景。

> [后庭花] 澄心堂堆马草，凝华宫长乱蒿。树木呵，坎折了当柴烧，书呵，拆散了无人裱。亏了个女婿粧乔，状元波俏，才挣这搭儿香火庙。三山卷怒涛，乌鸦打树梢，城空怨鬼号。怕的君王愁坐着，则把俺琵琶弹到晓。①

若单纯从男女爱情故事情节发展方面来看，第四十出《真婚》展示了生旦在人间团圆的情景，已可结束全剧。第四十一出《仙祠》对推动故事情节发展没有任何作用，且作为收煞，似无任何必要。但正因为有了《仙祠》一出，才与前面的故事情节相呼应，也对各方面人物（不仅仅是生、旦二人）的结局作了最后的安排，无论是在天上，还是在人间，都得到了圆满的结果。

我们来看一下《仙祠》一出对各方面人物结局的安排。

（一）作为传奇主角的男女主人公徐适和黄展娘终得圆满

徐、黄二人是在后主和黄保仪的精心安排下成就姻缘的，但正如本剧上半部最后一出《仙婚》题名所示，二人是在非人间的条件下成就的婚姻，且作为新娘的黄展娘只是一个魂灵，并非真正意义上的人，正

---

① 吴伟业：《吴梅村全集》，李学颖集评标校，上海古籍出版社1990年版，第1308页。

如第二十六出《宫饯》中后主所言："孤家为保仪择婿，亏得耿先生费心，与徐郎得成佳偶。只是此处不是久留之地，速宜送他回去。……玉杯镜子，毕竟水月空花。"① 徐、黄二人是在仙灵的撮合下成就的"影子姻缘"，如水月镜花一样不真实。在第四十出《真婚》中，二人虽然成就了人间姻缘，但并未得到作为"仙媒"的后主、黄保仪等人的见证。而第四十一出《仙祠》中，徐、黄二人在后主诞辰当天去祠庙祭拜后主，后主和黄保仪仙灵降临，徐、黄二人的人间婚姻得到了见证和认可，才最终获得了天上、人间的双重圆满。

（二）作为后主仙音院供奉的曹善才在后主祠堂出家

曹善才作为原南唐后主仙音院的供奉，只是一个小角色，在剧中推动故事情节方面本无作用。曹善才只出现在三出戏中，分别是第六出《赏音》、第二十七出《叙影》和第四十一出《仙祠》。《赏音》一出叙述曹善才应真琦等人邀请，讲述侍奉后主时的情景。曹善才本出中唱了三支曲子。

　　[皂罗袍] 记得秦淮佳丽，正露桥吹笛，子夜乌栖，何戡曲里故园非，歧王席上谁相会。月明淮水，鹧鸪自啼。春风游骑，杨花乱飞。伊州唱罢千行泪。

　　[北骂玉郎带上小楼] 小殿笙歌春日闲，恰是无人处，整翠鬟。楼头吹彻玉笙寒，注沉檀。低低语，影在秋千。柳丝长易攀，柳丝长易攀。玉钩手卷珠帘，又东风乍还，又东风乍还。闲思想朱颜凋换，禁不住泪珠何限。知犹在玉砌雕栏，知犹在玉砌雕栏，正月明回首，春事阑珊。一重山，两重山，想故国依然。没乱煞许多愁，向春江怎挽。

---

① 吴伟业：《吴梅村全集》，李学颖集评标校，上海古籍出版社1990年版，第1308页。

[前腔] 山远天高烟水寒，留得相思苦，枫叶丹。别时容易见时难，别时容易见时难，莫凭栏，遥望见，初雁飞还。听花边漏残，听花边漏残。梦中一晌贪欢，叹罗衾正寒，叹罗衾正寒。回想着妃嫔鱼贯，寂寞锁梧桐深院。现隔那无限江山，现隔那无限江山，叹落花流水，天上人间。菊花开，菊花残，双泪潸潸。几时得旧红妆花前再看。①

第一支曲子是现实与回忆相交，抒发了国破家亡、故园物是人非的惆怅和哀伤。后两支用北曲，隐括后主《虞美人》《山花子》等小词，音律优美，意境哀伤，感慨后主北上后的凄凉生涯。这几支曲子恰被黄展娘听见，并听出了曲词的渊源，这也是"赏音"一题的意思。从更深层次来看，曹善才曾侍奉李后主，并得到后主赏识。南唐灭亡后，曹善才失去了生活的依靠，同样失去了"赏音人"，作为亡国之民，在赵宋王朝过着委曲求全的生活。这与吴伟业创作本剧时的情形何其相似。同样是亡国后，心中不舍旧王朝，过着提心吊胆的日子。可以说，曹善才这一人物在剧中成了吴伟业的化身，曹善才抒发的亡国之恨同样也是吴伟业正在感受着的。因此，《赏音》一出，抒发感情的成分最多，推动故事情节发展的作用很小。

《叙影》一出叙述徐适与黄展娘住在洛阳郊外后主为其安排的小院里，黄展娘弹奏烧槽琵琶，向徐适讲述魂灵被摄、遇见徐适的情景，恰被真琦听见，黄展娘魂灵被惊散，徐适被拘捕。本出中并无曹善才多少戏份，只有几句道白。

《仙祠》一出叙述曹善才欲弃家入道，寻到后主祠庙，巧遇徐适和黄展娘祭拜后主。曹善才向徐、黄二人讲述后主临幸摄山寺及宫中生活

---

① 吴伟业：《吴梅村全集》，李学颖集评标校，上海古籍出版社 1990 年版，第 1249 页。

情景。本出除第一支曲子"仙吕过曲［腊梅花］"由众人同唱外，其他11支曲子纯用北曲商调，全部由曹善才一人演唱。其中［集贤宾］最为吴梅欣赏。

> ［集贤宾］走来到寺门前，记得起初敕造。只见赭黄罗帕御床高。那壁厢（摆列着）官员舆皂，这壁厢（铺设的）法鼓钟铙。半空中一片彤云，簇捧着香烟缥缈。（如今呵）新朝改换了旧朝，把御牌额尽除年号。只留得江声围古寺，塔影挂寒潮。①

吴梅《顾曲麈谈》认为此曲与第二出《话玉》中的［瑞鹤仙］、第十一出《庙市》中的［泣颜回］均"沉郁感慨，令人泣数行下"②。其《中国戏曲概论》认为此曲"不啻庾信之《哀江南》也"③。

［后庭花］一曲叙述后主去后凄凉光景，后主的澄心堂与凝华宫堆满了马草，长满了蒿莱，已是荒芜一片。御花园的众多树木全被砍伐，后主最珍爱的图书全被拆散，流落四方。这与吴伟业亲历的清兵下江南烧杀掳掠的情形何其相似。"易饼市傍王殿瓦，换鱼江上孝陵柴。无端射取原头鹿，收得长生苑内牌"④，《秣陵口号》中提到的象征明王朝圣地的南都在清兵的铁蹄下沦落不堪，宫殿上的琉璃瓦流落到饼市旁，孝陵的古木也被砍折，当作了柴火；帝王家的苑囿早已不在，原野上的鹿被射杀后，才发现原来脖子上还挂着长生苑的牌子。

《仙祠》一出同样感慨居多，在末出抒发如此多的感慨，且全部由曹善才一人演唱，可看出吴伟业在结构安排上的独具匠心。或许在吴伟业看来，其本身承受的感慨一定要在末出借这个人淋漓尽致抒发，仍不

---

① 吴伟业：《吴梅村全集》，李学颖集评标校，上海古籍出版社1990年版，第1356页。
② 吴梅：《顾曲麈谈》，上海古籍出版社2011年版，第116页。
③ 吴梅：《中国戏曲概论》，上海古籍出版社2011年版，第189页。
④ 吴伟业：《吴梅村全集》，李学颖集评标校，上海古籍出版社1990年版，第1149页。

足以补偿他在国破家亡后的种种委屈和哀伤。借助于曹善才曾侍奉李后主的身份，喻指吴伟业本人曾受崇祯帝重恩的生涯，曹善才最终在摄山寺后主祠庙出家，侍奉后主亡灵，"常把琵琶弹一曲供奉皇爷，也不失我旧伶人的意思"①。吴伟业终于让曹善才达成了吴伟业侍奉旧主子的心愿，"我今日见了旧主人，只恨凡夫俗骨，跟不得上天上去，难道这庙儿还守不得么"②，这也间接达成了自己侍奉崇祯帝的心愿，使终日念着"我本淮王旧鸡犬，不随仙去落人间"③ 的悔恨之心得到了些许的补偿。

（三）后主、黄保仪等人终证仙果

后主生前蜗居江南一隅，连半壁江山也不能保全，最终被赵宋王朝消灭，不仅本人被俘虏北上，过着寄人篱下、看人脸色的凄凉日子，连自己的皇后也不能保全。后主死后葬于北邙山，与后汉主刘鋹坟墓相邻，在阴间也终日厮杀，不得安宁。直到徐适出现，将后汉主墓迁走，后主魂灵才得以安息。黄保仪生前工书善画，虽得李后主赏识，但因有善妒的小周后，"终不得数御幸也"④。但黄保仪追随后主北上，伴随后主度过最后的岁月，死后同葬于北邙山。吴伟业在剧中不写小周后，独写黄保仪，一者为忠贞者长了志气，二者为尊者讳，将后主、小周后的屈辱隐而不彰。剧中后主、黄保仪终证仙果，听完曹善才讲述的去后光景，说道"世间光景，自然是这样的。如今证了仙果，也不放在念头上了"⑤，本应有的唏嘘感叹被证了仙果的喜悦所消解，这既让剧中的徐、黄、曹等人悔恨的心得到了慰藉，也让作者的忏悔得到了补偿。

---

① 吴伟业：《吴梅村全集》，李学颖集评标校，上海古籍出版社1990年版，第1358页。
② 同上。
③ 同上书，第398页。
④ 陆游：《南唐书》，摘自傅璇琮、徐海荣、徐吉军主编《五代史书汇编》（九），杭州出版社2004年版，第5590页。
⑤ 吴伟业：《吴梅村全集》，李学颖集评标校，上海古籍出版社1990年版，第1359页。

综合以上三个方面，吴伟业安排《仙祠》一出，实在是有着更深层的含义，在男女主人公的爱情故事中夹杂着兴亡之感、故国之思，死者已登仙界，生者亦可无悔，天上、人间均得圆满，这或许就是吴伟业的心之所念、心之所想吧。因此，《秣陵春》比《牡丹亭》多了一个《仙祠》的结尾，主题思想就变得迥然不同。《秣陵春》只是借用了一个男女爱情故事的套子，抒发的却是吴伟业的故国之思。

三 《秣陵春》中推动故事情节发展的动力

在推动男女爱情故事发展的动力方面，《秣陵春》与《牡丹亭》也有所不同。

《牡丹亭》反映的是汤显祖的"情教观"，认为只要人人秉持"至情"，则可超越生死，达到永恒。因此，汤显祖塑造了杜丽娘这一承载其"至情"观念的女子。杜丽娘是在封建官宦家庭中长大的女子，知书达理，温柔敦厚。她的父亲南阳太守杜宝古板执拗，对女儿的教育内容也是传统的封建礼教，为其延请的塾师陈最良也是迂腐之人。

在杜丽娘的情感觉醒之前，她遵从父母、师长的严格教导，连家中的花园也未曾去过，更别说与青年男子相见了。但她热爱自然，热爱一切美好的事物。当她发现春日的花园是如此美丽动人，不禁心生感慨："却原来姹紫嫣红开遍，似这般都付与断井颓垣。良辰美景奈何天，赏心乐事谁家院。朝飞暮卷，云霞翠轩，雨丝风片，烟波画船，锦屏人忒看的这韶光贱。"[①] 由此联想到自己，正当最好的年龄，却无人顾惜，与这无人欣赏的春光一样，眨眼即逝。若不趁机展示自己，岂非辜负了上天的安排？于是，杜丽娘觉醒了，第一次认识到自己作为活生生的人的价值。游园困倦的杜丽娘作了一个美丽的梦，与一个风流俊俏的青年

---

① 汤显祖：《牡丹亭》，郭梅校注，长春出版社2013年版，第48页。

男子相见，并成其好事。从杜丽娘所受的教育来看，这种伤风败俗的事连想都不能想，更别提去追寻了。但梦的美好让杜丽娘念念不忘，悄悄到花园寻梦。寻梦未果，郁郁寡欢，慕色而亡。这一系列的动作，是封建礼教绝不允许的，但杜丽娘不但想了，而且做了；不但做了，而且即使变为鬼魂，也始终不忘寻找梦中的那个人。她的坚持感动了阴间，因而允许她的鬼魂四处飘荡，寻找意中之人。

柳梦梅北上途中，恰好住在杜家旧宅改成的尼姑庵中，又恰好捡到了杜丽娘的画像，心生爱慕，将画像日日挂在床头，以实际行动表达对画中女子的爱恋。《叫画》一出中，汤显祖细腻刻画了柳梦梅的“至情”。这样，杜丽娘的单方行动就变成了杜丽娘与柳梦梅的双方行动，二人的情感沟通开始了。至情的力量终于感动了上天，杜丽娘起死回生，终于以真实的人的面目与柳梦梅相见。汤显祖认为，情之至者，能够令生者死，死者生。杜丽娘的至情使其“慕色而亡”，而柳梦梅对杜丽娘的至情却让她死而复生。不仅如此，柳梦梅最终高中状元，打破了与杜丽娘结合的最后一层阻力，二人终于得到了圆满的结局。

通观《牡丹亭》，杜丽娘、柳梦梅的“至情”成为推动故事情节发展的不竭动力。这种自然生发的“至情”是最强大的力量，是封建礼教无法遏制也无法阻拦的，即使阴间、仙界也为其感动。这种“至情”虽然只是一个抽象的概念，但通过杜丽娘和柳梦梅的爱情故事来演绎，却丝毫不觉唐突。二人的情感发生都是自然的，也是水到渠成的，这也就顺理成章地成为故事发展的动力。

但《秣陵春》却与此不同，推动徐适和黄展娘故事发展的动力不是爱情，而是来自虚无世界的神仙力量。徐适与黄展娘虽居近邻，但并不相识。徐适一出场，即是“家国飘零，市朝迁改”①，随即于阗玉杯

---

① 吴伟业：《吴梅村全集》，李学颖集评标校，上海古籍出版社1990年版，第1236页。

出现，其南唐后主赐物的身份让人心生感叹。第三出《闺授》中，黄展娘父母将后主与黄保仪所赐宜官宝镜和晋、唐法帖交与黄展娘收管，背景是黄保仪"汴梁抔土，无人浇奠"①，一为故物，一为故人，物是人非之感萦绕其间。第四出《恨嘲》中徐适与蔡游登门借看黄家法帖，徐、黄二人似要相见而实未相见。直到第八出《仙媒》，才定下了徐、黄二人爱情故事的调子：15 年前，后主驾幸黄家，戏言为黄展娘择婿。后黄保仪亡去，此事无果而终。黄保仪魂灵惦念侄女婚事，不仅向其兄托梦，还专门恳求耿先生为其寻找良配。于是耿先生生出种种变化，让黄展娘在玉杯中看到徐适的影子，并收取宝镜，转交徐适，让徐适在宝镜中看到黄展娘的影子。耿先生还进一步摄取黄展娘的魂灵，让其在镜中与徐适进行交流。至第十七出《影现》，作为故事主角的男女主人公方在耿先生的撮合下终得以相见，中间经历了黄展娘见黄保仪、徐适遭独孤荣驱逐、徐适与后主相见、徐适为后主驱逐后汉国主刘鋹阴魂，男女主人公没有任何交集。接下来就是第二十二出《仙婚》，徐、黄二人在虚无中成婚，作品上半部分结束。从这些情节看，徐、黄二人虽得以成婚，但却不是二人历经曲折方得圆满的结果，而是耿先生寻找，认为徐适为展娘良配，后主、黄保仪认可后，耿先生动用天上、人间的力量撮合的结果。因此，徐、黄二人的结合虽然有相互爱慕的成分，但却是在外力有意识的作用下完成的，是被动的，而非主动的。

我们再来看一下作品的下半部分：徐适与黄展娘虽在后主与黄保仪处成婚，但终不能久留，只能回到人间。因烧槽琵琶之故，徐适被逮，黄展娘魂灵被惊散。赵宋王朝赏识徐适的文才，不仅不追究其过失，反而特赐状元及第。徐适以寻妻为由坚辞官职。赵宋王朝不以为过，反而赠

---

① 吴伟业：《吴梅村全集》，李学颖集评标校，上海古籍出版社 1990 年版，第 1239 页。

其烧槽琵琶，恩准其回家寻妻。徐适荣归故里，黄展娘向其父母说明后主与黄保仪为其主婚经过，二人顺理成章在人间完婚。赵宋王朝特旨重修后主遗庙，徐、黄二人在后主诞辰当日前来祭拜，后主、黄保仪仙灵降临，曹善才在此出家。

曹善才道破烧槽琵琶，导致徐适被逮，这是耿先生安排的结果。若不被逮，必然没有成为状元的机会。徐适辞官，表面看是要寻妻，实际是觉得自己接受宋朝的官职，无法向将幼女托付给他的后主交代。只有展娘想念徐适，托徐适的书童听蕉传书，才可见出一些男女爱情的成分。

因此，通观《秣陵春》全剧，虽然表面讲述的是一对青年男女的爱情故事，但男女相恋并非出于自己的意愿，而是神仙外力撮合的结果。这对男女结合，虽然有相互爱慕的成分，但被动的成分更多。二人结合的感情基础是同为南唐遗民，均眷恋南唐未亡时的繁盛光景，感念后主。而后主、黄保仪惦念遗孤，暗中为二人撮合，使其终成眷属。通过故事情节的发展，我们可以看到，借助于神仙外力撮合青年男女，吴伟业要表达的是不忘明朝国恩、时时思念旧主的隐晦思想感情。

尽管《秣陵春》与《牡丹亭》多多少少有些不同，但吴梅仍旧看出了二者的联系："梅村乐府，嗣响临川，南部梦华，托诸幻影，艳思哀韵，感人深矣。"（《梅村乐府二种跋》）[1] 其实，不只是《秣陵春》与《牡丹亭》有传承关系，从《秣陵春》中也可以看出吴伟业学习汤显祖其他作品的意味。第三十出《冥拒》中刘鋹听得捉到了黄展娘的魂灵，大笑唱道："（他只道）女瑶芳躲过檀萝，（不提防）楚虞姬撞咱樊哙。"[2]"瑶芳"用的就是汤显祖《南柯记》中淳于棻与瑶芳公主的故事。

---

① 吴伟业：《吴梅村全集》，李学颖集评标校，上海古籍出版社 1990 年版，第 1501 页。
② 同上书，第 1320 页。

第二节 《秣陵春》与《桃花扇》

《桃花扇》是清初著名文人孔尚任的传奇作品。孔尚任，字聘之，号东塘，山东曲阜人，为孔子第六十四代孙。年轻时，孔尚任曾卖田纳捐，为自己捐了一个监生，但并未达到经由科举步入仕途的目的。1684年，康熙第一次南巡，返程时经过孔子故里，祭祀孔子，孔尚任被推举给康熙讲经。康熙十分欣赏孔尚任的才华，当即指定吏部破格任用。于是，孔尚任成为国子监博士。上任后第二年，孔尚任跟随工部侍郎去淮扬治河。当时的河道总督靳辅不同意疏浚下河海口，与下河衙门发生争执，朝廷中形成了两派官员互相攻讦的局面，下河工务时起时停，三年下来，最终靳辅一方取得胜利，朝廷撤销了下河衙门。

孔尚任虽生于清初，但作为圣人后裔，其对明王朝的灭亡心存遗憾。同时，作为封建文人，孔尚任对明末秦淮风光心向往之。他早就听说过明末风流文人侯方域与秦淮名妓李香君的故事。待命扬州时，他借机游览了秦淮河，观览了明故宫，并去孝陵朝拜，还到栖霞山拜访了正在隐忧的张怡，也就是后来被写入《桃花扇》中的道士张瑶星。这期间，他结交了不少明朝遗老，如黄云、许承钦、邓汉仪、冒襄等人，常听他们缅怀往事，赋故朝禾黍之悲。特别是冒襄，曾与侯方域等人并称明末"四公子"，对侯方域与李香君的爱情故事也非常熟悉。明亡后冒襄隐居故乡如皋水绘园，时年已是 80 岁高龄的他奔波百里，从如皋赶到孔尚任所在兴化的住所，与孔尚任同住 30 日，为其讲述侯、李故事始末及故明遗事，这对《桃花扇》的成书功不可没。

康熙二十九年，孔尚任返回北京，继续担任国子监博士。康熙三十八年六月，《桃花扇》定稿，一些王公贵族与朝廷官员纷纷借抄，连康熙皇帝也索去阅览。第二年春，《桃花扇》上演，朝野轰动，孔尚任也升任户部广东司员外郎。但没多久，孔尚任便被罢官，回归故里，一直未被起用。

《桃花扇》讲述的是明末文人侯方域与秦淮名妓李香君的爱情故事：侯方域科举考试落榜，浪迹金陵，与友人陈定生、吴应箕诗酒相娱。吴应箕等人草《留都防乱揭》帖，将阮大铖等阉党的罪恶大昭于天下，阮大铖十分痛恨其行径，但又因其欲借重复社为己延誉。故阮大铖姻亲杨文骢与李香君的鸨母李贞丽交好，知其正为李香君寻找梳拢之人。侯方域风流有文名，且为故相之子，恰是绝好人选。但侯方域正流落南都，杨文骢许阮大铖为侯方域出梳拢之资，请侯方域为阮大铖牵线结交复社人士。李香君识破了阮大铖的诡计，拒不接受其资助的妆奁，并对侯方域说："［官人之意，不果因他助俺妆奁，便要徇私废公；哪知道这几件钗钏衣裙，原放不到我香君眼里。］脱裙衫，穷不妨；布荆人，名自香。"① 侯方域赠李香君画扇一把作为定情信物。当时宁南侯左良玉因为缺少军粮，为安抚军心，决定移兵前往南京就粮。消息一出，南京人心惶惶。侯方域之父侯恂曾为左良玉恩师，所以杨文骢请侯方域出面，代其父给左良玉写信，请其退兵南京，柳敬亭甘为信使。但此举被阮大铖作为把柄，趁众官议事之时，颠倒黑白，陷害侯方域，硬说是侯方域引左良玉之兵逼近南京。杨文骢不忍侯方域被诬陷，跑去媚香楼通风报信，侯方域连夜逃走，投奔史可法。

南京闹得不可开交之时，李自成攻破北京，崇祯帝自缢于景山，周皇后殉难。马士英、阮大铖等人不思复国，反而想另立新君。马士英写

---

① 孔尚任：《桃花扇》，长春出版社 2013 年版，第 44 页。

信给史可法，商量共同拥立福王为君。侯方域提出福王的"三大罪"和"五不可立"，史可法十分赞同。马士英贼心不死，先下手为强，集结了一批乌合之众，率先迎立福王，即为弘光帝。史可法兵权在手，但因其当初反对拥立福王，且马士英忌惮其兵权，不久即令其督师江北。史可法一心复兴明朝，但其手下四镇刘良佐、刘泽清、高杰、黄得功相互不和，为争排位大打出手。史可法虽平定了争位之乱，却为日后埋下了祸患之芽。

自侯方域投奔史可法，李香君立志守节，不下媚香楼。新任漕抚田仰托杨文骢为其寻觅美姬，娶为小妾。杨文骢想到了李香君，派人去说媒，却遭李香君严词拒绝。马士英知道后，非常气愤，利用手中的权力，硬逼李香君嫁给田仰。李香君誓死不从，血溅画扇。杨文骢不忍，让李香君鸨母李贞丽代嫁田仰，自己在鲜血溅污的画扇上，几经点染，成一幅折枝桃花。李香君托师傅苏昆生打听侯方域的下落，并寄上桃花扇，表示自己誓死不从权贵，以待侯方域的决心。阮大铖向弘光帝进奉《燕子笺》传奇，因表演不佳，弘光帝下令广搜清客、歌姬进宫排演，李香君被抓。侍酒时，李香君将一干无用的奸臣数落得无地自容，被罚入内庭。

侯方域被史可法派去高杰军队监军，高杰不听侯方域之劝，被手下总兵许定国杀死，侯方域南逃，恰遇李贞丽与苏昆生的小船。苏昆生将桃花扇交给侯方域，侯方域睹物思人，急忙赶回南京。此时的南京已物是人非，李香君已被罚往内庭。侯方域寻访友人陈定生、吴应箕，不想三人同被伺机报复的阮大铖抓住，关入狱中。苏昆生知悉后，寻找左良玉，希望其发兵搭救。左良玉以"清君侧"为名，向南京进发，马士英、阮大铖急调三镇兵马抵挡，只剩史可法驻守扬州，不敌清兵，南京城破，君臣各自逃散。侯方域、李香君与柳敬亭、苏昆生等人分别逃往栖霞山，寄居道观。先期隐居栖霞山的张薇（原为明朝锦衣卫千户）在山中设道场，以祭甲申之变及南明亡国时的死者。侯方域、李香君相遇于道场，欲再续前缘，被张道士一语点破，双双入道。

从故事情节中可以看出，侯方域、李香君相遇于复社与阉党争门户之时。侯方域为复社中人，李香君心恶阉党，同情复社，且二人均得罪阉党阮大铖，其爱情故事打上了政治斗争的烙印。其后侯方域出逃，李香君守志。李香君被抓骂座，侯方域寻访香君被抓入狱，最后南京城破，二人相遇于栖霞山，其离合聚散均与当时的政治斗争息息相关。正如《桃花扇》眉批所示："上本之末，皆写草创争斗之状；下本之首，皆写偷安宴游之情。争斗则朝宗分其忧，宴游则香君罹其苦。一生一旦，为全本纲领，而南朝之治乱系焉。"① 这也就是典型的"以离合之情，写兴亡之感"。阅读《秣陵春》与《桃花扇》全本，可以见得二者有着前后承接关系，吴伟业写作《秣陵春》时的种种，时时于《桃花扇》中见其端倪，并在《桃花扇》中得到了进一步的发展和完善。

首先，我们来看一下吴伟业、孔尚任二人传奇创作的征信态度。

传奇创作的征信是指创作传奇作品时，有意识地取材于正史或他人亲历、亲见，试图在历史真实的基础上，表现作者的人生观、世界观。综观明代传奇史，传奇作品大都取材于唐人传奇、民间传说，传奇成分居多，征信成分较少。如李开先的《宝剑记》取材于民间流传的水浒故事，对林冲被逼上梁山的故事加以点染，抒发了作者壮年罢官、壮志难平的感情。高则诚的《琵琶记》取材于民间流传的蔡邕、赵五娘的故事，对南戏作品中演绎的蔡邕负心的故事进行改编，以蔡邕、赵五娘的大团圆为结局。汤显祖的《牡丹亭》从民间流传的"倩女离魂"故事中得到灵感，虚构了杜丽娘、柳梦梅等脍炙人口的人物形象，表达了

---

① 转引自张宇《桃花扇·导读》，见《桃花扇》，长春出版社2013年版。

"生者令死，死者令生"的"至情"观。汤显祖的其他几部作品，也均与唐人传奇及民间传说息息相关。《紫箫记》取材于唐代蒋防的传奇作品《霍小玉传》，《南柯记》取材于唐代李公佐的《南柯太守传》，《邯郸记》取材于唐人传奇《黄粱梦》。相传作者为王世贞的时事剧《鸣凤记》，故事背景发生在明代嘉靖年间，影射严嵩、严世蕃父子，可以见出一点征信的态度，但其故事虚构成分仍然较多。

当然，除传奇、小说外，历史著作也成为戏曲作家取材的来源。历史著作可分为两种：一种是官修或个人作的正史作品，忠实于历史原貌，尽可能真实地再现历史。另一种是野史，与正史相比，野史多收录奇人、奇闻、轶事，具有更强的趣味性和故事性。但有时因过于追求趣味性，往往与历史原貌存在一定差距。四大南戏作品之一的《白兔记》演绎后汉高祖刘知远的故事，可从正史《五代史·汉高祖本纪》及《皇后李氏传》中找到影子。但民间传说中对于刘知远的故事也有演绎，见于文本的有宋代无名氏的《五代评话·汉史评话》、金代无名氏的《刘知远诸宫调》及元代刘唐卿的《李三娘麻地捧印》，所以不能简单地说《白兔记》取材于正史。此外，明代苏复之所撰《金印记》，演绎苏秦由穷苦书生最终佩六国相印的故事；无名氏的《赵氏孤儿记》演绎春秋时代晋国奸臣屠岸贾杀害赵朔，赵朔之子最终复仇的故事；《牧羊记》讲述汉代苏武北海牧羊的故事。以上三部作品都可在正史中找到源头，但亦不能排除受民间文学及民间传说影响的成分。明代传奇中有姚茂良的《精忠记》（岳飞故事）、王济的《连环计》（貂蝉故事）、沈采的《千金记》（韩信故事）、张凤翼的《灌园记》（春秋齐国世子法章故事）、梁辰鱼的《浣纱记》（范蠡西施故事），讲述的都是历史上真实存在的人物的故事，但这些故事在民间流传已久，且作者并非主动再现历史，而只是借用历史故事，增加情节关目，以求吸引读者。

　　明代末年，演剧活动日益成为士大夫、平民百姓喜闻乐见的活动，传奇作品的创作者日益增多，且作剧初衷也多样化。据记载，曾有李明睿宗人之子作剧嘲笑李明睿、龚鼎孳。李明睿于天启二年中进士，为吴伟业座师。龚鼎孳是著名的诗人，也是吴伟业好友。崇祯十七年，农民军攻破北京时，二人曾投降李自成。后清军入关，二人又投降清廷。其事可见《清史列传·贰臣传》。二人作为明廷官员，投降李自成农民军已不应该，且故事重演，再次投降清兵，其行为更为世人所不齿。李明睿宗人之子看不下去，专门作剧嘲笑二人的投降行为，写二人南逃，无处躲藏，匿于岳王庙秦桧夫人王氏胯下，适王氏月事，贼兵去，二人出，相顾，满头血污。据传李明睿、龚鼎孳看到此剧时，"相与抱头痛哭"，李明睿发誓要杀作剧之人。虽然李明睿、龚鼎孳隐于秦桧夫人王氏胯下之事纯属子虚乌有，且此剧并未流传后世，但亦可见出明末人有关注时事、以时事入剧的做法。

　　《秣陵春》可以看作第一部完全征信史而作的传奇作品。《秣陵春》的故事大致取材于《南唐书》，其中李后主、黄保仪、小周后、耿先生、曹善才、徐铉等都是真实可考的历史人物，而且这些人物很少进入民间传说的视野。故事中人物所叙也基本取材于历史，此前已有论述。即使徐适并未出现在《南唐书》中，但考之《宋史》，确有其人。吴伟业采用"移花接木"之法，将徐适放在赵宋王朝背景下，作为南唐学士徐铉之子，寄寓了作者"以金人入侵喻清人入侵"的深意，是作者牵合史实虚构出的人物形象。剧中女主人公黄展娘及其父母则均为虚构，徐适与黄展娘被李后主、黄保仪撮合而成就婚姻的故事也是虚构。因此，《秣陵春》虽然取材于正史，人物的活动背景、人物出场时的叙述基本符合史实，但其故事主干，即徐适、黄展娘二人成就婚姻的过程纯为虚构。可以说，《秣陵春》在人物形象塑造过程中，采取了半实半虚的方式，人物性格、人物活动的背景是基于历史真实的，但故事情节则是根据历史真实进行的合理想象。

《桃花扇》继承了这一征信的创作态度。孔尚任对南明故事、故人有着非常浓厚的兴趣，且孔氏生活的时代距明亡不远，熟悉明代南京故事的故人大多尚存于世。孔尚任去淮扬治河时，冒襄、张怡、黄云、邓汉仪、许承钦等南明故老仍存于世，他经常听他们讲述南明故事，听其感慨兴亡。冒襄还不顾80岁高龄，亲自跑到孔尚任居所，为他讲了一个月的南明遗事。因此，淮阳治河期间，孔尚任搜集了大量的侯、李故事及南明君臣掌故。

顺治一朝，前半期以武力荡平江南，清兵南下烧杀掳掠，令江南人惶惶不可终日；后半期，令官员推举贤才，且奏销、科场等一案接一案，明末遗老受牵连者甚多，明亡之痛频频见于文人士大夫言辞之间。康熙一朝，故夫遗老相继离世，明亡之思替代明亡之痛。孔尚任作为圣人后裔，也加入了反思明朝亡国原因的行列中。秦淮自古出佳丽，南明的繁华虽眨眼即逝，但依旧令人向往。侯方域为风流文人，李香君为秦淮名妓，二人的绮丽故事令人眼热。如何将侯、李故事与南明亡国结合起来，成为孔尚任思考的对象。冒襄为侯方域好友，冒襄之妾董小宛与李香君同为秦淮名妓，冒襄的讲述为孔尚任提供了大量的素材，最终使其找到了男女爱情与政治斗争的联系，结撰成《桃花扇》。孔尚任在《桃花扇·凡例》中说："朝政得失，文人聚散，皆确考时地，全无假借。至于儿女钟情，宾客解嘲，虽稍有点染，亦非子虚乌有之比。"[1]《桃花扇》每一出题目下皆标明故事发生时间，如第一出《听稗》下即标明"崇祯癸未二月"，即侯方域与陈定生、吴应箕听柳敬亭说书之事发生于崇祯十六年二月。第九出《抚兵》下标明"癸未七月"，即左良

① 孔尚任：《桃花扇·凡例》，长春出版社2013年版。

玉驻军武昌，粮草不继，欲就粮南京之事发生在崇祯十六年七月。第六出《眠香》为侯方域与李香君定情，下标"癸未三月"，正如孔尚任所言，此出内容为"儿女钟情"，虽未必真实发生在癸未三月，但从故事结构来看，安排生、旦先于癸未三月结识，与后来发生在癸未五月的第八出《闹榭》、癸未七月的第九出《抚兵》、癸未八月的第十出《修札》，恰好时间、事件相互承接，绝无冲突。这种每一出、每一事均标明时间的做法，可见出孔尚任"征信"的态度，欲以传奇作品传达与儿女私情紧密结合在一起的明王朝的得失。这对于《秣陵春》仅仅取材于正史、虚构故事内容的做法来说，无疑在"征信"态度方面更进了一步。

其次，《秣陵春》与《桃花扇》均体现出明末清初之人特有的悲剧意识和悲剧色彩。

明末清初是一个动荡不安、重建历史秩序的时代。此时，明王朝已腐败透顶，一切末世存在的问题——阶级矛盾、社会矛盾、民族矛盾，全都在明末体现了出来，明王朝急需新鲜的血液。从这点上来说，清王朝取代明王朝，确实符合历史更迭的规律。但问题也出于此。崇祯王朝是在农民起义军的攻击下灭亡的。崇祯十七年三月，李自成农民军攻入北京，崇祯皇帝杀死后妃、公主，最后自缢，一大批所谓的"忠臣""忠节之士"也相继死国，历史以一副悲壮的态度展现在世人眼前，刺痛了一代文人士大夫的眼睛，使其心灵受到了极大的震撼，并试图重建内心的秩序。这种状态还远未结束。偏安一隅的弘光小王朝不仅未实现文人士大夫的复国梦，反而在一年左右的时间里，以千疮百孔、爬满蛀虫的状态展现着它的丑陋。时隔不久，清兵便以摧枯拉朽之势相继占领江南各地，文人士大夫的心灵再一次因受到巨大冲击而失衡。对他们而言，一代帝国被农民起义军推翻的事实已经很难接受，何况中土沦入异族之手。"华夷之辨"的观念再次被打破，如同蒙古族灭宋，清王朝取代明王朝也成为文人士大夫心中永久的痛。

吴伟业作为明王朝政局中的一员，相继经历了这些巨大的历史变革，其心灵的幻灭感可想而知。崇祯帝自缢消息传到太仓，吴伟业曾有自杀的举动，可惜被家人发现后救下，但其心中仍充满了愧疚之情。清兵下江南，吴伟业如惊弓之鸟，举家避难。政局稍定，他便与友人相约以明朝遗民自居。从明亡后到顺治十年之间创作的诗歌作品中，吴伟业以一个文人的视角，描述了历史秩序重建过程中帝王后妃、公子王孙、达官贵人及下层民众的悲剧命运，虽然其心迹也于作品中时隐时现，但作者始终作为局外人，站在诗歌之外进行指点评论。《秣陵春》虽然演绎了徐适与黄展娘的爱情故事，但吴伟业"醉翁之意不在酒"，爱情故事作为一个酒瓶，内中装的却是自己的兴亡之感、故国之思。吴伟业在《秣陵春》中塑造人物形象时，一切都是从便于展现自己情感的立场出发。剧中徐适本为一书生，他甚至没来得及感受故国给他的恩泽，南唐就灭亡了。按理，徐适本不应再作为南唐遗民的身份出现。但吴伟业偏偏将其塑造成南唐遗民的形象，徐适一出场，表现出的就是家国飘零、孤苦无依的状态。这与吴伟业经历明亡之痛后的情形何其相似。吴伟业或许认识到，单纯将未曾感受南唐国恩的徐适作为南唐遗民的形象，似乎有点单薄。于是，又设置了南唐后主重用徐适，将幼女托付给他并助其成婚等情节，使其作为南唐遗民的形象更加饱满一些。黄展娘生长深闺，虽为南唐后主黄保仪的侄女，实质并未与后主、黄保仪见过面，更别提亡国之后。但黄展娘依然被作者当成抒发故国之思的工具。第六出《赏音》中，曹善才演唱后主小词隐括成的几支曲子，黄展娘一听之下，就明白此乃后主《山花子》《浪淘沙》等小词组成。可见，黄展娘不仅熟读诗书，而且熟读后主诗词，对南唐后主风韵有着钦慕、感念等情感。对于这几支曲子中的兴亡之感，黄展娘也当是心领神会的。曹善才是经历了南唐之盛、沐浴后主之恩的，因此，吴伟业在塑造这一形象时，可谓是付出了全力，不仅让其演唱后主小词隐括成的大段北曲，还让其见到烧槽琵琶、在后主祠庙出家、与后主仙灵相见并诉说改朝换代后的悲凉。可见，在《秣陵春》中，吴伟业是有意识设置遗民形象，使其作为自己情感的传声筒的。浓重的故国之思、兴亡之感通过作品人物之口道出，仿佛作者也是剧中之人，与剧中人物一起经历悲喜。但正因吴伟业塑造的是经历了国破家亡的遗民形象，因而并不欲彰显其中的喜剧色彩。虽然为徐适和黄展娘设置了喜剧性的结局，但作者仍用浓重的悲剧底色，使全剧笼罩着悲凉的气息。正因如此，吴伟业在《秣陵春》中塑造的人物形象可以说是不成功的，因其几乎每一个人物都与兴亡之感、故国之思相关联，人物活动与情感抒发有两张皮之感，并没有紧密结合起来。究其原因，主要有以下两方面：一是故事情节缺乏戏剧性；二是作者的目的不在塑造完美的人物形象，而主要为了抒发感情。可以说，作为戏剧作品，《秣陵春》是不成功的。但放在特定的明末清初的历史条件下，结合作者当时作为明遗民的立场，《秣陵春》的出现又有着历史必然性，是独具特色的戏曲作品。

在通过戏曲作品抒发情感这一点上，孔尚任可以说是受到了吴伟业的影响。孔尚任虽然不是明遗民，但他作为圣人后裔，骨子里还是受"华夷之辨"的深刻影响的。同时，孔尚任生活的时代距明亡不远，很容易感受到浓重的兴亡情绪。另外，作为一个文人，他还对明末秦淮风流心怀仰慕。这些都使《桃花扇》在塑造人物形象方面体现出与《秣陵春》一脉相承的关系。

首先，在人物形象塑造上，孔尚任选取了侯方域、李香君两人作为男、女主角，使二人的活动串起全部故事情节，可以说，真正做到了

"以离合之情，写兴亡之感"。侯方域作为风流文人，串起了与吴应箕、陈贞慧、史可法、阮大铖、左良玉、高杰等人的关系；李香君作为秦淮名妓，串起了与马士英、阮大铖等人的关系。柳敬亭、苏昆生作为剧中的关联性人物，又串起了侯方域与李香君的关系。老赞礼作为局外人物，串起了民间与朝廷、剧中与局外、扮演与评价等之间的关系。这众多的关系体现了作者对历史局势的判断，以及对处于历史动荡中人物命运的关切。同《秣陵春》一样，《桃花扇》也展现出浓重的兴亡之感和悲剧情绪。以侯方域和李香君的结局为例。现实生活中，侯方域与李香君虽然曾经有过一段缠绵的爱情故事，但仅限于侯方域在南京的一两年间。据《李姬传》①记载，侯方域于崇祯十二年游历金陵，与李香君相识。崇祯十三年，侯方域之父侯恂生病，侯方域回到河南家中，此后未再与李香君相见。可以说，侯方域秦淮风流的时间只有一年多。但在《桃花扇》中，孔尚任不仅让侯方域、李香君二人相识、成婚，还设置了李香君等候侯生、侯生归金陵寻找香君等情节。最后，国破家亡，二人相见于道场，欲重续前缘。在道士张薇的呵斥下，二人醒悟，双双入道。《桃花扇》设置了一个悲剧性结局，没有让侯、李二人终成眷属，这也直接体现出孔尚任的悲剧意识：国破家亡之后，人作为一个文化符号，已经没有存在的空间了，何况爱情？这与《秣陵春》中虽然设置了生、旦团圆的结局，但全剧始终笼罩着悲剧性气氛极为相似。

其次，孔尚任对于明遗民尴尬处境的思考。《桃花扇》续四十出标题为"余韵"，既为"余韵"，而且用"续一出"的形式表现，则其不属于男女爱情故事范畴的意味已很明显。但作者有意加这一出，则表明此出并非可有可无，而是对全剧故事的一个延续、反思。《余韵》一出

---

① 《李姬传》，明末清初散文家侯方域作品，描写明末秦淮歌伎李香。李香即《桃花扇》中的李香君。

叙述柳敬亭、苏昆生与祭神归来的老赞礼相遇，三人各歌一曲，表达了亡国之后各人所见、所思。老赞礼弹弦唱神弦歌［问苍天］。此曲为祭祀财神之曲，但对于世间之人的不同命运却有质疑：同月同日生辰，为何穷通不同？同为神君，为何财神庙修造精奇，而文昌帝君之庙却冷如冰？为何污浊之人享受富贵，而正直之人却不名一文，只能享有清名？人间是否乱了顺序，颠倒了聪明和愚蠢的分别？上天能否听我一言，检视一下为何人与人有如此大的差别？或许神人也有短处，富贵穷通终有命吧。难怪苏昆生称此歌逼真《离骚》《九歌》。这或许也是孔尚任对于自身穷通无可奈何的认定吧。

柳敬亭用盲女弹词之法，演唱一曲《秣陵秋》，演绎的是《桃花扇》中所写的政局变故：崇祯帝自缢，清兵入关，弘光一朝偏安江南一隅，不思复国，反而奸臣当道，教唆弘光帝起楼台、渔幼女、观演剧。马士英、阮大铖忌惮史可法，使其督师江北，四镇跋扈，不听节制；担心复社卷土重来，不惜血本，钩稽社党；害怕左良玉"清君侧"，调取江北三镇，抵挡左兵，恰将北方暴露给清兵。清兵攻破南京，君臣逃散，少数的几个忠臣，也难挽乾坤。此曲将马士英、阮大铖的罪恶揭露无遗，对弘光帝的听信权臣、不思进取也进行了讥刺。

苏昆生演唱的是一套北曲，名为"哀江南"。这一套《哀江南》，纯用北曲，共有七支，写出了南明灭亡后的萧条景象："山松野草带花挑，猛抬头秣陵重到。"[①] 是说九月的山间，野草间还有几朵残花，猛一抬头，原来已到秣陵城。城中还残留着作战时的堡垒，瘦骨嶙峋的马卧在空空的战壕中，已是夕阳西下，一片萧条。明孝陵多次被人燃起野火，护墓的楸树多半已被烧焦。守陵的太监们不知逃到了哪里，山上是奔跑着的羊儿。祠堂已成为鸽子和蝙蝠的巢穴，满堂都是鸟粪，台阶上

---

① 孔尚任：《桃花扇》，长春出版社 2013 年版，第 211 页。

满是枯枝败叶。陵墓早已无人祭扫，放牧的孩子已将驮碑的赑屃的壳打碎。皇宫中白玉柱七倒八歪，宫墙多有倒塌，琉璃瓦早已破碎，翡翠窗棂也被抢劫一空。原来歌儿舞女表演的丹墀之上，早已巢满了燕雀。去往宫门的路上长满了蒿莱。曾经繁华的秦淮河一带，如今已是破纸迎风，当年的粉黛、笙箫早已无处寻觅。端阳节没有人赛龙舟，重阳节也没有酒家可以痛饮了。曾经架于青溪上的小桥，桥板已经拆光。秋水长天，没有一个人，只剩下一树垂柳、一弯落照。

"明孝陵""莫愁湖""凤凰台"等意象在吴伟业的诗歌中也多次出现，这些承载着明朝文物的意象，是清初文人共同的伤痛。"秣陵"更是《秣陵春》与《桃花扇》二剧故事的发生地。秣陵即南京，作为六朝古都，更作为明王朝的南都，伴随着明王朝盛衰的始终：明太祖定都南京，明成祖迁都北京，后北京城被李自成农民起义军攻破，清兵入关，一批文人士大夫拥立弘光小朝廷，仍定都南京。作为六朝金粉地的南京，经历过多次战火洗礼和沧桑巨变，既承载着繁华，又承载着伤痛。吴伟业和孔尚任不约而同地选择"秣陵"作为故事的发生地，既是遵从历史真实的需要，更是抒发易代之痛、黍离之悲的情感需求。其实，《桃花扇》与秣陵联系更为紧密，其故事几乎全都在秣陵展开；但《秣陵春》的故事大部分发生在洛阳，秣陵只是故事发生地之一，更具紧张感的故事情节其实都是在洛阳完成的。洛阳作为南唐后主李煜亡国之后度过余生及死后埋身之地，其实也承载了兴亡更替的伤痛。对吴伟业来说，秣陵作为见证了南唐繁华的地方，洛阳作为见证了李后主亡国亡身的地方，对于抒发自己的明清易代之痛，都是必不可少的地标。但《秣陵春》之所以被称为"秣陵"春，而较少被称为"双影记"，大概是"秣陵"更能表达明遗民们不可言说的哀痛。

吴梅认为《秣陵春》中曹善才演唱的［集贤宾］"不啻庾信之《哀

江南》也",而《桃花扇·余韵》苏昆生演唱的这一套北曲恰被命名为
"哀江南",且七支北曲中前六支分别展示秣陵城、明孝陵、南京明皇
宫、秦淮河、青溪小桥、秦淮旧院的零落景象,最后一支北曲用命运轮
回、繁华不再来总括兴亡感叹,比曹善才演唱的〔集贤宾〕〔后庭花〕
更觉哀伤。

　　孔尚任在抒发了一通兴亡之感后,作为清廷勾稽遗民的徐青君出
现,欲将三人当作"明朝遗逸"拘捕起来。老赞礼等三人本已隐居山
野,清廷仍不放过,欲借访山林遗逸之名将其一网打尽。通过这一出,
我们可以看到孔尚任对于明代遗民处境的思考。这与吴伟业《秣陵春》
中对于徐适的出处思考是一脉相承的。徐适以南唐遗民身份自居,拒绝
了赵宋王朝的状元头衔和官职。但赵宋王朝最终想方设法满足了他的一
切要求,拒绝变得没有任何意义,他也就半推半就接受了赵宋王朝的心
意。徐适的处境也就是吴伟业的处境,同样,老赞礼们的处境是明末清
初之际所有明遗民的处境。

　　再次,《秣陵春》与《桃花扇》在设置局外人物方面也有传承关系。
《秣陵春》设置了"曹善才"这一角色。我们前面已有分析,曹善
才对于徐适、黄展娘的爱情故事来说,实在是可有可无的人物,但对于
吴伟业借其抒发亡国之痛、故国之思的情感来说,却是必需的存在。
《桃花扇》中的老赞礼也是这样一个角色。老赞礼在剧中并无姓名,出
场只言自己是"南京太常寺一个赞礼,爵位不尊,姓名可隐"(《试一
出先声》)①。这位老赞礼"无祸无灾,活了九十七岁,阅历多少兴
亡"②。全剧共四十二出,老赞礼出现在其中六出中,分别为试一出
《先声》、第三出《哄丁》、加二十一出《孤吟》、第三十二出《拜坛》、

---

① 孔尚任:《桃花扇》,长春出版社2013年版,第5页。
② 同上。

第四十出《入道》、续四十出《余韵》。其中，试一出与加二十一出分别在上、下半部开始，试一出交代全剧剧情始末，相当于传奇作品的副末开场，加二十一出由老赞礼代作者之口，抒发兴亡之感，类似于下半部的副末开场，但并不交代剧情，而是以抒情为主。第三出《哄丁》讲述的是复社人士文庙祭祀，阮大铖偷偷与祀，被吴应箕发现，纠结与祀同人，对阮大铖大打出手，骂其为阉党耳目，陷害正直。连老赞礼也打了阮大铖，并说"我这老赞礼，才打你个知和而和的"①。第三十二出《拜坛》叙述的是乙酉三月十九日，即崇祯帝忌日，弘光朝官员祭拜崇祯帝的情景。老赞礼出场唱道："眼看他，命运差，河北新房一半塌。承继个儿郎贪戏耍，不报冤仇不挣家。窝里财，奴乱抓。"② 一边是崇祯帝自缢，清兵占领北方；一边是弘光帝非但不思进取，反而日日渔幼女、观戏剧，奸臣秉权，将江山等同儿戏。史可法大哭崇祯帝，其他如马士英辈，皆假意哭祭。更有甚如阮大铖者，祭祀来迟，反而独独上前，颠倒黑白："先帝先帝！你国破身亡，总吃亏了一伙东林小人。如今都散了。剩下我们几个忠臣，今日还想着来哭你，你为何至死不悟呀！"③ 只剩江南半壁江山，不但不思复国，反而日日讲求门户之别，排挤正直。难怪老赞礼说："老爷们哭的不㤭，俺老赞礼忍不住要大哭一场了。"④ 第四十出《入道》讲的是清兵攻占南京，弘光君臣四散，侯方域、李香君逃入栖霞山。张薇在栖霞山设道场，祭祀崇祯帝及殉国诸臣。侯、李二人相遇，欲再续前缘时，被张道士当头喝破，撕碎桃花扇，断了花月情根，双双入道。副末扮演的老赞礼带领村民男女前来祭拜。续四十出《余韵》讲述柳敬亭、苏昆生隐居栖霞山，老赞

---

① 孔尚任：《桃花扇》，长春出版社 2013 年版，第 24 页。
② 同上书，第 166 页。
③ 同上书，第 168 页。
④ 同上。

礼祭神归来，恰遇二人，弹唱《问苍天》，柳敬亭唱《秣陵秋》，苏昆生唱《哀江南》，讲述明末风云动荡的历史，抒发国破家亡的哀伤之情。

通观老赞礼出现的几出，除作为副末开场的角色出现两次外，中间三次均出现于祭祀场合，担任掌管祭祀的职务，一次出现于剧末。相对于《秣陵春》中的曹善才这一角色，其推动故事发展的作用更小，基本是一个局外人物。但孔尚任对这种局外人物做出了一定的创新。曹善才是《秣陵春》剧中人物，并不担任"副末开场"的角色。但老赞礼在剧中却有两个作用：一是担任"副末开场"角色，并引出下一出中的人物。如试一出《先声》结尾"犹未了，那公子早已登场，列位请看"①，加二十一出《孤吟》结尾"那马士英又早登场，列位请看"②，均在下场诗后加一句，引出下一场首先出场的人物。二是作为剧中人物。老赞礼参与了打阮大铖、祭祀崇祯皇帝、祭拜殉国臣子、弹奏《问苍天》等事件，其行为与其职务一致，但又表现出同情正直朝臣、痛恨奸臣贼子、哀悼明朝之亡等性格特点，与曹善才相比，具有了抒发兴亡之感之外的其他作用。中国古代传奇作品中一直有"副末开场"的传统，出现于剧首，有的作品将其作为第一出，也有将其放在剧情之外的。"副末开场"出现于正式演出之前，其作用为简单介绍全剧故事情节。"副末"并非剧中角色，这也起到了一定的间离效果。但孔尚任赋予了老赞礼剧外人和剧中人两个角色，试图将起开场作用的副末作为剧中人物，参与到部分剧情中，这就比曹善才这一角色有了进一步发展。

其实，在《秣陵春》和《桃花扇》之间，还有一部作品，即洪昇

---

① 孔尚任：《桃花扇》，长春出版社 2013 年版，第 7 页。
② 同上书，第 110 页。

的《长生殿》。《长生殿》演绎唐明皇李隆基与宠妃杨玉环离合聚散的故事，其中设置了李龟年这一角色。李龟年为唐明皇乐工，在剧中出现三次，分别为第十四出《偷曲》、第十六出《舞盘》和第三十八出《弹词》。《偷曲》讲述的是杨玉环记取《霓裳羽衣曲》，唐明皇很赞赏，令李龟年等人排演，李暮在宫墙外偷听并记取部分曲子。《舞盘》讲述唐明皇与杨玉环宫中享乐，李龟年等人为杨玉环舞蹈伴奏。《弹词》讲述安史之乱后，李龟年流落江南，卖唱为生，为人演唱由"货郎儿"九转而成的一组弹词，讲述了唐明皇和杨贵妃的情事，其中寄予物是人非之感。从推动故事情节发展看，李龟年这一人物形象设置同样作用不大，但作者借李龟年这一宫中供奉之口，抒发了兴亡之叹。

最后，《秣陵春》与《桃花扇》在作品体例方面有着传承关系。

《秣陵春》共四十一出，上半部二十二出（包括《麈引》即"副末开场"），下半部十九出（包括《仙祠》一出）。生、旦故事交叉，直至第十七出《影现》，生、旦故事方始相交，第二十二出《仙婚》，生、旦在虚无之所成婚，上半部基本叙述的是生、旦在非人间条件下的结合过程。下半部，故事场景拉回人间，叙述生、旦在人间由离到合的过程。故事由于阗玉杯、宜官宝镜、澄心堂法帖、烧槽琵琶四件南唐故物挽合，最后一出《仙祠》呈现的是人间、仙界大团圆的景象，象征着作者心中的圆满。《桃花扇》同样分为上、下两部，但在结构上相对于《秣陵春》更显整齐。上半部由试一出《先声》开始，下半部由加二十一出《孤吟》开始，上、下两部均为二十出。末出为续四十出《余韵》。如研究者所言："上本之末，皆写草创争斗之状；下本之首，皆写偷安宴游之情。争斗则朝宗分其忧，宴游则香君罹其苦。一生一旦，为全本纲领，而南朝之治乱系焉。"①《秣陵春》上、下两部呈现的是非人间、人间的对比，起连接作用的是道具烧槽琵琶。而《桃花扇》上部之尾和下部之首呈现的是生、旦的对比，生、旦二人作为全剧纲目的作用十分明显。

《秣陵春》以《仙祠》一出作结，展现了作者心中虚构的人间、天上双团圆的场景。《仙祠》中最动人的是曹善才的几支北曲演唱，[集贤宾][后庭花]两支曲子展现了南唐灭亡后的凄凉景象。

> [集贤宾] 走来到寺门前，记得起初敕造。只见赭黄罗帕御床高。那壁厢（摆列着）官员舆皂，这壁厢（铺设的）法鼓钟铙。半空中一片彤云，簇捧着香烟缥缈。（如今呵）新朝改换了旧朝，把御牌额尽除年号。只留得江声围古寺，塔影挂寒潮。

> [后庭花] 澄心堂堆马草，凝华宫长乱蒿。（树木呵）砍折了当柴烧，（书呵）拆散了无人裱。（亏了个女婿妆乔，状元波俏，才挣）这搭儿香火庙。三山卷怒涛，乌鸦打树梢，城空怨鬼号。（怕的）君王愁坐着，（则把俺）琵琶弹到晓。

《仙祠》一出的作用我们前面已有分析，作者是将其作为故事情节交代的，只有如此，方能展现吴伟业久积于心的兴亡之感。

《桃花扇》故事以第四十出《入道》作结，侯方域、李香君二人于国破家亡之后未能再续前缘，而是幡然醒悟，双双入道，男女爱情故事至此结束。

那么，除了通过作品分析线索外，孔尚任与吴伟业是否有真实的传承关系呢？这是有可能的。据吴伟业《冒辟疆五十寿序》所言，冒襄

---

① 孔尚仁：《桃花扇》，云亭山人评点，李保民校点，上海古籍出版社 2012 年版，第63 页。

50 岁之前，与吴伟业虽然相互慕名，但并未见过面，也没有什么书信上的联系。冒襄 50 岁生日之前，陈维崧从如皋来，请吴伟业为冒襄作五十寿序。吴伟业在寿序中对冒襄极力颂扬，认为冒襄以贵公子身份，明亡后坚持隐居不出，保全名节的做法是非常值得赞扬的。此时吴伟业已 52 岁。此后，吴伟业多次与冒襄书信往还，《与冒辟疆书》中还提道："小词《秣陵春》近演于豫章沧浪亭，江右诸公皆有篇咏，不识曾见之否？江左玲珑亦有能歌一阙乎？望老盟翁选秦青以授之也。"① 这里提到了李明睿家乐于豫章沧浪亭演出《秣陵春》的情景，并希望冒襄家乐也能够演出《秣陵春》。可能冒襄并未见到《秣陵春》的传本，直到吴伟业去世，《秣陵春》并未由冒襄家乐演出。后来，冒襄得到了《秣陵春》刻本，通读之后，认为吴伟业"寄托遥深"，令其家乐演出，每演，与友人抱头痛哭。可见，冒襄对于《秣陵春》的寄托是很清楚的。冒襄家乐后一直演出《秣陵春》，直到冒襄去世。而《秣陵春》除由李明睿家乐和冒襄家乐演出外，并无其他演出记载。冒襄死于康熙年，而他与孔尚任"同住三十日"发生于康熙年。所以，冒襄与孔尚任的讲述中，极有可能涉及《秣陵春》，这也是《秣陵春》与《桃花扇》存在很多相似因素的一种解释吧。

综上所述，《秣陵春》中设置局外人物的方法，在《桃花扇》中得到了继承，并发生了一些变化，《秣陵春》的体例在《桃花扇》中得到了进一步完善，显示出《秣陵春》对后来文人传奇作品的影响。

---

① 吴伟业：《吴梅村全集》，李学颖集评标校，上海古籍出版社 1990 年版，第 1177 页。

第四章　吴伟业戏曲叙事分析

吴伟业在戏曲作品领域并非多产作家，终其一生，也只作有传奇《秣陵春》、杂剧《临春阁》和《通天台》三部作品，且均创作于顺治三年至十年之间，时间较为集中。但其作品在明遗民群中流传较广，对于后来的传奇双璧《长生殿》《桃花扇》均有一定的影响。具体来看，吴伟业戏曲作品在人物塑造、戏曲故事取材、情节设置、情感抒发等方面均有鲜明的特点，奠定了其在戏曲叙事方面独特的地位。

第一节　《秣陵春》人物形象分析

在戏曲史上，学者多将《秣陵春》归入文人传奇范畴。确实，《秣陵春》作为吴伟业唯一的一部传奇作品，得到了当时众多文人戏曲家的赏识。尤侗《梅村词序》言："及所谱《通天台》《临春阁》《秣陵春》诸曲，亦于兴亡盛衰之感，三致意焉：盖先生之遇为之也。"① 李宜之曾为吴伟业审定《秣陵春》传奇，认为其于音律方面特别专精，"灌隐

---

① 吴伟业：《吴梅村全集》，李学颖集评标校，上海古籍出版社 1990 年版，第 1494 页。

（梅村自号灌隐主人）之为《双影记》也，审节宫羽，稳协阴阳，不骋才情，并不用学问，而字字敲打，如出莺喉燕吭间，无不歌诵妥溜，妙会谐丝竹者"，并认为《秣陵春》可与《拜月亭》《琵琶记》"分鼎立于三百年之上"①。《秣陵春》初成，李明睿即令家伶演于豫章沧浪亭。冒襄于吴伟业去世后，辗转得到《秣陵春》传本，多次令家伶在水绘园演出，演到动情处，即与友朋抱头痛哭，并写诗云："老气心伤日日增，仙音犹自爱迦陵。西宫旧事娄东谱，四十余年红泪冰。"②

对于不熟悉明末清初历史的人来说，《秣陵春》为何会在遗民群中引起重大反响，实在是个谜团。但对于经历了由明入清，且备受摧残蹂躏的明遗民而言，《秣陵春》塑造的人物、抒发的情感所凸显的作者的兴亡之感却是显而易见的，引起他们的共鸣也是理所当然的事情。《秣陵春》在人物形象塑造过程中，体现出明显的特点，即剧中大部分人物取材于正史，但人物活动虚构成分较多。以下就李后主、黄保仪（小周后）、徐适（徐铉）、曹善才等人物形象进行分析。

一　李后主

李后主在陆游《南唐书》、马令《南唐书》中均有传。正如我们所了解的，后主喜爱音律词画、书籍古玩，耽于与大、小周后的情感，疏于治国，最终为赵宋王朝所灭，不仅不能保南唐半壁江山，反而被俘虏北上，在赵宋皇帝的眼皮底下过了几年屈辱凄凉的日子，其后期创作的《虞美人》等词满眼沧桑之感、故国之思，与前期反映宫廷香艳生活的词相比有了重大变化。

据马令《南唐书》记载，后主"妙于音律，旧曲有《念家山》，王亲

---

① 吴伟业：《吴梅村全集》，李学颖集评标校，上海古籍出版社 1990 年版，第 1496 页。
② 顾启、姜光斗：《冒辟疆家乐班的戏剧活动》，《韩山师专月报》1984 年第 1 期。

演为《念家山破》，其声焦杀，而其名不祥，乃败征也"（《后主书》）①。《秣陵春》第六出《赏音》中曹善才上场诗《西江月》云："忆昔华清供奉，琵琶弟子征歌。宫声不返羽声多，演念家山入破。"② 剧中所言与史书记载基本一致，并可相互印证。《南唐书》所言《念家山》演为《念家山破》，实为剧中所言"演念家山入破"，其意指将旧曲《念家山》增加破曲。"破"，即破曲，为唐代大曲中的概念。但"破曲"的"破"与"破碎"的"破"为同一字，附会者将二者联系起来，认为《念家山破》名字不详，预示着南唐国祚不长久。"宫声不返羽声多"用隋炀帝杨广的典故：隋炀帝杨广欲游览江南，王令言听宫中所奏之曲，认为"宫声不返"，"宫声"代表隋炀帝，即此次江南之行会使杨广死在途中。"羽声"噍杀凄厉，用在帝王身上不是好兆头。

后主曾建造澄心堂，专门收藏字画古玩。南唐还专门研制了供奉宫中的纸张，称为"澄心堂纸"，十分珍贵。正因如此，南唐宫廷之外的人很少见到澄心堂纸，更别提以武力荡平中原的赵宋王朝之人了。宋代梅尧臣、苏轼专门有诗咏澄心堂纸。后主收藏的字画上均有"澄心堂"小印，显示着字画的所属。第五出《揽镜》中黄展娘赏玩其父交与收藏的澄心堂法帖后言："看好个晋、唐真迹，前面'澄心堂'小印，是李主与保仪姑娘鉴赏。"③ 待到南唐国灭，澄心堂不复旧日风光，正如曹善才《仙祠》一出中所唱"澄心堂堆马草"。入宋之后，著名的澄心堂纸也沦为废纸，无人识得，只能被堆在仓库中，落满了尘土，令人惋惜。

后主被俘北上后，生活于赵宋皇帝的眼皮下，处处不如意，有传言

---

① 马令：《南唐书》，见傅璇琮、徐海荣、徐吉军主编《五代史书汇编》（九），九州出版社 2004 年版，第 5239 页。

② 吴伟业：《吴梅村全集》，李学颖集评标校，上海古籍出版社 1990 年版，第 1248 页。

③ 同上书，第 1247 页。

他被宋太宗赵光义毒死，"追封吴王，以王礼葬洛京之北邙山"①。这与剧中所言也基本一致。第十一出《庙市》言徐适来到李王庙门前，感叹"嘎！就是后主，死葬汴梁，遗庙在此"②。第十三出《决婿》中后主自己也说"南国风流，北邙萧瑟"③，可见他死后葬于洛阳北邙山。

但吴伟业也为后主安排了一点与史实不同的地方，即后主的生日。剧中两次提到，后主生日为三月三日。一为第十一出《庙市》，丑扮演的道人上场时言："自家李王庙庙祝。常年三月三日，是李王菩萨生辰。"④ 此处"李王菩萨"即指后主。二为第四十一出《仙祠》，黄展娘对丈夫徐适言："官人，今日是三月三日，怎么不到李皇庙去？"⑤ 曹善才欲在摄山寺出家，巧遇徐适夫妇，徐适对曹善才言："只是老丈服侍李皇最久，今日是他生日，把前情旧事与俺细说一番，却不是好。"⑥

陆游《南唐书》和马令《南唐书》均对后主生日有所记载，言后主生于年七月七日。马令《南唐书》还记载了后主临死之前的一段小故事：后主被赵宋王朝封"违命侯"，十分屈辱，名义上为侯，实则囚禁于邸中，受人监视。宋太宗听说后主邸中经常唱歌跳舞，十分热闹，派徐铉去看。徐铉见到自己的旧主子，不敢落座，被后主再三劝说后方坐下。君臣相对，沉默无言，后主突然说，自己十分后悔杀掉了潘佑、李平。徐铉不敢隐瞒，回去后立刻向宋太宗汇报。宋太宗十分生气，认为李后主有不臣之心，在七月七日后主生日当天，派人在其酒中投入牵

---

① 马令：《南唐书》，见傅璇琮、徐海荣、徐吉军主编《五代史书汇编》（九），九州出版社 2004 年版，第 5239 页。
② 吴伟业：《吴梅村全集》，李学颖集评标校，上海古籍出版社 1990 年版，第 1264 页。
③ 同上书，第 1269 页。
④ 同上书，第 1264 页。
⑤ 同上书，第 1355 页。
⑥ 同上书，第 1356 页。

机药，后主饮酒后，痛苦地死去，享年四十二岁。

从《秣陵春》来看，吴伟业对南唐史料当十分熟悉，其剧中发生的故事都是从南唐史料生发而来，不可能单单对后主生日记忆错误。且三月三日一般是清明前后，正是赏春踏青的时节，旧时十分重视这个日子。直到现在，中原地区也有将三月三日当成节日来过的。那么，吴伟业是否故意将后主生日安排在三月三日呢？如果真是这样，其中又有什么用意？

我们知道，吴伟业会试时一甲第二名，里面或许有父亲朋友帮衬的因素。但崇祯皇帝亲批其会试试卷"正大博雅，足式诡靡"，在朝臣面前对其作了很高的评价，并亲赐其归家娶妻，这对封建社会的臣子可是莫大的荣幸。因此，吴伟业终其一生，都对崇祯皇帝心怀感恩。崇祯皇帝自缢后，消息传到太仓，他欲自杀追随崇祯而去，幸被家人发觉后解救下来。正是因为没有死成，他始终对崇祯帝抱愧在心。而崇祯帝正是于三月十九日在煤山自缢的。结合崇祯帝的死期来看，吴伟业将后主的生日安排在三月三日，实在是有深意的：剧中的李后主处处带着崇祯帝的影子，吴伟业是在以这种方式纪念崇祯帝。

那么，吴伟业为什么不直接将李后主的生日安排在三月十九日呢？我们知道，《秣陵春》大约创作于顺治三四年间，此时已是清王朝的天下，清兵的铁蹄已踏破江南。如果吴伟业直接将后主生日安排在三月十九日，无疑等同于与清王朝明目张胆对着干，这对于要保全一家老小的他来说，无疑是非常不利的。三月三日与崇祯帝死期相距不远，同在三月，且三月三日在清明前后，正是祭奠亡人的时间。吴伟业借此隐晦地表达了对于崇祯帝的怀念之情。明白了这一点，我们也就可以明白，为什么冒襄在与友朋观演《秣陵春》时，会相互抱头痛哭。且直到去世，冒襄的家伶还一直在演出《秣陵春》。作为明遗民，吴伟业、冒襄对明王朝，对崇祯皇帝，有着同样的感念之情，国破家亡之后，这种感情愈加纯粹和抽象化。

二　黄保仪与小周后

陆游和马令的《南唐书》均对黄保仪有记载。陆游《南唐书》卷十六云：

> 后主保仪黄氏，江夏人。父守忠，事湖南马氏为偏裨。边镐入长沙，得黄氏，纳后宫。后主见其美，选为保仪。以工书札，使专掌宫中书籍。二周后相继专房，故保仪虽见赏识，终不得数御幸也。[1]

马令《南唐书》卷六《女宪传》云：保仪"服勤降体以事小周后，故同时美女率多遇害，而黄氏独不遭谴"[2]。

从这两条史料看，黄保仪虽为后主嫔妃，但与大、小周后相比，并不得宠幸，也没有什么特殊的事迹，所以记载较少。但《秣陵春》却将黄保仪当作重要的人物来安排，徐适、黄展娘的婚事因黄保仪而起，全剧也以后主和黄保仪仙灵的驾临而终。史料中记载的黄保仪有三个特点：一是工书札，掌管着后主宫中的书籍；二是其才识虽见赏于后主，但因为有大、小周后专房，所以不能多次得到帝王临幸；三是侍奉小周后十分殷勤，在小周后面前从来都很恭顺，所以在其他妃嫔遇害的同时，保全了自己。吴伟业也是根据这三点塑造黄保仪这一人物形象的。

黄保仪在全剧中出现五次，分别为第十三出《决婚》、第十八出《见姑》、第二十二出《仙婚》、第二十六出《宫饯》、第四十一出《仙

---

[1]　陆游：《南唐书》，见傅璇琮、徐海荣、徐吉军主编《五代史书汇编》（九），九州出版社 2004 年版，第 5590 页。

[2]　同上书，第 5309 页。

祠》。但"未见其人,先闻其声",第三出《闺授》已通过黄展娘之父黄济与其妻的对话道出保仪其人,言黄济梦见黄保仪说要为黄展娘择婿,让其等待一年后姻缘到来,这就第一次道出了全剧故事的起点。第八出《仙媒》通过花蕊夫人之口,道出黄保仪交代女冠耿先生为黄展娘择婿的请求,为徐适与黄展娘的结合做了铺垫。第三十五出《诘病》写黄展娘向母亲叙述魂灵被摄后的情形,多次提到黄保仪,正是因为有了黄保仪,才使母亲相信了黄展娘的叙述,为黄展娘与徐适在人间顺利成婚奠定了基础。综合这八出戏来看,保仪虽戏份不多,但在全剧中却起着穿针引线的作用,黄保仪每出现一次,故事情节就向前发展一步,徐适与黄展娘的婚姻也向前进展一步。因此,黄保仪在故事情节发展方面着实起着不可或缺的作用。

黄保仪在剧中的形象也表现出两个特点:一是爱女心切,满怀亲情。即使已经死去,仍旧惦念侄女的婚事,并托梦给哥哥,亲自嘱托,并别请耿先生为黄展娘寻找良婿。二是知书识礼,温柔敦厚。第八出《仙媒》中,耿先生与花蕊夫人、小周后、黄保仪约好相见,但小周后、黄保仪迟迟不到,原因是"周后与李主寻闹,黄保仪不好独自前来"[①],这就显示出黄保仪温柔明理的特点。这都是吴伟业根据史书记载进行的合理想象。

但这里就有一个问题,按照常理,小周后为李后主的正宫夫人,与后主成双出入的应为小周后,为何吴伟业在剧中将小周后一笔带过,没有为其安排任何戏份,独独彰显位分次于小周后的黄保仪呢?

据《南唐书》记载,后主原娶大司徒周宗长女娥皇为妻,娥皇温柔貌美,能歌善舞,与后主感情十分深厚,后因病去世,谥号"昭惠"。小周后为周宗的小女儿,娥皇的妹妹,也十分美貌。姐姐去世后,小周

---

① 吴伟业:《吴梅村全集》,李学颖集评标校,上海古籍出版社1990年版,第1256页。

后与后主成婚。从李后主词作及野史记载看，小周后在娥皇去世之前即与后主有染，后主曾有词："为奴出来难，教郎恣意怜。"① 但小周后善妒，后主的其他妃嫔大都遇害。南唐国灭，后主及妃嫔被俘北上，境况十分凄凉。

据说宋太宗觊觎小周后的美貌，常令小周后进宫，数日方许离开。民间还有题名为"太宗强幸小周后"的图画，至今仍存于世，想来不是虚构。小周后回去后即向后主哭诉，后主苦于无可奈何，只好躲避出去。后主去世后，小周后郁郁寡欢，没几个月也撒手人寰，与后主同葬北邙山。

《秣陵春》中虽然没有小周后的戏份，但却提到了小周后。第八出《仙媒》中花蕊夫人听说后主与小周后吵闹，不禁问耿先生："你家小周后与李主频频抄闹，却是为何？"② 耿先生以感叹的口气道："说起来可怜人也。"③ 后接一支［油葫芦］，讲述小周后的可怜之处。

> ［油葫芦］他在昭惠宫中恰破瓜，步香阶添话靶。大唐天子阿姨家，汴梁宫班立在夫人下，陇西公苦受他归来骂。君王私涕泪，儿女口波查，只得牵衣外走装聋哑，说不出今日怎由咱。④

第一句讲的是小周后与后主有染，被宫中的人说三道四。"大唐天子阿姨家"用的是唐玄宗的典故，唐玄宗与杨贵妃的妹妹虢国夫人有染，用以比喻后主与小周后。"汴梁宫班立在夫人下"是指小周后及其他朝臣的夫人被宣召入宫，暗指小周后被宋太宗强幸之事。"陇西公苦受他归来骂"（李后主在被俘北上后被称为"陇西公"）是指小周后回

---

① 彭定求等：《全唐诗》卷889，中华书局1960年版，第10044页。
② 吴伟业：《吴梅村全集》，李学颖集评标校，上海古籍出版社1990年版，第1256页。
③ 同上。
④ 同上。

来后，向后主哭诉，责骂后主。最后一句指的是后主对小周后之事无可奈何，只得躲避出去，装聋作哑。

吴伟业应该不难了解到小周后的故事。前代学者曾有《秣陵春》"独彰保仪"之说，"独"应该是相对于小周后而说的，即为何独独彰显黄保仪，而不彰显小周后？综合史料和《秣陵春》提到的细节，原因似乎有二：一是黄保仪此前被小周后压制，吴伟业欲借传奇作品为受压制者翻身。南唐后主宫中所传之人本就不多，而黄保仪工书善画，温柔娴雅，具有文人气息，符合作为士大夫的吴伟业对于女性的想象。二是欲为尊者讳。全剧讲述的是徐适与黄展娘在后主与黄保仪撮合下终成眷属的故事，展示的是后主重人情的一面，并不欲显示后主治国的无能。因此，作者对于后主所持的是肯定态度，必然不能展示后主不光彩的一面。而且吴伟业暗中是将崇祯帝比附成后主的，崇祯帝对他有知遇之恩，他当然更需要为尊者讳。即使对小周后而言，作者展示的也是小周后可怜的一面，并未写到她的善妒、迫害宫女。

因此，通过对黄保仪与小周后的比较，作者选择了彰显黄保仪，而为小周后隐晦，这也可以间接看到吴伟业对于已亡的明王朝和崇祯帝的态度。他始终对明王朝的灭亡耿耿于怀，虽然理性上承认明朝已亡的事实，但在情感上并不认同崇祯帝治理无方而亡国的观点，反而处处为其开解，将其视为重人情的帝王。

三　徐适与徐铉

徐铉在《南唐书》和《宋史》中均有传。他是著名的学士，与其弟徐锴并称"二徐"。徐铉在南唐为中书舍人，其诗、书均得后主赏识。剧中所提到的澄心堂法帖上即有他的题记，正因如此，其子徐适才不惜将家藏于阗玉杯和所居宜官阁换取澄心堂法帖，用意即为"收集先人遗墨"。后主在洛阳的遗庙匾额也由徐铉题写。

　　但徐铉有两个问题受世人非议：一是撺掇后主杀害潘佑、李平。潘佑为南唐时很有才华的文臣，狷介固执，目睹南唐江山日将颓败，出于对后主和南唐的忠心，在很短的一段时间内，连向后主呈上七道针砭时弊的奏章。被后主所恶，徐铉、张洎本就对潘佑之才心怀嫉妒，趁机在后主面前添油加醋，最终导致潘佑被杀。李平为潘佑好友，受潘佑之死的连累，也被后主杀死。至此，南唐的栋梁之臣零落殆尽，这也间接导致南唐的亡国。后主晚年曾向徐铉提到自己后悔杀掉潘佑、李平，或许是他寄人篱下，思索亡国原因的结果，也间接表达了对徐铉的批评。二是徐铉由南唐入宋，在重视名节的明代人看来，已不是忠臣。而且徐铉应宋太宗要求，探视囚禁中的后主，并将探视情形如实向太宗禀报，最终导致后主的死亡。可以说，徐铉对于后主之死，负有不可推卸的责任，受后世厌弃也情有可原。

　　《秣陵春》剧中虽无徐铉的戏份，却多次提到徐铉。如第二出《话玉》中徐适提到"先集贤官知制诰、右内史，望重中书"①；第十三出《决婿》中耿先生向后主提到，为黄展娘选定的良婿为学士徐铉的儿子，后主也回忆十五年前驾幸黄家，戏言为黄展娘择婿，"那时学士也在座中，曾作诗纪事"②；第四十一出《仙祠》曹善才向徐适讲述徐铉在南唐为官的情形，"你家学士，皇爷一刻也少不得的"③，后接〔逍遥乐〕：中官宣召，御苑花开，两宫驾到。催唤词曹，饱蘸霜毫，（待）应制诗成赐锦袍。好一个君臣同乐。④

　　通观剧中提到徐铉的地方，并无批评之意，只有第十二出《误谒》中独孤荣自白："遭遇徐铉学士知举，忝中开宝五年进士。只因唐亡，

① 吴伟业：《吴梅村全集》，李学颖集评标校，上海古籍出版社1990年版，第1236页。
② 同上书，第1270页。
③ 同上书，第1356页。
④ 同上。

未经授官。后来学士入朝，荐为三班借职。"① 隐约提到徐铉曾入宋为官，但并无渲染。从徐适对父亲的推重、后主对徐铉的重视、曹善才对徐铉的赞扬来看，剧中对徐铉的态度反而是肯定的。结合史实来看，作者对徐铉的态度值得推敲。

徐适应该是吴伟业移花接木的产物。按《南唐书》和《宋史》记载，徐铉并无有才名的子嗣，因此史书对徐铉的儿女并无记载。徐适虽见于史书记载，但并非徐铉的儿子，而是南宋抗金名将徐徽言的从孙，见于《宋史》卷447《徐徽言传》，并未单独立传，仅有一行记载，"从孙适亦以守安丰死"② 。可见徐适是在抗击金兵的战争中身亡的。这与《秣陵春》剧中的徐适可谓天壤之别。后人多将《秣陵春》中的徐适与南宋抗金的徐适相提并论，混为一谈，认为南宋的徐适抗金而死，而"金""清"同音，吴伟业以此表达自己不与清廷合作的态度。这种观点可备一说。或许吴伟业借用了抗金而亡的"徐适"这一名字，但《秣陵春》剧中塑造的徐适这一形象却不能仅仅用借名来解释。

我们再来推敲《秣陵春》剧中塑造的徐适这一形象。

徐适在第二出《话玉》中首次出场，此时已是"家国飘零，市朝迁改"③ ，不复南唐风景，已是赵宋王朝了。其出场所唱〔瑞鹤仙〕为吴梅先生所激赏。

> 〔瑞鹤仙〕燕子东风里。笑青青杨柳，欲眠还起。春光竟谁主？正空梁断影，落花无语。凭高漫倚，又是一番桃李。春去愁来矣，欲留春住，避愁何处？④

---

① 吴伟业：《吴梅村全集》，李学颖集评标校，上海古籍出版社1990年版，第1267页。
② 脱脱等：《宋史》卷447，中华书局1977年版，第13194页。
③ 吴伟业：《吴梅村全集》，李学颖集评标校，上海古籍出版社1990年版，第1236页。
④ 同上。

此曲用燕子、杨柳、落花、桃李四种意象，表面看是写景，写了满眼春光，实则表达了春光无主、愁绪满怀的情感。一般传奇作品中，生上场时，多为自述身世，或表达其壮志豪情，这种满处愁怀无处诉的上场曲子比较少见。

不仅如此，他还用了陆机、陶渊明两个古人的典故来比喻自己："陆士衡当弱冠而吴灭，闭户十年；陶元亮以先世为晋臣，高眠五柳。"① 我们知道，陆机当国灭之时，被迫北上，并非剧中所言的"闭户十年"。陶渊明之祖陶侃为晋臣，但陶渊明并非因其祖为晋臣而不愿为官的，而是"不愿为五斗米折腰"，直接从彭泽县令官职上归田，并创作了脍炙人口的《归去来兮辞》。徐适反用陆机、陶渊明的典故，表达的是自己不愿入新朝为官的情感。但这种念头并不很纯粹，在第七出《惜杯》中，他还是起了客游洛阳，找寻通家独孤荣打秋风的想法。独孤荣为赵宋朝臣，虽为徐铉的门生，但仕于宋朝，这与徐适一贯的坚持并不一致。直到独孤荣侵占徐适的晋、唐法帖，二人反目成仇，徐适在洛阳北邙山巧遇李后主魂灵，并为后主驱逐了后汉国主刘铢的阴魂，做了后主的女婿，才真正坚持了不仕宋朝的想法。但吴伟业为徐适营造了一个两难的处境。后主虽对徐适有恩，但后主所居之处终非人间，不是久留之所。徐适回到人间后，赵宋王朝不仅不追究自己盗取内库宝物烧槽琵琶的过失，反而赏识其文采，特赐状元及第。他坚持辞官，只为后主将幼女托付于他，"若不弃职追寻，他日重见李皇，有何面目？"② 不想赵宋王朝认定了徐适，反而惩罚了太监张见，着其三日内为徐适找寻失散的妻子，并给假还乡，既满足了徐适寻找妻子的想法，又获得了人人羡慕的官职，何乐而不为？吴伟业不仅认可了徐适接受赵宋王朝官职

---

① 吴伟业：《吴梅村全集》，李学颖集评标校，上海古籍出版社 1990 年版，第 1236 页。
② 同上书，第 1324 页。

的做法，而且为其准备了说辞。后主魂灵在徐、黄二人成婚后，即为其安排了人间的住处，并说"功名事大，前程路远，不能久留"①。徐适辩解："若说起功名，难道丢了皇上，另有个际遇么？"② 后主感慨："卿哪里晓得，不是这个世界了。"③ 并唱道："难留作驸马随朝，却还他书生故里，早图个状元归第。"④ 这是明显地鼓励徐适在赵宋王朝寻求真实的富贵了。赵宋王朝也很仁义，不但允许徐适寻找失散的妻子，还准许重修摄山寺后主祠庙。后主终证仙果，驾临人间，亲自为尘世中的子民开脱。所以最后，徐适不需要在后主面前圆谎，反而得到了后主仙灵的认可。对于戏曲作品来说，这无疑是一个人人乐见的结局。

吴伟业的弟子周肇曾询问他创作《秣陵春》传奇的初衷，他的回答模棱两可，其意大致是说戏曲作品亦真亦假，是作者用来抒发自己内心郁闷之情的工具。若以此回答来考量《秣陵春》中徐适这一人物形象，可以看出，徐适这一人物虽然缺少史实依据，却是作者用心最多的形象，从中可以看到作者自己的影子。

我们前面已经说过，《秣陵春》大致创作于顺治三四年间，最晚不迟于顺治六年。清兵自顺治元年入关，顺治二年，即已南下，五月，南京失守，弘光小朝廷灭亡。顺治三年，清军荡平浙江、福建，隆武帝、唐王相继遇害，永历帝出奔梧州。十二月，农民起义军领袖张献忠在西充凤凰山死于抗清战争中。至此，江南大部地区已落入清军之手，南方稍稍稳定下来。大约从顺治四年，吴伟业开始与友朋互通消息。先是四月尤侗来访；秋天，吴伟业至苏州谒好友愿云和尚，并巧遇姜垓，作《东莱行》。在苏州时，他还遇到了明皇亲刘文炤，创作《吴门遇刘雪

---

① 吴伟业：《吴梅村全集》，李学颖集评标校，上海古籍出版社 1990 年版，第 1308 页。
② 同上。
③ 同上。
④ 同上。

舫》。刘文炤为崇祯帝表弟，一家均死于清军入关之难，只有他自己逃了出来。季秋，至常熟，宿于毛晋汲古阁，毛晋出其家藏吴宽手抄的南宋谢翱的《西台恸哭记》，宾主尽悲。顺治五年，再至常熟，访瞿式耜故居（其时瞿式耜正在桂林抗清），门庭冷落，园草荒芜，其子在清政府的高压下，不能维持家计，只得典卖父亲产业。再至苏州，在虎丘遇座主李明睿，作诗赠之。顺治六年，吴伟业不甘寂寞，离开南京、苏州一带，远至浙江，先后游览嘉兴、杭州、桐庐等地，谒范蠡祠，访杭州女诗人卞梦珏、吴山，拜访了时任桐庐县令的张玉治。

通过这一系列的行踪，我们试着来了解一下吴伟业当时的心理状态。清军初下江南时，吴伟业如惊弓之鸟，携家至矾清湖避难，躲过了清兵的第一次袭击。崇祯帝自缢时，吴伟业虽自忖必死，甚至以实际行动投绳，但被家人救了下来，其母涕泪交流，要其顾惜一家老小。考虑到死难的忠臣义士，他虽心有愧疚，但始终无可奈何。清军的铁蹄踏破江南大地，所幸他躲了过去，没有直接与其接触。虽然他耳闻目睹了那么多悲惨的事情，但始终没有威胁到他一家老小的性命。可以说，命运对他是颇为照顾的。清政府也明白，马上得天下，却不能马上治天下。江南初定，清廷就着手开科考试，网罗中原人才。顺治四年，友人宋徵璧、张玉治、许涣即中进士，张玉治即吴伟业老师张溥之弟。以明人注重的气节而论，张玉治出仕清廷，实在易惹非议。但吴伟业于顺治六年游浙时，曾专程拜访时任桐庐县令的张玉治，可见他对于张玉治出仕清廷并无否定。可能吴伟业自觉深受崇祯帝厚恩，即使不能随崇祯帝而去，也不能再任清廷的官了。但是对于未受国恩，甚至在明王朝本非官员的人来说，出仕清廷无可非议。不仅如此，他还可以大摇大摆地拜访他们，接受他们的款待。

那么，看到周围的友人相继出仕，清政府也摆出了一副和善的面目，下诏求贤，吴伟业能否无动于衷，始终坚持自己的遗民身份呢？答案是值得商榷的。

我们来看一下后世认可的明遗民面对清廷的态度。首先看傅山。

傅山，字青主，阳曲人，是明清之交著名的书法家、画家，认为"书宁拙毋巧，宁丑毋媚，宁支离毋轻滑，宁真率毋安排"①，这也是他一生为人的态度。他始终以气节砥砺自己，是著名的明遗民。据《清史稿》卷501《遗逸二》记载，明末天下动荡，农民起义风起云涌，关外又有女真族虎视眈眈。当时所谓的缙绅先生，多迂腐不足道。傅山十分看不惯这些人的做派，"乃艰苦持气节，不少婤婀"②。提学袁继咸被阉党张孙振诬陷，傅山约友人曹良直等诣通政使，三次上书为袁继咸鸣不平，极力辩白袁的无辜，最终使袁的冤屈得雪。

明亡后，傅山"改黄冠装，衣朱衣，居土穴，以养母"③。"改黄冠装"即入道，"衣朱衣"即不忘朱明王朝之意。袁继咸从弘光朝卸职后，以难中诗寄给傅山，说"不敢愧友生也！"④ 傅山得到袁书后，恸哭失声，说自己也不敢辜负袁继咸。顺治十一年，傅山因河南狱牵连，被捕入狱，始终不屈，绝食九日，九死一生，多亏其门人以奇计相救。但"山深自咤恨，谓不若速死为安，而其仰视天，俯视地者，未尝一日止"⑤。

康熙十七年，朝廷诏举博学鸿词，傅山被荐，坚持推辞不就，"有司强迫，至令役夫舁其床以行"⑥。走到离京师二十里的地方，誓死不

---

① 赵尔巽等：《清史稿》卷501 列传288《遗逸传二》，中华书局1977年版，第13856页。
② 同上书，第13855页。
③ 同上。
④ 同上。
⑤ 同上。
⑥ 同上书，第13856页。

向前。大学士冯溥等众公卿都去看他，"山卧床不具迎送礼"①，坚持不向清廷官员行礼。魏象枢上疏言傅山老病，特诏免试，任命为内阁中书。冯溥令傅山入宫谢恩，仍旧"使人舁以入，望见大清门，泪涔涔下，仆于地"②，以此免入谢。第二天启程归乡，大叹："今而后其脱然无累哉!"③ 认为自己的行为比不上东汉的许衡、刘因，如果后世将其比作此二人，自己将死不瞑目。死后，以朱衣、黄冠入殓。

再来看一下冒襄。

冒襄，为著名的"四公子"之一。甲申后，隐居故乡，在其家水绘园中日日招致宾客，名气日盛，也引起了清政府的关注，"督抚以监军荐，御史以人才荐，皆以亲老辞。康熙中，复以山林隐逸及博学鸿词荐，亦不就"④。面对清廷官员的多次推荐、清政府的征召，冒襄始终不曾心动，隐居终老，私谥潜孝先生。

傅山注重气节，明亡后即入道，清政府以高压征召，他推辞不就，最后强行让役夫抬入京师，也始终坚持不仕清的初衷。冒襄不仅没有做明王朝的官，而且始终以明王朝的遗民自居，虽然被多次推荐、征召，皆坚辞不就。这在当时都是为人津津乐道的。二人有一个共同特点，即顺治初年皆隐居不出，这与吴伟业江南初定即外出拜访友朋不同。我们知道，吴伟业后来也被清廷征召，虽然他多次推辞不就，但当清政府严厉逼迫时，他还是违心接受了征召，于顺治十年初秋踏上了北上的征途。虽然顺治六年之前，吴伟业没有受到征召，但周围的朋友，如钱谦益、龚鼎孳、李明睿等投降了清廷，陈之遴已是清廷的大学士，宋微

---

① 赵尔巽等：《清史稿》卷 501 列传 288《遗逸传二》，中华书局 1977 年版，第 13856 页。

② 同上。

③ 同上。

④ 同上书，第 13851 页。

璧、张王治也已中了进士。在这种情形下，他或许有一点不甘寂寞了，或许对清廷也有着不切实际的幻想。可以说，《秣陵春》中的徐适是带着吴伟业的影子的。徐适受后主厚恩，当赵宋王朝赐他状元及第时，他虽然多次推辞，但当自己所有的愿望都被赵宋王朝满足后，他也就喜滋滋地接受了这个状元。吴伟业还特意搬出后主为徐适开脱。剧中的后主和赵宋王朝都带有浓厚的人情化色彩，无疑是吴伟业内心所想的外化。

史实和文学作品相互印证，我们大致可以推断出，创作《秣陵春》时的吴伟业心中是游移的，他感念着崇祯帝的厚恩，回想着自己在明王朝曾经的荣耀。但明亡时，吴伟业才三十六岁，正处于封建社会男子最好的年龄段。虽然明亡之前，他已在家休养，但这种休养是一种政治上的观望。当政局稳定下来，清政府确立了自己对全国的统治后，吴伟业心中不能不有所幻想。

其实，剧中人物口中的徐铉也带有吴伟业自己的影子和幻想。徐铉两朝为官，对于明遗民来说，已经违背了不仕两朝的信条，但吴伟业对徐铉并无批判态度，反而通过后主、徐适、曹善才等人之口，赞其文笔，追念其为人。这不能不说吴伟业从潜意识上是有些偏袒徐铉的，既希望在明遗民中留下好名声，又希望从清廷得到切实的收益。从道义上说，他是不能出仕清廷的，但这并不妨碍他对钱谦益、龚鼎孳、张王治等友人出仕的肯定，更不妨碍他虚构一个戏曲作品中的人物，代替他实现自己的幻想。正如吴伟业所言，自己端居无聊，心中烦闷，有所感想，仿佛亲见了虚构中的人物，已经分不清何谓真，何谓假。宦海风险，他在明王朝的党争中就已经体会到了，世事如梦，这点他已经有了深刻的体会。如庄周梦蝶，他是否有时也分不清谁是徐适，谁是吴伟业了吧。

四　曹善才

曹善才也是吴伟业根据史实虚构出的人物形象。马令《南唐书》

卷六《后主昭惠后传》中提到的乐工曹生，就是曹善才的原型。后主昭惠后周氏，即所谓的大周后，"通书史，善音律，尤工琵琶"①，因此，中主李璟将烧槽琵琶赐予她。唐代有大曲《霓裳羽衣曲》，传说为唐玄宗从月宫所得。唐亡后，《霓裳羽衣曲》也失传。"后主独得其谱，乐工曹生亦善琵琶，按谱粗得其声，而未尽善也。后辄变易讹谬，颇去洼淫，繁手新音，清越可听"②，中书舍人徐铉听到宫中演奏大周后改定的《霓裳羽衣曲》后，说："法曲终慢，而此声太急，何耶？"③ 乐工曹生解释说："其本实慢，而宫中有人易之，然非吉徵也。"④ 周后改定的《霓裳羽衣曲》虽清越可听，但节奏较快，与唐代大曲有很大的不同。中书舍人徐铉和乐工曹生均从人、乐相感的角度推测这不是好兆头。果然，周后母子不久相继去世。从史料记载来看，曹生为后主宫中的一名乐工，熟悉宫中情况，善琵琶，音乐水平很高。这就是吴伟业虚构曹善才这一人物形象的原始资料。

《南唐书》中本无"曹善才"这一称呼，只称"乐工曹生"。《秣陵春》中的曹善才出场已是中年以后光景，若再称"曹生"，似不太合适。吴伟业当是根据惯例称其为曹善才。"善才"本意为精通某一种技艺的人。白居易《琵琶行》中有"曲罢曾教善才服，妆成每被秋娘妒"，意为琵琶女高超的琵琶技艺使精通音乐的人叹服。后来就一直将"善才"一词用在精通音乐的人身上。《秣陵春》第六出《赏音》中曹善才出场这样介绍自己："天宝之后，段师弟子有曹、穆二善才，子孙颇传遗法。后主皇爷以'霓裳'旧谱遭乱失传，遍访江南，得某于梨园

---

① 马令：《南唐书》，见傅璇琮、徐海荣、徐吉军主编《五代史书汇编》《九》，九州出版社 2004 年版，第 5301 页。

② 同上。

③ 同上。

④ 同上。

乐籍，道是善才嫡派，即赐名'善才'。"① 这与《南唐书》记载曹生按谱得《霓裳羽衣曲》之粗一致。

如前文所言，曹善才在《秣陵春》中出现场次并不多，且对推动故事情节发展作用不大，却是吴伟业特意设置用来表达兴亡之感、故国之思的媒介。据叶君远先生考证，顺治三年，吴伟业偶步王时敏南园附近，"忽闻琵琶声出于短垣丛竹间，循墙侧听，当其妙处，不觉拊掌"②。王时敏延请吴伟业入座，原来是通州白在湄的儿子白彧如，父子二人均善琵琶。白生重新为吴伟业弹奏一曲，"乃先帝十七年以来事，叙述乱离，豪嘈凄切"③。恰好座中有曾经在崇祯帝宫中当值的姚姓中常侍，避乱流落江南，于是为在座诸人讲述宫中轶事："先帝在玉熙宫中，梨园子弟奏水嬉、过锦诸戏，内才人于暖阁，赍镂金曲柄琵琶，弹清商杂调。"④ 自李自成起义军进入河南，杀死福王，崇祯帝常惨然不乐，这种奏乐的情形再也没有了。吴伟业想起在京情景，与姚姓中常侍相对哽咽，于是创作了《琵琶行》这一名作。《琵琶行》借用白居易《琵琶行》的名字，用琵琶不断变化的音律比喻明末风云变幻的社会形势，令人仿佛回到了当时动荡的社会中，心为之悲，感慨唏嘘。

若将吴伟业的《琵琶行》与《秣陵春》相对照，会发现二者有两点相似之处：一是都将琵琶作为抒发兴亡之感的工具。曹善才弹烧槽琵琶，讲述后主去后凄凉境况；白彧如弹琵琶，讲述崇祯帝十七年以来事。且姚姓中常侍提到的崇祯宫中嬉乐时就有内才人"赍镂金曲柄琵琶，弹清商杂调"的情景。二是曹善才与姚姓中常侍有着异曲同工的作用。二者均在宫中生活过，熟悉皇宫中的情景，且均经历国破家

---

① 吴伟业：《吴梅村全集》，李学颖集评标校，上海古籍出版社 1990 年版，第 1248 页。
② 同上书，第 55 页。
③ 同上。
④ 同上。

亡之痛，叙述离乱和改朝换代之感尤为深切。《琵琶行》创作于顺治三年，《秣陵春》创作最晚不迟于顺治六年，二者之间有着天然的时间上的前后关系，因此，曹善才及其弹琵琶诉兴亡的情景应是承继《琵琶行》而来，且用传奇这种长篇形式，比诗歌抒发情感更显淋漓尽致。

五　耿先生

耿先生在陆游和马令的《南唐书》中均有传，据陆游《南唐书》卷十七《女宪传》记载：耿先生为南唐时代的女道士，"鸟爪玉貌，宛然神仙"。保大年间，游历金陵，专门修炼道术。中主李璟见到耿先生，十分高兴，使其做了自己实质上的妃子。与耿先生有关的奇事共有四桩：一是凭空致龙脑油。大食国向南唐进贡龙脑油，味道辛烈，服用可以治愈疾病，中主十分珍惜。耿先生见到之后，说大食国进贡的龙脑油不是上好的，自己可以为中主找来更好的。于是将绢囊悬挂在房梁上，不久就有龙脑油如注般滴落到其中，品质比大食国进贡的还要好。二是可以搦雪成金、烧粪为银，开宝年间金陵内库中还有耿先生烧制的粪壤银。三是可用小麦变成珍珠。中主想要圆润的珍珠，于是购买了数升小麦。耿先生说，这容易得到。于是取来小麦进行淘洗，用银制的炒锅进行炒制，不久，小麦全都变成了圆润匀称的珍珠。四是孕而有子，但无人见到。耿先生产子当夜，跟左右人员说，我的儿子不是常人，今夜肯定有灵异的事情发生。不久，雷电交加，围绕耿先生的居室，大雨倾盆。第二天，腹中已空空如也，但无人见到她生出的孩子。中主李璟去世后，耿先生不再入宫，往来江淮间，后来不知所踪。

从《南唐书》的记载可以看出，民间流传着耿先生的神奇故事，但只有郑之宝记录在其书中，郑氏说是从徐率更处听来的，徐氏曾目睹耿先生的奇事，但徐氏书中并无记载。可见，吴伟业也是对耿先生的神奇故事存疑的。虽然如此，吴伟业还是采用了《南唐书》的记载，并将其嫁接到《秣陵春》中。《南唐书》中对耿先生的记载有两个值得注意的地方：一是耿先生为女冠，以修炼为事，能从远方移物，点雪成金，点粪成银，能令小麦化珍珠，有许多世人不能的神奇本领。二是耿先生曾作为南唐中主李璟的嫔妃，并孕而生子，而其子不知所踪。吴伟业借用了《南唐书》中所言耿先生的神奇之处，将耿先生的身份由女冠变为王母娘娘座下的箜篌娘子，即由人间之人变为天上之神。这就进一步赋予了耿先生神奇的法力，不仅能够使于阗玉杯和宜官宝镜生出许多变化，而且能够摄取黄展娘的魂灵，使其与徐适成婚。至于耿先生在《秣陵春》中成为神仙之后，如何处理与人间的关系，吴伟业也为其准备好了说辞："只因混元皇帝说南唐国主是他九十八代儿孙，眼见得运去江南，要劝他寻真海上，命我入为宫嫔，说以游仙。岂料彼一念牵缠，辜负了百般点化。这是天缘无分，王气将终，也索罢了。"① 这就将她成为中主李璟妃嫔的缘由道了出来，并将南唐国灭的原因归结为上天的安排，是"王气将终"的结果，而不是南唐皇帝的治理不善。至于《南唐书》中所言耿先生有孕生子，其子不知所踪之事，吴伟业也为其安上了一个神仙的结局：花蕊夫人询问耿先生："闻先生曾孕过皇子，免身之夜，大雷雨失去。先生神通游戏，未必是真的？"② 耿先生回答："怎么不真！只因唐家运去，招受不起，混元皇帝抱上天去，做天男天女了。"③ 这就将孕子而世人未见的原因神仙化了，等于为《南唐书》作了一个补充。

吴伟业选择耿先生作为撮合徐适和黄展娘的媒介，不是没有理由

① 吴伟业：《吴梅村全集》，李学颖集评标校，上海古籍出版社1990年版，第1255页。
② 同上。
③ 同上。

的：第一，耿先生在《南唐书》中就是带有传奇色彩的人物，在此基础上更进一步，将其身份设置成神仙——王母娘娘座下的筜篴娘子，容易让读者接受。第二，耿先生的身份比较特殊，她是中主李璟的妃嫔，与后主、黄保仪有着千丝万缕的关系，所以黄保仪可以拜托耿先生为侄女黄展娘择婿，而不必另生枝节，这就使《秣陵春》在结构安排上减少了头绪，更有利于情节的紧凑集中。第三，耿先生是天上、人间的沟通者，既可以与后主、黄保仪的魂灵相会，也可以摄取黄展娘的魂灵，使其与徐适在后主所居虚无之地成婚，甚至可以请来西王母参加徐适和黄展娘的婚礼。

综合来看，吴伟业塑造《秣陵春》的人物形象，是基于史实，基本采取"征信"的态度，所有人物基本都可以在正史中找到原型，但却不限于史实，而是进行合理的虚构，且虚构的成分较多。从其虚构人物形象的过程来看，主要有两方面的作用：第一，是增加故事的可读性，使故事情节紧凑，减少不必要的头绪。第二，也是最重要的，是为了表达自己对明王朝、崇祯帝的眷恋。在清廷的高压政策下，吴伟业只能通过比较隐晦的方式，让自己的情感通过合理的途径抒发出来。中国古代戏曲是一门综合性艺术，内中体现了诗、词、音乐、舞蹈、小说、绘画、建筑等因素，其中诗、词因素偏重于抒发情感，而小说因素偏重于叙事。这些因素在不同作家的笔下呈现不同的情形，但总体而言，古代戏曲的叙事性大于抒情性。吴伟业写作戏曲，很大程度是看重戏曲的抒情性。因此，他在人物形象塑造过程中，有意通过对正史作品中人物形象的稍许改变，甚至通过戏曲作品中人物自叙、他叙的方式，使人物形象塑造的过程成为作者抒发感情的过程。在《秣陵春》中，戏曲的抒情性与叙事性呈现并驾齐驱的态势，甚至可以说抒情性多于叙事性。这或许也是吴伟业对戏曲抒情功能的认识和发展。

第二节 《秣陵春》故事结构分析

虽然世人多将《秣陵春》作为案头作品来读,《秣陵春》除在当时的友朋群落中演出外,后来基本无演出记录。但这仍不能抹杀《秣陵春》在传奇史乃至文学史上的地位。凡是讲到清初传奇的发展,始终绕不开《秣陵春》。一方面,是因为吴伟业塑造了众多有深意的人物形象;另一方面,故事的结构也为其增色不少。

一 故事体例分析

"十部传奇九相思",男女爱情故事似乎是传奇作品永恒的主题。从元杂剧开始,男女爱情故事就占据了主流,《西厢记》《汉宫秋》《倩女离魂》《墙头马上》《拜月亭》等都是有名的表现男女爱情故事的作品。南戏四大作品《荆钗记》《刘知远白兔记》《拜月亭记》《杀狗记》中,除《杀狗记》外,其他三部都以男女主人公的悲欢离合为线索。但元杂剧限于篇幅和四折一楔子的体例,在故事体例方面尚不如后世那样讲究。高则诚的《琵琶记》问世,始确立了生、旦各占一出,相互交叉,最终团圆的故事体例。梁辰鱼的《浣纱记》一般被认为是昆腔传奇确立的标志。《浣纱记》以西施、范蠡的爱情故事为主线,中间穿插着吴、越两国此消彼长的对抗,爱情故事与政治斗争相交汇,为男女爱情故事制造了此起彼伏的矛盾关系,同时也融入了广阔的社会政治内容。

《牡丹亭》是一部体例较为完整的传奇作品,它以杜丽娘和柳梦梅的爱情故事为主线,女主人公在梦中结识男主人公,并与其发生亲密关系,一病不起,慕色而亡。柳梦梅北上,宿于杜丽娘家改造成的尼姑庵。杜丽娘鬼魂在天地间飘荡，一直寻找着柳梦梅。直到《回生》一出，杜丽娘才复活，与真实的柳梦梅相见，男女主人公两条线索方交织在一起。《秣陵春》不仅在故事情节上继承了《牡丹亭》的"离魂"传统，在故事体例上也借鉴了《牡丹亭》"花开两朵，各表一枝"的结构体例，但在具体构思、情感表达方面又具有自身明显的特点。

　　《秣陵春》在故事结构方面基本遵循上半部写"虚"、下半部写"实"的原则，"虚"即男、女主人公在阴间的故事，"实"即指男女主人公离开阴间、回到人世之后的故事，"虚""实"情节基本各占一半。在写"虚"的部分，男、女主人公结合的基础是李后主、黄保仪的撮合，女冠耿先生作为牵线搭桥之人，一路引领着男、女主人公走向结合的道路。真琦作为剧中设置的小人形象，图谋黄展娘的姿色，欲夜半潜入黄家，偷取宜官宝镜，被女冠耿先生阻止，图谋未遂。徐适作为李后主择婿的人选，为后主驱逐了后汉国主刘䥅的阴魂，既消除了与黄展娘结合道路上的障碍，又展示了自己文才武略的实力。可以说，上半部分中，真琦的阻挠是微不足道的，并不能成为徐、黄二人结合道路上真正的绊脚石，且其被耿先生直接打发，并未对男女主人公的结合产生任何影响。阻挠徐适、黄展娘结合的强大力量是来自阴间刘䥅的阴魂，但这种阻力恰恰又化为动力，促成了男女主人公在阴间的结合。在写"实"的部分中，徐适、黄展娘魂灵回到人世，此时，真琦的力量显得强大起来。他奉太监老师之命，负责查找大宋内库中丢失的宝物烧槽琵琶，在游春路上恰逢黄展娘弹奏烧槽琵琶向徐适诉说情事，真琦连忙搬来追兵，惊散了黄展娘的魂灵，并将徐适拘捕。黄展娘魂灵在归家途中又被刘䥅阴魂截住，恰逢耿先生搭救，才得以平安回到家中。徐适作为偷盗内库宝物的嫌犯，被押送朝廷追究责任，巧遇昔日好友蔡游（已为朝廷命官），蔡游为其说情，赵宋皇帝赏识其才华，不但不追究他的责任，反而钦赐其头名状元，欲委以重任，真琦反而被追究诬陷之责。由此看来，徐适、黄展娘在人间结合的阻力确实来自人间，但此阻力却被一笔带过，而赵宋王朝对徐适的礼遇才是徐适抉择的真正阻力：欲接受赵宋王朝的官职，怕对不起将幼女交付自己的李皇；欲拒绝，赵宋王朝却以退为进，为其清除了与黄展娘结合的最后阻力。由此可以看出作者在设置情节结构方面的逻辑：阴间的事情，由阴间解决，人世的事情，则只能凭借人世的力量解决。真琦、刘錸的阻挠都不能成为徐适、黄展娘结合的真正阻力，而恰恰来自徐适内心的力量却成为真正的阻力：只有接受了赵宋王朝的官职，才能为寻找黄展娘取得合理性，人间的状元称号也恰恰成为促成自己与黄展娘结合的一种力量。权衡再三，徐适接受了赵宋王朝的官职，也为顺理成章与黄展娘结合消除了最后的障碍。

这种逻辑乍看之下，确实违反了戏曲作品构建逻辑的常规。但深思之后又会发现，这种逻辑结构恰恰是吴伟业内心的逻辑：吴伟业时时处于胆战心惊的状态，不知该以何种态度应对清廷未来的征召，因此始终处于内心天人交战的状态。对他来说，男女爱情故事只是一个躯壳，表达作者自身的心理纠结才是主题。这就使《秣陵春》在本质上与常规的反映男女爱情的戏曲作品不同。如《牡丹亭》《浣纱记》等，都以男女爱情故事为主线，无论男、女主人公聚散离合，都折射出浓烈的爱情色彩。《秣陵春》可以说是一部名义上写男女爱情却处处离题的作品，这与作者深层的心理状态不无关系。

二　道具分析

道具在元杂剧中称为"砌末"，是指舞台上人物之外的所有用具。但在元杂剧中，道具一般作为布置舞台或装饰使用，真正起到联系主人公、推动故事情节的道具还比较少。宋元南戏中出现了这种绾和男女主人公的道具，如《荆钗记》中的"荆钗"。王十鹏家道贫寒，与钱玉莲成亲时，只能送其一根荆钗。即使如此，钱玉莲也十分珍惜。王十鹏发达之后，忘记了糟糠之妻钱玉莲。钱玉莲千里寻夫，感动了王十鹏，最终荆钗成为夫妻团圆的见证。明代传奇作品对于道具的使用开始讲究起来。梁辰鱼的《浣纱记》设置了"白纱"这一道具，范蠡与西施定情时，西施以一缕白纱相赠。后西施入吴，白纱成为范蠡思念西施的媒介。直到越国打败吴国，西施与范蠡相见，这缕白纱才回到西施之手。白纱在一定程度上见证了西施与范蠡爱情的波折。

吴伟业在《秣陵春》中分别设置了于阗玉杯、宜官宝镜、澄心堂法帖、烧槽琵琶四个道具，看上去很复杂，但都有各自的用处。

（一）于阗玉杯

根据《秣陵春》交代，于阗玉杯为后主赏赐学士徐铉之物，当时南唐国运尚盛，徐铉恩宠正荣，是南唐兴盛的象征。玉杯做工精良。

> ［宜春令］云雷篆，子母螭，羡良工昆刀切泥。土花如砌，雪肤钿粟琼膏腻。点樱桃丹井砂红，染空青越州磁翠。晴窗，斗茗持杯，旧朝遗惠。①

玉杯通体玲珑剔透，如琼脂般细腻，上有云雷纹和螭纹，红色处如鲜艳的樱桃，青翠处如越窑上好的瓷器。闲时倚晴窗，用此杯泡茶与友朋共赏，来回忆已故王朝的恩泽。

南唐国灭，于阗玉杯成为徐适回忆旧王朝的媒介，也成为国破家亡、沧桑变幻的载体。

> ［宜春令］司徒鼎，尚父彝，拜恩回朱衣捧持。锦茵雕几，一

---

① 吴伟业：《吴梅村全集》，李学颖集评标校，上海古籍出版社1990年版，第1237页。

朝零落瓶罍耻。河如带赵玉今完，瓯无缺柴窑同碎。①

这玉杯原是后主赐物，徐铉小心翼翼捧持回来。谁知一朝国破，玉杯虽在，但国已非国，家已非家了。

就是这个代表旧朝恩宠的玉杯，后来却成为徐适与黄展娘相遇的媒介。徐适以于阗玉杯交换黄展娘之父黄济珍藏的晋、唐法帖，北上洛阳。而黄济将玉杯交给黄展娘收管。第九出《杯影》先写黄展娘赏玩玉杯。

> （旦开匣取杯叹介）你看蜀锦湖绵，重重衬裹；犀牌钿匣，事事精工。似这等润泽光莹，不知经许多摩挲爱惜。比似我黄展娘呵，碧玉破瓜，瑶英待嫁，肌理空夸白璧，杵臼未捣玄霜。今日将此杯回环玉手，倾倒琼浆，几时得花底传觞，尊前索笑？好不冷落人也！②

生长于深闺的黄展娘，正是待嫁的年龄，由玉杯的被人爱惜联想到自己尚未有意中人的处境，唏嘘感慨。而此时，因耿先生的撮合，黄展娘突然在玉杯中看到了徐适的影子，"风风流流，绝好一个标致的模样"③，不禁心生爱慕。

试想，玉杯本为徐适家藏之物，徐适对其的爱惜之情从第七出《惜杯》中即可见一斑。玉杯本来晶莹剔透，差可照物，辗转到黄展娘手中，真是绝好的巧合。耿先生借力打力，使玉杯照出徐适的影子，让黄展娘对其生情，可谓不费吹灰之力。由《杯影》一出开始，男、女主人公才产生了情感上的联系，也为日后的结合做了铺垫。

---

① 吴伟业：《吴梅村全集》，李学颖集评标校，上海古籍出版社 1990 年版，第 1237 页。
② 同上书，第 1259 页。
③ 同上。

我们再来看一下玉杯本身的象征意义。

国人爱玉，认为玉温润莹透，如君子之德，因而常以玉比谦谦君子。玉石洁白无瑕，常用来比喻感情的纯粹。王昌龄《芙蓉楼送辛渐》中有"洛阳亲友如相问，一片冰心在玉壶"之句，将自己不受官场污染的心灵比作玉壶中的冰，恰如其分。《秣陵春》绝不是单纯的男女爱情故事，吴伟业是借男女爱情故事的外壳，表达自己的故国之思、兴亡之感。玉杯本为后主赐物，吴伟业或许是想到其曾为崇祯帝讲述《尚书》大意之后，被赐予瓜果彩缎的场景，才设置了这一故事情节。另外，《吴梅村全集》中有《宫扇》一诗，写的是吴伟业于明亡后点检筐箧，找出一把宫扇，回忆自己受崇祯帝恩宠，被赐宫扇的往事："遭逢召见南熏殿，思陵日昃犹挥汗。天语亲传赐近臣，先生进讲豳风卷。黄罗帕捧出雕栏，画笔丹青掌上看。"① 后来李自成农民军攻陷北京城，清兵入关，明王朝灭亡，这把宫扇被吴伟业放置筐箧中。此时被点检出来，"雨夜床头搜废箧，摩挲老眼王家物。半面犹存蛱蝶图，空箱尚记霓裳叠"，自然又想到了自己在崇祯一朝所受的恩宠，感叹宫扇仍新，皇恩不再，"莫叹君恩长断绝，比来舒卷仍鲜洁"。剧中徐适对后主的感念之情，如同吴伟业始终不忘崇祯帝对他的知遇之恩。吴伟业是借玉杯这一男女爱情故事中的道具，间接地向世人，也是向黄泉中的崇祯帝宣告，虽然大明王朝已经灭亡，但是他对明王朝，对崇祯皇帝的心，始终如玉杯般晶莹剔透。冒襄的好友许倬在观看冒襄家乐演出的《秣陵春》传奇后，作诗一首云："娄江才子气常增，大手填词《秣陵春》。慧句幽情笼幻影，西宫宛在玉壶冰。"② 末句"西宫宛在玉壶冰"明确道出了吴伟业设置《秣陵春》中"于阗玉杯"这一道具的情感意义。

---

① 吴伟业：《吴梅村全集》，李学颖集评标校，上海古籍出版社1990年版，第60页。
② 顾启、姜光斗：《冒辟疆家乐班的戏剧活动》，《韩山师专月报》1984年第1期。

（二）宜官宝镜

宜官宝镜系黄保仪赐予黄家，代表的也是南唐皇室的恩泽。黄展娘之母将宝镜付与黄展娘收管，正是黄济说起黄保仪托梦，要为黄展娘择婿之时。想到后主及黄保仪对黄家的恩泽，而今黄保仪已死，"汴梁抔土，无人浇奠"，黄济夫妻不禁悲从中来。宜官宝镜就是在如此悲伤的氛围中出场的。

宝镜为何取名"宜官"，《秣陵春》中未作任何提示。徐适所居为"宜官阁"，是因徐铉得到师宜官的真迹，后主御笔亲题，将其赐给徐铉。后主热衷于收集书画法帖，均交黄保仪保管，或许"宜官宝镜"之名由此而来。黄展娘后居于宜官阁，并在此丢失宝镜，应是作者的刻意安排。

宜官宝镜在剧中出现六次，分别为第三出《闺授》、第五出《揽镜》、第十出《示耍》、第十一出《庙市》、第十四出《镜影》、第十七出《影现》。《闺授》叙述黄展娘得到家藏宜官宝镜。《揽镜》叙述黄展娘对镜伤春，伤心韶华飞逝，转眼将花凋月缺。《示耍》叙述小人真琦欲偷取宜官宝镜，耿先生和镜神出现，收取宝镜，逗弄了真琦。《庙市》一出，徐适得到耿先生转送的宜官宝镜。《镜影》一出，写徐适赏玩宝镜，在镜中看到了黄展娘的影子，爱慕其丰神举止的情形。至《影现》一出，生、旦（魂灵）始得相见，二人进行了情感的交流，这虽然是仙人耿先生撮合的结果，但生、旦的结合也并非没有感情基础。

为何吴伟业选择宝镜这一意象作为徐适与黄展娘的媒介？这要从"镜"本身说起。镜在中国古代一直被赋予神奇的能力。传说黄帝曾铸造十五面宝镜，每面递减一寸，后来流传人间，生出种种变化。隋唐小说中对镜的种种变化也有记载。据《隋唐嘉话》载，仆射苏威有一面特别精美的镜子。有一天日全食，镜面昏黑，照不出东西。苏威以为被仆人弄脏了，没有在意。又一日出现日偏食，太阳缺失一半，镜面同样有一半昏黑。苏威始将其作为珍宝。某日，藏镜子的柜内发出如磬的声音，苏威打开一看，是镜子本身在发声。不久苏威的儿子苏夔死掉了。不久之后，镜子又发出了声音，而苏威身败。最后，镜子不知所踪。

唐代段成式的笔记小说《西阳杂俎·物异》记载了几面神奇的镜子：一是秦镜，"儛溪古岸石窟有方镜，径丈余，照人五脏，秦皇世号为照骨宝，在无劳县镜山"[①]。此方镜能照出人的五脏。二是镜石，位于济南郡的方山，相传有免生于此成仙，"山南有明镜崖，石方三丈，魑魅形状，了了然在镜中"[②]。这方镜石能照出小鬼的影子，令人生怕。南燕时，有人用漆盖上了镜面，"俗言山神恶其照物，故漆之"[③]。三是铁镜，据说荀讽有一面铁镜，得于得道之人处，"数人同照，各自见其影，不见别人影"[④]。

唐代王度有《古镜记》。"镜横径八寸，鼻作麒麟蹲伏之象，绕鼻列四方，鬼龙凤虎，依方陈布。四方外又设八卦，卦外置十二辰位，而具畜焉。辰畜之外，又置二十四字，周绕轮廓，文体似隶，点画无缺，而非字书所有也"[⑤]，据传此镜有灵性。王度携此镜，先后经历了"宝镜降狐妖""宝镜斫蛇""宝镜为他人治病"等神奇事件，大业十三年七月十五，王度闻匣中悲鸣，"其声纤远，俄而渐大，若龙咆虎吼"[⑥]，很久才平静下来，开匣一看，宝镜早已不见了。

---

① 段成式：《西阳杂俎》卷十，方南生校点，中华书局1981年版，第93页。
② 同上书，第95页。
③ 同上。
④ 同上书，第100页。
⑤ 王度：《古镜记》，《前定录（续录）及其他十一种》（上册），中华书局1965年版，第1页。
⑥ 同上书，第6页。

综观王度《古镜记》中所描写的种种神异之处，大多可与《隋唐嘉话》《国史补》《异闻录》《博异志》《原化记》《松窗录》等书中所记相互印证，如苏威之镜、扬州旧贡宝镜等。《古镜记》中还提到了"龙头蛇身，朱冠紫服"的镜精形象，这或许是吴伟业创作《秣陵春》中"镜神"形象的灵感来源。

古代关于镜子的传说和镜子的神奇之处如此之多，这或许是古人通过镜能照物这一特性想象出来的。古人经常对无法理解的现象进行神话想象。明代以前，中国没有玻璃，只能用金属、玉石等物来制作镜子，铜镜、玉镜即为其例。因其所照之影比较朦胧，容易让人产生错觉，以此想象出镜子的众多神奇之处也不足为奇。吴伟业在此基础上进行了合理的想象，不仅让徐适看到宜官宝镜中黄展娘的影子，而且还创造出镜神这一形象。镜神只在《示耍》一出中出现过一次，形象为"白巾银甲"，正是根据镜子的外形做出的想象。这与《牡丹亭》中塑造的"花神"形象是异曲同工的。"花神"出场时形象为"束发冠，红衣插花"①，护佑的是杜丽娘与柳梦梅的结合。"镜神"的作用也是让宝镜生出变化，为男女爱情发展创造条件。不仅如此，徐适在宜官宝镜中见到的并非只是黄展娘的影子，还增加了黄展娘的魂灵。第十七出《影现》写黄展娘魂灵飘飘忽忽中到了一处所在，看见自家的晋、唐小楷，想把灯剔亮看清楚一些，虽然灯花在眼前，却像隔着一层轻纱，无法够到。而徐适却将黄展娘的神态、动作看得清清楚楚。黄展娘能听到徐适呼唤自己的名字，却无法作出应答。黄展娘随着徐适的猜测，神态、动作均发生变化。这就与徐适在玉杯中的情形不同，黄展娘在玉杯中见到的只是徐适的影子，是不能进行交流的。而镜神摄取了黄展娘的魂灵，宜官宝镜中显出的影子就具有了人的意义，能够进行交流。《秣陵春》虽名

---

① 汤显祖：《牡丹亭》，长春出版社 2013 年版，第 51 页。

《双影记》，但两个影子是有分别的，后者比前者更多了互动性。

相对于于阗玉杯来说，宜官宝镜推动故事情节发展的作用更大，其象征意义则更弱一些。

（三）晋、唐法帖

晋、唐法帖同宜官宝镜一样，也是黄保仪赐予黄家的。晋、唐法帖在剧中出现三次，分别为第三出《闺授》、第五出《揽镜》、第三十七出《狱傲》，分别为黄展娘父母将法帖交由其保管、黄展娘欣赏法帖、独孤荣将法帖归还徐适之仆听蕉。但在第四出《恨嘲》中，徐适与蔡游欲从黄家借看法帖，第七出《惜杯》中，徐适以于阗玉杯和宜官阁（徐家宅院）交换黄家的法帖，第十二出《误谒》中，独孤荣骗取法帖，处处有法帖的影子。

从故事情节上看，晋、唐法帖对于推动男女主人公的爱情发展作用不大，却具有重要的象征意义。法帖虽藏于黄家，但后面却有澄心堂小印，有后主、黄保仪和徐铉题字。徐适认为，"做儿子的守定祖、父的玩器，还不如搜寻祖、父的笔迹"①，因此不惜以宜官阁和于阗玉杯换取法帖。其实，若不安排法帖这一道具，男女主人公的爱情故事发展依然不受影响。但吴伟业安排法帖这一道具，看重的是其象征意义。杨钟义《雪桥诗话》三集卷一云："吴骏公向藏思陵御批南宫墨卷，遭乱播迁，失亡久矣。康熙辛亥夏，忽从敝篋中检出，墨迹宛然，为之流涕，即以是年冬卒。"②从这条记载中可以看出，吴伟业对于崇祯帝的眷恋之情。"遭乱播迁"应该是指吴伟业举家避难至矾清湖时的情景。虽然《秣陵春》创作时，吴伟业尚未找到崇祯帝御批，但心中肯定后悔万分，

---

① 吴伟业：《吴梅村全集》之"附录"三，李学颖集评标校，上海古籍出版社1990年版，第1252页。

② 同上书，第1519页。

不能忘怀此事。大概徐适换取法帖即由此而来。吴伟业借徐适的这一举动，即是对自己遗失先帝墨宝的一种心理补偿。

另外，剧中徐适将于阗玉杯与晋唐法帖进行了比较，认为晋唐法帖上有自己父亲的题字，不惜以于阗玉杯与宜官阁换得晋唐法帖，固然有珍重父祖笔迹的含义，但从更深层面来看，择法帖而弃玉杯、宅院，显示的是对一脉相传的文化传统的珍视。清人以少数民族身份入主中原，在明人看来，是流传了几千年的文化传统的浩劫，意味着文化传统的断流。因此，清兵进入江南时，遭到了史无前例的抵制，这种抵制表面看是对中原衣冠的坚守，更深层面上，实际是对中原文化传统的坚守。《秣陵春》创作之时，清兵入主中原不久，江南人士还普遍存在抵制情绪，剧中徐适的选择，实质是江南人士对于中原文化传统的坚守。

（四）烧槽琵琶

据说"烧槽"这种形式由蔡邕首次发现。有一次蔡邕路遇一户人家，正在烧桐木做饭，忽然灶中传出声音。蔡邕十分奇怪，将其取出，发现尾部已被烧焦。于是用来作琴，其音清越，与其他琴有着很大的不同。这种琴被称为"焦尾琴"。后人发现，制作琵琶的时候，将琴槽烧一下，可使琵琶音色优美。这就是"烧槽"的来历。

《南唐书》中确实有"烧槽琵琶"的记载，并且是中主李璟的心爱之物。后主娶司徒周宗之长女娥皇为妻，娥皇善音律，尤其喜欢弹奏琵琶。中主将其所宝藏的烧槽琵琶赐给了她。《南唐书》中提到的曹生也善琵琶，并粗粗按定《霓裳羽衣曲》。可见，烧槽琵琶是南唐宫中不可多得的宝物，并与后主李煜有着千丝万缕的关系。

《秣陵春》中烧槽琵琶共出现五次：第六出《赏音》中曹善才提道："那时御制《阮郎归》初成，命某按节而歌，小周后拨烧槽琵琶，皇爷自吹玉笛，酌于闻白玉杯，极欢而罢。"① 可见，当时烧槽琵琶代表着南唐宫中的繁盛景象和逸乐气象。第二十六出《宫钱》中，后主上场诗云："玉杯金镜枉多情，寂寞梨花雨未晴。却向琵琶问消息，四条弦上见卿卿。"② 此出位于整个剧本的下半部，此时徐适与黄展娘已在阴间完婚，前两句即是对二人此前经历的总结和评论。后两句引出烧槽琵琶，是对剧情发展的预言。不仅如此，后主还提到："我想玉杯、镜子，毕竟水月空花。我南唐还有一件宝贝，是烧槽琵琶，在宋朝大库中，已曾令耿先生飞身取来，随令保仪传授展娘数曲。后来一段姻缘，倒在琵琶上收成结果。"③ 离别之际，黄保仪问黄展娘："展儿，我前日教你的琵琶，可记得么？"④ 又说："你姑爷仙音院里有个老乐工曹善才，晓得这传头。我这烧槽琵琶交付你带去，这是稀世之宝，与玉杯、宝镜差不多儿。"⑤ 这是已亡黄保仪的魂灵教授黄展娘烧槽琵琶弹奏之法，并将琵琶的重要性道出。从此出开始，烧槽琵琶才算真正露面。紧接着第二十七出《叙影》，黄展娘弹奏烧槽琵琶，向徐适叙述与其相识、成亲的经过。恰被踏春的曹善才与真琦听到。曹善才一语道破："那弹头不消说起，是俺内府里传的。这琵琶的声音一发奇怪，竟像我当初在御前弹奏的那烧槽琵琶。"⑥ 真琦恰好在寻访宋朝内库中丢失的宝物，于是立即找来差役，逮捕了徐适，惊散了黄展娘的魂灵。不想赵宋王朝不仅不追究徐适的过失，反而赏识其文采，特赐状元及第，并将烧槽琵琶赐予徐适，准其回乡寻妻（第三十一出《辞元》）。至此，烧槽琵琶在徐、黄爱情故事中的作用完成。但吴伟业并未让其退出此剧，反而在

---

① 吴伟业：《吴梅村全集》，李学颖集评标校，上海古籍出版社1990年版，第1248页。
② 同上书，第1308页。
③ 同上。
④ 同上书，第1309页。
⑤ 同上。
⑥ 同上书，第1313页。

第四十一出《仙祠》中再次提及烧槽琵琶。曹善才弹奏烧槽琵琶，向后主叙述南唐国灭后金陵城的凄凉。曹善才决心在后主遗庙出家，徐适将烧槽琵琶赠予他，让其日日弹奏琵琶供奉后主仙灵。

我们来梳理一下剧中出现的烧槽琵琶的线索：南唐宫中，供皇室享用→南唐国灭，归宋内库→后主派人取出，交付黄展娘→徐适被抓，琵琶仍归赵宋王朝→赵宋王朝将其赐予徐适→徐适将其转交曹善才，供奉于后主遗庙。此中线索已十分明确，原为南唐宝物的烧槽琵琶，在完成撮合徐、黄爱情故事的任务后，最终回到后主遗庙所代表的南唐，重新用于供奉皇室。吴伟业让其转了一个圈，最终回到故地，发挥原有的作用。这个结局是天上、人间两团圆的结局，借助烧槽琵琶，此剧形成了一个圆形结构，成就了传统戏曲中的大团圆。

综合来看，《秣陵春》剧中设置的于阗玉杯、宜官宝镜、晋唐法帖、烧槽琵琶，连同南唐，都只是文化符号，代表着吴伟业心中念念不忘的明王朝。玉杯、宝镜、法帖的作用基本出现于全剧的上半部分，为徐、黄二人相识、结合创作条件。烧槽琵琶的作用基本处于剧本的下半部分，是为徐、黄二人在人间的结合创造条件的。四件道具都具有浓厚的象征意义。吴伟业将崇祯帝与南唐后主相比附，心中十分明白，已亡的明王朝与南唐一样，都有其不得不亡的理由。崇祯帝与后主李煜一样，作为亡国之君，他们对国祚的无法延续也负有不可推卸的责任。但从感情方面来说，吴伟业毕竟曾在明朝为官，且其出仕之前，就已经受到了崇祯帝御笔亲书及钦赐其归乡娶妻的莫大恩泽。虽然崇祯朝党争不断，吴伟业也曾处于政治斗争的风口浪尖，并动了归隐的念头，甚至在崇祯十五年以后他已借故不出，朝廷还是接连授予他左中允、左谕德、左庶子的官职。所以，崇祯帝自缢的消息传到太仓，他才义无反顾地选择自杀。自杀不成，他心中一直充斥着悔愧之情，并坚持做了九年的遗民。当然，从《秣陵春》中，我们也可以看出吴伟业的游移情绪，他虚构了一个充满人情味的赵宋皇帝，面对多次辞官的徐适，不仅不怪罪，反而屡屡迁就，满足他的要求。或许，吴伟业起初对清王朝抱有不切实际的幻想，也可能他需要这样一个温情脉脉的皇帝，来施展他未尽的抱负。因此，《秣陵春》作为清初剧坛上重要的文人作品，不能从单一角度去解读，而是需要多方探求，方能理解它的题外之旨。

第三节　《临春阁》人物形象分析

《通天台》《临春阁》是吴伟业创作的两部杂剧作品。二者均篇幅短小，故事情节简单，尤其是《通天台》，基本无故事情节，大部分为情感的抒发。但《通天台》中塑造了南朝梁代尚书左丞沈炯的形象，《临春阁》中塑造了高凉冼氏的形象，并一反红颜祸水论调，视南朝陈后主贵妃张丽华为才女。

《临春阁》取材于《陈书·张丽华传》及《隋书·谯国夫人传》。故事内容大意为：南朝陈国时，冼氏夫人因治军有方、战功卓著，被册封为岭南节度使、谯国夫人，许其开幕府，给印章。御赐绣幰油络驷马安车一乘、鼓吹一部，令其巡视六边。冼夫人痛恨男人对女子的轻视，反对一到紧急时分，就将责任推给女子，认为红颜祸水、女子误国。她认为女子如张贵妃者文采风流，胜于男子；如自己者世代忠心、军功卓著，男子不如。各州刺史进见时，特意将朝廷诏书、赐物展览一番，以示朝廷对待人才之厚。冼氏夫人进京谢恩，陈后主令贵妃张丽华作敕书一道，彰显冼氏之功。张丽华立笔即就，文辞绚丽，深得后主赞赏，并自我夸耀:"偌大一个陈国,两班臣子,无一个出色的。今日得贵妃作词学近臣,冼氏任边关大将。你两人一为我看详奏章,一为我巡视山河。朕日与二三狎客,饮酒赋诗,好不快活也!"[1] 冼氏夫人晋见,后主、张丽华赐宴临春阁,学士江总、孔范,女学士袁大捨陪同。张丽华亲为冼氏夫人赋诗一首:"征衫窄窄越萝香,细骨轻躯好急装。军驻小姑吹夜角,江山不复数周郎。"[2] 将冼氏夫人战功与三国时的周瑜相提并论。翌日智胜禅师在青溪寺说法,请张贵妃拈香,陈后主令冼氏夫人护驾。青溪寺即张女郎庙,三十年前香火极盛,后来渐渐败落下去。张贵妃原为仙界张女郎,因凡心误动,谪落凡尘。袁大舍和冼氏夫人原为张女郎的一文一武两个侍女。智胜禅师观江南王气将终,特在破旧的青溪寺说法,以求点醒梦中人。张贵妃三人入庙听法,只觉寺内摆设均十分熟悉,但道不清缘由。智胜禅师开讲,终未点醒三人,不得已在三人临行时提醒:"他日越王台下,莫怪老僧今日不言也。"[3] 冼氏夫人回到岭南,接到隋军攻打陈国的报急文书,整顿兵马北上勤王。行至越王台,大军驻扎。此时陈国已被攻破,张贵妃被杀,陈后主被俘。张贵妃感念与冼氏夫人的一段情谊,其魂灵不远万里赶到越王台,托梦给冼氏,欲诉其死时种种冤苦,不想被营中更漏惊散。冼氏夫人一梦惊醒,已不见了贵妃,方知陈国已亡,贵妃已死。恰好接到智胜禅师的投书,方才知晓自己与贵妃的种种因缘。冼氏夫人一时心灰意冷,遣散兵马,自己入山求道去了。

此剧欲为女子正名,细致描写了南朝陈时的两位奇女子:一为冼氏夫人,执掌南越兵权,治军有方,其军事才能连男子都自叹不如。另一

---

① 吴伟业:《吴梅村全集》,李学颖集评标校,上海古籍出版社 1990 年版,第 1370 页。
② 同上书,第 1372 页。
③ 同上书,第 1379 页。

为陈后主贵妃张丽华，为后主掌管诏书，文章辞采，让后主十分赏识。吴伟业一改史书中红颜祸水之论，特意为张丽华做翻案文章，不仅彰显了她在文辞方面的修养，还提到了她在音乐、蹴鞠、围棋、文字游戏等方面的种种才华。与此相对，吴伟业在剧中对男子反而持贬低态度，让男子在女子面前抬不起头来。如让冼氏巡视各州，在各州刺史、周边属国使臣面前发号施令，众刺史、使臣莫敢不从；让张丽华做裁判，评判江总、孔范诗句的优劣。冼氏夫人入山修道，"军士得令，满营大哭"①，可见其在男子心目中的威信。最后一支曲更是讽刺了天下无能的男子："俺二十年岭外都知统，依旧把儿子征袍手自缝。毕竟妇人家难决雌雄，则愿你决雌雄的放出个男儿勇。"②

下面，我们结合史料记载，来分析一下《临春阁》中的人物形象。

一　冼夫人

冼夫人故事出于《隋书·谯国夫人传》。冼氏夫人为高凉人，冼氏一家世代为南越首领。冼氏夫人自幼知书达理，十分贤明，熟读兵书，具有杰出的军事才能，未出嫁时即能"抚循部众"③，所出号令令人信服。冼氏夫人常劝亲族为善，在家乡一带留下了"信义"的美名。她的兄长冼挺为南梁州刺史，承袭了越人"好相攻击"的陋习，自恃所辖州郡富强，经常欺凌周围的州郡，岭南一带的人都遭受着他带来的痛苦。冼氏夫人多次规劝兄长，改变了这种"好相攻击"的局面，民众的怨恨消弭，都来归附冼氏。当时的罗州刺史冯融听说了冼氏的志行，十分欣赏，将其聘为儿子冯宝的妻室。冯融为北燕苗裔，其子冯宝为当时的高

---

① 吴伟业：《吴梅村全集》，李学颖集评标校，上海古籍出版社1990年版，第1385页。
② 同上书，第1386页。
③ 《隋书》卷80，列传45，《四部备要本》，（台湾）中华书局1981年版，第3页。

凉太守，与冼氏门当户对。冼氏夫人嫁与冯宝后，"诫约本宗，使从民礼。每共宝参决词讼，首领有犯法者，虽是亲族，无所舍纵。自此政令有序，人莫敢违"①，改变了当时冯家族人不听号令的局面。后来侯景反，高州刺史李迁仕据守大皋口，召冯宝。冼氏夫人跟丈夫说："刺史若无大事，不能召太守。李迁仕召你，肯定是想骗你一起造反。朝廷征召刺史援台，李迁仕称病不去，铸造兵器，聚集军众，现在召你，如果你去，肯定会被留下作为人质，胁迫我们一起造反。不如我们静观其变。"后来，李迁仕果然造反，派遣主帅杜平虏入据灨石。冼氏夫人知晓后，告诉丈夫："杜平虏乃一员骁将，此时入据灨石，明明是与官府对抗。如果你现在去，肯定少不了一场硬仗。不如修书一封，放低态度，说自己身为太守，不能亲去慰劳，想派遣自己的妻子去，献上礼物，他们肯定不会防备。我带着一千人前去，身担杂物，靠近他们的军营，必可一举拿下。"冯宝听从了夫人的建议，果然大败杜平虏，李迁仕退走宁都。妇人与长城侯陈霸先会兵灨石，回去后告诉丈夫："陈霸先会带兵，能服众，必定能打败贼兵，我们应该厚待他。"

后来，冯宝去世，岭表大乱，冼氏夫人"怀集百越，数州晏然"②。陈永定二年，欧阳纥反，冼氏夫人认为自己两代忠贞，不顾儿子冯仆与欧阳纥的交情，大败欧阳纥。陈国"诏使持节册夫人为中郎将、石龙太夫人，赉绣幰油络驷马安车一乘，给鼓吹一部，并麾幢旌节，其卤簿一如刺史之仪"③。陈亡后，"岭南未有所附，数郡共奉夫人，号为圣母，保境安民"④。冼氏夫人曾向陈后主进贡扶南犀杖。隋军攻破建康，擒获后主。隋高祖杨坚令韦洸安抚岭外，遭到了陈将徐璒的反击。晋王杨

---

① 《隋书》卷80，列传45，《四部备要本》，（台湾）中华书局1981年版，第4页。
② 同上。
③ 同上书，第5页。
④ 同上。

广派遣使臣持犀杖给夫人验看，并有陈后主书信，嘱其归化。冼氏夫人方知陈已亡，"集首领数千，尽日恸哭"①。后归附隋朝，平定王仲宣之乱，岭表大定。高祖追赠冯宝为广州总管、谯国公，册封冼氏夫人为谯国夫人，诏许其"仍开谯国夫人幕府，置长史以下官属，给印章，听发部落六州兵马，若有机急，便宜行事"②。皇后赐冼氏夫人首饰及宴服一袭，冼氏夫人将其放入金箧，梁、陈、隋赐物各藏于一库，每到新年全家大会，将赐物陈列于庭中，训诫子孙："汝等宜尽赤心向天子。我事三代主，唯用一好心。今赐物具存，此忠孝之报也，愿汝皆思念之。"③ 隋仁寿初，冼夫人卒，谥为诚敬夫人。

可见，冼氏夫人不但明理、知兵、服众，还能从大局着眼，善于观察形势，是难得一见的帅才。冼夫人一生历南朝梁、陈及隋三朝，每朝忠心为主，皆有事迹。对陈国感情尤深，原因之一大概是赏识陈国开国皇帝陈霸先，之二应为受陈国恩遇特厚，所以知晓陈亡、后主被俘后，"集首领数千，尽日恸哭"。冼夫人作为一女子，在风云变幻的南朝、隋朝之交，以己之力，广树战功，且能忠心事主，无论在当时，还是在后世，都留下了美名。其传放入《隋书·列传》，而非放入"列女传"，表明其建树已超出了一般女子的范围，可见历史学家对她的肯定。吴伟业单单选取冼夫人这样一位战功卓著且忠心事三代主的女子，用戏曲这一形式来演绎，看重的正是冼夫人的胆识、气魄和建树都已超出一般男子。吴伟业塑造《临春阁》中冼夫人这一人物形象时，在正史的基础上，对人物经历进行了一些戏说。

首先，吴伟业将正史上冼夫人事梁、陈、隋三代主的事迹全部放入

---

① 《隋书》卷80，列传45，《四部备要本》，（台湾）中华书局1981年版，第5页。
② 同上。
③ 同上。

事陈期间。《临春阁》中冼夫人一上场，就说"自家高凉冼氏谯国夫人是也"，并说"谢圣恩可怜，册为谯国夫人，仍开幕府，置长史以下官属，给印章，听发六州兵马，便宜行事"①。据《隋书》记载，冼夫人被封谯国夫人，"仍开谯国夫人幕府，置长史以下官属，给印章，听发部落六州兵马，若有机急，便宜行事"②，这两件事都发生在隋朝期间。冼夫人大破欧阳纥后，陈国"诏使持节册夫人为中郎将、石龙太夫人，赍绣幰油络驷马安车一乘，给鼓吹一部，并麾幢旌节，其卤簿一如刺史之仪"。可见，陈国只封冼夫人为中郎将、石龙太夫人。冼夫人被封谯国夫人乃在入隋破王仲宣以后。《临春阁》第一出中还提道："昨日新下诏书，赏绣幰油络驷马安车一乘、鼓吹一部，命我循视诸边。"③《临春阁》杂剧所叙为陈国之事，吴伟业将冼夫人入隋后的封赏与陈国的封赏混杂在一起，应该是故意的，作用有二：一是故意夸大冼夫人在陈国的功绩和厚遇，为其主题思想服务。《临春阁》为彰显女子之功、贬低男子无能的杂剧作品，将前、后两个时期的封赏杂糅在一起，令人不能辨其真假，实际是夸大了冼夫人的功绩，更加彰显了她超出一般男子的才能，两相对比，更显示了女子的才华、男子的无能。二是不欲显示冼夫人事三代主的经历。吴伟业创作《临春阁》乃在顺治十年之前，刚刚经历异族入侵、改朝换代之痛。从顺治初年江南基本安定之后，清廷就开始征召明朝遗逸。吴伟业作为明朝官员，当时的大名士，列入被征召行列是迟早的事情。冼夫人在陈国亡后，恸哭数日，可见其对旧主的忠心。虽然隋代陈，当时为有道伐无道，乃自然的朝代更替，与封建士大夫心目中明朝由异族取代绝不相同。冼夫人出仕隋朝，并不能算是失

---

① 吴伟业：《吴梅村全集》，李学颖集评标校，上海古籍出版社 1990 年版，第 1363 页。
② 同上。
③ 同上。

节。不仅如此，冼夫人训诫儿孙时，还以自己事三代主皆忠心耿耿为自豪。但此情景放到清初，对于刚经历亡国之痛的士大夫来说，在情感上是有点难以接受的。所以吴伟业将冼夫人的事迹仅放在陈国，表现其对陈国和张丽华的感情，既可以显示她的忠心，也可以让读者在情感上平衡一些。

其次，吴伟业安排冼夫人于陈亡后入道，与正史中陈亡后冼夫人入隋的记录不同。

按《隋书》记载，冼夫人听闻陈亡的消息后，"集首领数千，尽日恸哭"，然后根据陈后主书信的嘱托，归化隋朝。此记载透露出两条消息：一是冼夫人对陈国有着很深的感情；二是冼夫人能够认清历史潮流，顺应潮流而动。

《临春阁》共四出：第一出显示了冼夫人治军理政方面的才能。第二出展示了贵妃张丽华的文采华章，也道出张丽华对冼夫人的厚遇，这是二人的感情基础。第三出借用"天数"这一概念，将陈国的灭亡归结为"王气将终"的结果。同时，进一步加深冼夫人与张丽华的关系：张丽华原为仙界的张女郎，是张女郎庙祭拜的仙人，冼夫人为张女郎的侍女。张女郎因凡心误动，被贬下人间。智胜禅师选择张女郎庙说法，即为点化张丽华、冼夫人、袁大捨三人。但三人却未被点化，因此张丽华最终没有得证仙果，而是惨死在隋兵手下。第四出写冼夫人北上勤王，张丽华惨死之后，魂灵不远万里来越王台见冼夫人一面，结果被营中更漏声惊散。冼夫人得知一切因果，心灰意冷，入山求道去了。

其实，历史记载中，冼夫人与张丽华并无任何关系，但吴伟业不惜借用佛教中的轮回观念，故意将张丽华设置成被贬下人间的仙女张女郎，将冼夫人设置成张女郎的侍女，无形中让二人有了情感上的维系。在男人掌权的世界里，辞采、文章样样俱佳的张丽华被看作红颜祸水，承担了陈国灭亡的责任。对于冼夫人来说，前世既为张女郎侍女，今生也深得贵妃厚恩，摆在她面前的就只有两条路：要么随死，要么入道。吴伟业又一次设置了一个无奈的循环：将自己与崇祯帝、明王朝的关系附会成冼夫人与张丽华、陈国的关系，吴伟业在明亡后归隐故乡，冼夫人也不得不以入道来表明自己的决心。

明亡后，吴伟业曾与好友王瀚相约出家，但自己终因眷恋妻儿父母，未能割舍红尘。而王瀚则如约出家，法名"愿云"。吴伟业又一次让剧中人物代替自己达成心愿。

有研究者认为，《临春阁》中冼夫人的原型为明朝四川石砫女土司秦良玉。

秦良玉，字贞素，汉族，四川忠州（今属重庆忠县）人，生于明万历二年，为明末战功卓著的女将军、军事家、抗清名将。秦良玉娘家为著名的忠州秦氏家族，世代忠义。父亲秦葵为岁贡生，具有深厚的爱国思想。秦良玉上有哥哥邦屏、邦翰，下有弟弟民屏。出于乱世女子防身的需要，秦葵同教授儿子一样，教授秦良玉兵法、武艺。秦良玉很快就表现出卓越的军事才能，父亲曾感慨，良玉诸兄弟皆不及她，可惜良玉不是男子。据《明史》记载，秦良玉"饶胆智、善骑射、熟韬略、工词翰，仪度娴雅，而驭下严峻"①。可见，秦良玉不但军事才能杰出，还具备封建社会淑女的仪表和美德。万历二十三年，秦良玉嫁石砫宣抚使马千乘为妻。马氏为汉朝"马革裹尸还"的将军马援之后，以忠烈传家声。秦良玉激励丈夫立军功，认为当今天下多事，石柱处于黔、楚、蜀的交界地带，必须通过练兵来保境安民。马千乘应当放眼四海，立功万里，效仿先祖"马革裹尸还"的勇气，弘扬祖先家声，而不应仅仅固守一隅。秦良玉帮助丈夫在石砫建立了一支"白杆兵"，戎伍肃然，为

---

① 张廷玉等：《明史》列传158，中华书局1974年版，第6944页。

远近所忌惮。马千乘也十分尊重秦良玉，每有事，必定与秦良玉相商。部下也十分敬畏秦良玉，甚至不敢仰视。

万历二十七年，播州宣慰使杨应龙叛乱，"千乘以三千人从征播州，良玉别统精兵五百裹粮自随，与副将周国柱扼贼邓坎。明年正月二日，贼乘官军宴，夜袭。良玉夫妇首击败之，追入贼境，连破金筑等七寨。已，偕酉阳诸军直取桑木关，大败贼众，为南川路战功第一。贼平，良玉不言功"①。秦良玉在平定杨应龙叛乱中出奇计，计划周密，连战获捷，初步展示了其杰出的军事才能。此后，秦良玉接连参加了援辽、平定奢崇明等战争，皆立下战功。崇祯三年，永平四城失守，良玉奉诏勤王，崇祯帝"优诏褒美，召见平台，赐良玉彩币羊酒，赋四诗旌其功"②。其后，秦良玉一直卷入镇压罗汝才、张献忠等农民起义军的战争中。崇祯十七年春，张献忠兵犯夔州，秦良玉驰援，终因寡不敌众，战败。蜀地全部落入农民军手中后，秦良玉对其部下慷慨陈词："吾兄弟二人皆死王事，吾以一孱妇蒙国恩二十年，今不幸至此，其敢以余年事逆贼哉？"③ 分兵驻守石砫四境。张献忠农民军"遍招土司，独无敢至石砫者"④。清朝占领北京后，良玉一直与残余的南明政权弘光、隆武、永历等保持联系，但因已年老，且山高水远，不能再有大作为。1648 年，永历政权派遣使臣加封秦秦良玉太子太傅，授四川招讨使。当时秦良玉久已卧病在床，闻信瞿然而起，说自己虽年纪老迈，但一切都是崇祯帝恩赐，如果朝廷需要，定当负弩前驱，一马当先，以报答先帝的厚恩。可惜的是，几天后，秦良玉因病重抱憾而终。

目前，除文献中有零星猜测，认为《临春阁》杂剧以秦良玉为原型

---

① 张廷玉等：《明史》列传 158，中华书局 1974 年版，第 6944 页。
② 同上书，第 6946 页。
③ 同上书，第 6948 页。
④ 同上。

外,《梅村家藏稿》及其他文献皆不见记载。综观秦良玉的一生,与冼夫人有着四点相似之处:一是二人皆为女子,皆具备杰出的军事才能,善治军,能服众,深受部下爱戴。二是二人皆一生辗转征战,战功卓著。三是二人皆为一方首领,夫均早逝,独自支撑部众。四是二人皆以忠义自称,多次受到朝廷褒奖。秦良玉南北征战几十年,在崇祯年间是大名鼎鼎的人物,崇祯帝还亲自赋诗表彰其战功,这对女子来说是绝无仅有的。秦良玉死于清军入关之后,死前与几个南明政权均保持联系,而吴伟业始终关注着明末清初的战局,当对秦良玉之事有所耳闻。因此,吴伟业在《临春阁》对冼夫人的军事才能极力弘扬,并安排其最终入道的结局,以表其对陈国和张丽华的忠心。可以说,吴伟业在剧中是将冼夫人作为理想人物对待的,寄予了自己对崇祯帝的哀思。结合秦良玉在张献忠攻陷四川后的言行及听闻永历帝加封她时的言语,不难看出她对明王朝的耿耿忠心,这与《临春阁》中冼夫人的行为如出一辙。可以说,《临春阁》中的冼夫人影射着一代女将秦良玉。

二 张丽华

张丽华其人其事见于《陈书·本纪》第六,附于陈后主沈皇后传中,并未单独立传。据《陈书》记载,张丽华为兵家女,家贫,父兄以织席为生。陈后主尚为太子时,张丽华被选入宫中,为龚贵嫔侍女。后主一见张丽华即十分喜欢,后有孕,生太子深。张丽华生性聪慧,深受后主宠幸。后主每次与宾客游宴,张丽华辄推荐宫女参与。后宫之人如果犯了错误,跑到张丽华面前恳求,则会免于惩罚。于是张丽华深受后宫拥戴。后主沈皇后素来不得宠,后宫一直以张丽华为贵。至德二年,后主在光照殿前建临春、结绮、望仙三座楼阁,高数丈,每座楼阁有房数十间,门窗均为沉檀香木,饰以金玉,极尽豪华奢侈之能事。后主自居临春阁,张丽华居结绮阁。当时宫中有女学士袁大舍等人,后主日与文臣、妃嫔游乐，则令诸贵人及女学士赋新诗，采集其中特别艳丽的作曲词，按新声，选取漂亮的宫女数百，令其歌唱为乐。这些新诗大都是歌咏张贵妃、孔贵嫔美貌的。据说张丽华头发长七尺，"鬓黑如漆，其光可鉴"①。当时陈后主荒于政事，只顾享乐。张丽华"才辩强记"②，又深得文臣及内宦之心。因此，文武百官请后主与张丽华共决政事，"后主置张贵妃于膝上共决之"③。张丽华对政事条分缕析，无所遗漏，益发得到后主宠爱。后隋军攻破金陵，后主与张丽华等躲避入胭脂井，被发现，晋王杨广命人将张丽华杀死，榜告于青溪中桥。

《陈书》由唐代魏徵等人组织编写，秉持直言的态度，并不为尊者讳，所记可目为信史。从记载来看，张丽华具有以下特点：一是容貌妍丽，深得后主宠爱。二是生性聪慧，才辩强记，其才华得到陈国君臣和宫人认可。三是秉性宽厚，不善嫉妒，并善于为宫人开脱。四是仍被视为祸国尤物，不得善终。

《临春阁》中塑造了一个与史实记载颇为不同的张丽华形象。剧中的张丽华是神仙张女郎转世投胎，迷失了本性，未能从禅师的说法中醒悟，最终死于隋军攻破金陵之难。张丽华由小旦扮演，甫一出场，就说"且把昨日应制的诗推敲一番"④，完全是封建社会中的女才子形象。作为深受后主宠爱的贵妃，张丽华对自己的身份有着很清晰的认识。她听说后主让其做敕书一道奖掖冼夫人时，唱词是"不争俺贵人院燕莺俦，倒替他太史公牛马走。君王好自没来由，且教他候侯。多大心肠，早来公事，夜分诗酒"⑤。她认为自己作为后主宠妃，绝不应做文臣的差事，

---

① 姚思廉：《陈书》列传第一，中华书局1972年版，第132页。
② 同上。
③ 同上。
④ 吴伟业：《吴梅村全集》，李学颖集评标校，上海古籍出版社1990年版，第1368页。
⑤ 同上。

而应当诗酒娱乐。但同时，她又对自己的文才十分自信，认为凭自己的才能，若社会允许，绝对可以博得一官半职，不输男子："（我）生长深宫，颇长文翰，若同外朝取应，何惧不得一官。"① 因此，她为自己没有用武之地而忧闷："当日个凭高西望白苹洲，金弹打斑鸠。蓦地里听乌飞黄鹄断矶头，铜雀锁谄谋。情思悠悠，深宫闲却摩崖手。镇无聊花月吟讴，埋没咱能文会武君王后，明教让女伴觅封侯。"② 但陈后主又十分倚重张丽华的文才，认为有张丽华作"词学近臣"，为其看详奏章，冼夫人任边关大将，为其巡视山河，他完全可以高枕无忧，每天与狎客饮酒赋诗，做自己的快活天子了。对于陈后主而言，张丽华不仅可以为他批阅奏章，起草敕书，还可以作为文学裁判，评判其文学弄臣作品的高下。张丽华作诗，赞赏冼夫人以女子之身任边关大将的风度，同时，还负责对江总、孔范的诗作进行品评，供后主享乐。江总、孔范在张丽华得势的时候，对她极尽尊崇，甚至连张丽华对他们的贬低也和盘接受。但当隋军兵临城下，南唐国势危急之时，张丽华却被江总、孔范等人推出，成为南唐亡国的"祸水"。一班文臣将她推出当作替罪羊，被隋军杀死，张丽华魂灵万种愤懑，寻到越王台，向正驻兵于此的冼夫人哭诉臣子的无用："你不晓得，左班官儿见势头不好，便说女宠乱朝，都推在俺一人身上罢了。"③ 吴伟业虽然赞美了张丽华的文才，但最终还是忠实于历史，留给她一个被隋军杀死的悲惨结局。

在结撰张丽华的故事时，吴伟业选取了历史记载中张丽华聪慧并深得后主宠爱这一事实，将张丽华化为转世投胎的仙女张女郎。同时，因张丽华被杀，"榜于青溪中桥"④，吴伟业据此虚构出张女郎庙、青溪寺

① 吴伟业：《吴梅村全集》，李学颖集评标校，上海古籍出版社 1990 年版，第 1368 页。
② 同上书，第 1369 页。
③ 同上书，第 1383 页。
④ 姚思廉：《陈书》列传第一，中华书局 1972 年版，第 134 页。

等地点，用带有佛教色彩的因果轮回来解释张丽华的一生。第三出为全剧重点。在这一出中，智胜禅师专为点醒张丽华，莅临青溪寺讲法，点出张丽华与冼夫人、袁大舍的关系，既交代了前两出中人物之间的关系，又对第四出中冼夫人听闻张丽华被杀、自己伤心入道的结局做了铺垫。

张丽华聪慧高才，仍不免被当作"亡国祸水"的代名词。在这方面，作者吴伟业以史为鉴，对弘光小朝廷亡国的结局进行了讽刺。弘光帝不思复国，唯以渔幼女、观演剧为能事；马士英、阮大铖不思北击清兵，反而将国家栋梁史可法派出督师，并四处勾稽复社人士，以报私仇；四镇跋扈不法，内部矛盾丛生。一班文臣武将唯以私利为虑，吴伟业等人则被排挤到边缘。清兵南下，马士英、阮大铖等人"宁可叩北兵之马，不可试南贼之刀"①，唯恐挥师东下的左良玉清除君侧，将三镇调走防备，却将空虚的后方留给了南下的清兵。史可法率众死守扬州，但敌众我寡，最终死国，清兵南下的铁蹄相继攻下扬州、南京、浙江，弘光君臣逃的逃，散的散，将家国天下拱手相让。弘光元年正月，吴伟业即借病归乡，直到弘光朝灭亡，未再踏足南京，但他始终关注着天下形势。明亡后的三四年间，他始终在国破家亡的悲伤中度过，并对明王朝的灭亡进行了深刻的反思。他从女性的角度，对与弘光朝类似的南朝陈灭亡的过程进行了分析，打破了"女色亡国"的谬论，并不惜提高女性的地位，全力彰显女性的才干，借此讽刺了男权社会中男子才能的萎缩。这些男子不仅缺乏治国之才，而且缺乏承担责任的勇气和决心。一旦国事不支，即刻推卸自己的责任，将女子推到前台，做自己的替罪羊。陈叔宝在国势尚能维系的时候，将看详奏章的责任交给张丽华，"如今江上紧急文书，万岁爷终

---

① 孔尚任：《桃花扇》，长春出版社 2013 年版，第 166 页。

日沉醉,哪个不由娘娘调遣"①。隋军最终攻破金陵,在一班无用臣子的教唆下,又将国破家亡的责任推给了张丽华,认为"女色误国",无辜的张丽华代陈后主做了刀下之鬼。最终,吴伟业借冼夫人之口,痛骂了误国的文臣武将:"要咱们女娘何用?依先是男儿伯仲","俺二十年岭外都知统,依旧把儿子征袍手自缝。毕竟妇人家难决雌雄,则愿你决雌雄的放出个男儿勇"②。

第四节 《通天台》人物形象分析

《通天台》的创作时间至今仍无定论,叶君远先生认为,至迟至顺治六年,该剧已经创作完成。其依据是彭宾《寄赠吴俊公宫尹》一诗,诗云:"举觞酌月天茫茫,读君词曲还悲伤。通天台上乌啼急,甲帐珠帘总断肠。"③ 此诗中的"通天台"即指吴伟业的《通天台》杂剧。又考证此诗所作时间,应该不会迟于顺治六年,所以《通天台》杂剧也不会迟于此年。也有学者认为,该剧创作于顺治九年至顺治十年,在吴伟业接到清廷征召但尚未就任之时。主要依据是李宜之在顺治十年秋所作《秣陵春序》中提到"又别有杂剧几种"④,据此推断《通天台》的创作时间应在顺治十年之前。还有学者认为,该剧创作于吴伟业仕清之后,是追悔之作。仕清是吴伟业人生经历的分水岭,因此,《通天台》杂剧作于仕清前还是仕清后,直接影响读者对该剧主题思想的理解。但

---

① 吴伟业:《吴梅村全集》,李学颖集评标校,上海古籍出版社 1990 年版,第 1368 页。
② 同上书,第 1386 页。
③ 转引自冯其庸、叶君远《吴梅村年谱》,文化艺术出版社 2007 年版,第 170 页。
④ 吴伟业:《吴梅村全集》,李学颖集评标校,上海古籍出版社 1990 年版,第 1496 页。

是在新的佐证材料出现之前，我们可以先将作品中的人物形象与历史资料进行对比，以此搜寻创作时间的蛛丝马迹。

《通天台》讲述的是南朝梁尚书左丞沈炯，于荆州陷落后，被西魏所俘。西魏爱其才，授仪同三司。沈炯思念故国和老母，欲东归，不得。一日，步出长安城外，经汉武帝通天台，见荒台百尺，云蒸霞蔚。俯瞰长安城，回想汉武帝当初繁华，而今"甘泉万骑，那里去了？今日冷清清坐地，只落得沈初明一个陪侍他"，"黄门乐承值得樵歌社鼓，上林苑开遍了野草闲花；大将军掉脱了腰间羽箭，病椒房瘦损却脸上铅华；山门外剩几个泪眼的金人，废廊边立一匹脱缰的野马"①，物是人非，繁华不再。由汉武帝想到了梁国国主梁武帝，以有生之年礼佛，不管国事，最终饿死台城，落得个凄凉的收场结果。将汉武帝和梁武帝进行对比，两人同为帝王，一样聪明才智，汉武帝好仙，梁武帝好佛；汉武帝有姬妾陪从，梁武帝四十年不近女色；汉武帝有卫青等武将保家卫国，梁武帝将兵权交给儿子，饿死时却无一人搭救；汉武帝去世时汉朝尚盛，梁武帝死时则国祚将终。又想到了自己，文采高华，一朝国破家亡，被俘北上，流落穷边，欲归乡而不能，因此，向汉武帝上表一道，哭诉自己的遭遇。汉武帝仙灵经过通天台，听到沈炯的哭诉，看到他的表文，令人将其引进来告诉他，梁武帝本西方古佛，最终得证仙果，不必为其叹息。汉武帝十分赏识沈炯的文才，认为只有穷愁交迫，方能将表文写得如此动人，于是欲授其官职，赠其美女丽娟。沈炯极力推辞，认为自己已是国破家亡之人，不应接受他朝官职，"臣炯负义苟活之人，岂可受上卿之礼，以忘老母哉！陛下所谕，臣不敢受命"，② 汉武帝令群臣劝勉，沈炯仍坚持己见，"沈炯国破家亡，蒙恩不死，为幸多矣。

---

① 吴伟业：《吴梅村全集》，李学颖集评标校，上海古籍出版社1990年版，第1389页。
② 同上书，第1397页。

陛下纵怜而爵我，我独不愧于心乎？如必不得已，情愿效死，刎颈于前"①，可见态度是十分坚决的。汉武帝见无法说动沈炯，只好许其归乡，将其送出函谷关。沈炯一觉醒来，才发现自己仍在通天台下的酒馆中，刚才的所见所闻只是南柯一梦。回想梦中情景，沈炯忽然醒悟，人生皆有定数，人世的一切，如同一梦，不必苦苦纠缠于他人、一己之所遇。

历史上实有沈炯其人、其事，见于《陈书》《南史》。沈炯，字初明，吴兴武康人。沈炯少时即表现出优秀的文学才能，在当时很有名气。在梁国历任常侍、尚书左民侍郎、吴郡令。侯景叛乱，吴郡太守袁君正入援京师，令沈炯暂时总理一郡之事务。京城陷落，侯景部将宋子仙占据吴郡，派人召沈炯为书记。沈炯拒不接受，甘愿就戮，当时路边有桑树，无法行刑，不得不转移行刑地点，恰逢有人搭救，沈炯才得以免死。但宋子仙还是逼迫沈炯做了书记。后来，王僧辩打败宋子仙，听闻沈炯的才名，将其从乱军中购得，从此羽檄军书皆出于沈炯之手。梁武帝死后，四方岳牧皆上表，欲令江陵王继承皇位。江陵王为梁武帝第七子，即《通天台》中所谓的七官家，也就是后来的梁元帝。王僧辩令沈炯制表，文辞十分工整，当时无人能及。侯景被王僧辩打败，东奔吴郡时，俘获了沈炯的妻子虞氏和儿子行简，并将其全部残忍杀害，沈炯携带老母逃跑而免。侯景之乱平定后，梁元帝怜悯沈炯的遭遇，特封其原乡县侯，领邑五百户，又征其为给事黄门侍郎，领尚书左丞。

荆州陷落，梁国灭亡，沈炯被西魏俘虏，被迫北上长安。西魏对他十分礼遇，授他仪同三司。沈炯思念故国和老母，一直想东归，恐怕西魏爱其文才，于是闭门谢客，即使有所作，也立即烧毁，不敢留于世。一天，沈炯独自经过长安城外的汉武帝通天台，作表一道，陈思其欲东

---

① 吴伟业：《吴梅村全集》，李学颖集评标校，上海古籍出版社1990年版，第1397页。。

归之意。表文如下：

> 臣闻乔山虽掩，鼎湖之灵可祠，有鲁既荒，大庭之迹无泯。伏惟陛下降德猗兰，纂灵豊谷。汉道既登，神仙可望，射之罘于海浦，礼日观而称功，横中流于汾河，指柏梁而高宴，何其乐也，岂不然钦！既而运属上仙，道穷晏驾，甲帐珠帘，一朝零落，茂陵玉碗，宛出人间，陵云故基，共原田而膴膴，别风馀址，对陵阜而茫茫，羁旅缧臣，能不落泪！昔承明既厌，严助东归，驷马可乘，长卿西返，恭闻故实，窃有愚心。黍稷非馨，敢忘徼福。①

表文中有两处值得注意的地方：一是汉武帝一朝仙去，故迹零落，茂陵被盗，陵中玉碗也一同被盗；二是用了严助东归和司马相如归蜀的典故，陈述自己欲回归故国的心意。

表文上奏之后，沈炯当夜即做了一个梦，梦见自己到了一处宫禁，兵卫守护甚严，沈炯上前陈述自己欲归家的愿望，随即听到有人说："甚不惜放卿还，几时可至。"② 没过几天，便与王克等人并获东归。

通过史料阅读，我们可以发现，历史上的沈炯是一个非常有气节的人：其一，有明确的忠君观念。侯景叛乱，其部将宋子仙征沈炯为书记，他誓死不从，甘愿就戮。这表明他忠君的念头十分坚定，宁死也不为叛臣效力。其二，思念故国，有很强烈的家国观念。梁国灭亡，他被迫北上长安。虽然西魏对他很礼遇，授他仪同三司的官职，他仍然欲东归，原因无他，一是母亲尚留滞江东，他需归养其母；二是"梁园虽好，不是久留之地"，西魏乃为异族，不是自己的故国，他不允许自己做异族王朝西魏的臣子。

---

① 姚思廉：《陈书》卷19，列传13，中华书局1972年版，第253页。
② 同上书，第254页。

对照史实可以发现，吴伟业在《通天台》中敷演的正是沈炯北上长安，思念老母，欲东归而不得，经汉武帝通天台，上表陈述一己心意的故事。剧中所述基本是忠于史实的。不仅如此，《通天台》中有些语言基本是移植自《陈书·沈炯传》。

一是"严助东归，长卿西返"。《陈书·沈炯传》中所言沈炯上奏汉武帝的表文中，有"昔承明既厌，严助东归，驷马可乘，长卿西返"之句，用的是汉武帝时严助和司马相如衣锦还乡的典故，以此表明自己流落穷边，欲图东归之意。《通天台》第一出中，沈炯向汉武帝上表时说道："武皇，你当日臣子，如严助东归，长卿西返，遭时富贵，还要衣锦故乡。我沈初明憔悴至此，求一纸路引儿还不能够哩。"①

二是"甲帐珠帘，一朝零落，茂陵玉碗，宛出人间"。《陈书·沈炯传》中沈炯上奏汉武帝的表文中有"甲帐珠帘，一朝零落，茂陵玉碗，宛出人间，陵云故基，共原田而膴膴，别风馀址，对陵阜而茫茫"之句，说的是两件事：汉武帝之姬妾李夫人死后，武帝十分思念，方士表明能使李夫人之魂魄与其相见。夜晚，方士作法，汉武帝看见了帷帐中李夫人的影子；汉武帝死后，其陵墓茂陵被盗墓贼发掘，墓中玉碗被盗。《通天台》第二出中，汉武帝劝说沈炯不要为梁武帝悲伤，沈炯认为，虽然天数有定，但人间沧桑巨变，实在令人感怀，汉武帝也不得不承认，并以身说法："若论人世沧桑，那个不到这个田地！便是孤家何等英雄，虽然宗庙园陵，初成结果；终究哀蝉落叶，仍痛故姬，归来望思，空伤爱子。刀磨石上，雍门之鼓瑟堪哀；盌出人间，坠路之摸金可畏。岂必台城之树，独有悲风；只此长安之宫，止余明月。"② 吴伟业不仅将《陈书·沈炯传》中沈炯所作的表文拿来为汉武帝所用，还将

---

① 吴伟业：《吴梅村全集》，李学颖集评标校，上海古籍出版社 1990 年版，第 1393 页。
② 同上书，第 1397 页。

表文内容进行进一步解读和丰富，使读者通过丰富的意象，更深地体会到沧桑巨变给世人带来的悲伤感慨。

三是"甚不惜放卿还，几时可至"。《陈书·沈炯传》中沈炯向汉武帝上表后，夜来一梦，听到有人说："甚不惜放卿还，几时可至。"《通天台》中对此也有敷演。沈炯固辞汉武帝欲送他的官职和美女，武帝只好答应将其送出函谷关外。临别，汉武帝对沈炯恋恋不舍："咳，左丞！我甚不惜放卿还，但不审何时复至耳。"①《陈书·沈炯传》中并未交代言"甚不惜放卿还，几时可至"之人是谁，或许是汉武帝，或许是西魏皇帝。但在《通天台》中，吴伟业将其拿来用在汉武帝身上，与人物的身份和当时的场景恰相符合，仿佛也是水到渠成之事。

但是，吴伟业在《通天台》中塑造的沈炯这一人物形象也不完全基于史实，有一点可以佐证：《陈书·沈炯传》中沈炯留居西魏后，西魏对他很礼遇，授予他仪同三司的官职。但在《通天台》中，这一点并未体现出来。沈炯出场自我介绍时只说："下官沈炯，表字初明。吴兴武康人也。少不逢时，长而遇乱。王太尉板为从事，元皇帝授以左丞。不意国覆荆、湘，身羁关、陇。虽其未殒，岂曰生年？老母在东，何时归养？"② 只提到梁国授予他尚书左丞的官职，并未提到西魏对他的礼遇。假如说"下官沈炯"已表示作者暗中提示了沈炯在西魏的身份，但与后面提到的又有点矛盾。沈炯万斛愁肠不能消遣，欲长安城外找个处所，痛哭一场。其书童以为主人要带他出去玩，提议去大街上"看寻橦、跳丸、浑脱舞、婆罗门舞"③，沈炯不同意："咳！那里王孙公子，毂击肩摩，我这等破帽青衫，跟着你蓬头历齿，非鞭挥车下，则马坠沟

---

① 吴伟业：《吴梅村全集》，李学颖集评标校，上海古籍出版社1990年版，第1399页。
② 同上。
③ 同上。

中。"① 既然身为仪同三司，断然不会"破帽青衫"。所以，吴伟业是故意不彰显沈炯的官职，以其落魄之情景，一是显示他身离故国，生活处处不如意；二是显示他思念故国，穷愁无助。

目前没有现存资料能够证明《通天台》的创作时间。但据叶君远先生推断，《通天台》最迟于顺治六年即已问世，原因为：吴伟业好友彭宾《寄赠吴骏公宫尹》诗中有"举觞酹月天茫茫，读君词曲还悲伤。通天台上乌啼急，甲帐珠帘总断肠"之语，此诗见于彭宾《偶存草》。叶先生根据吴伟业《〈偶存草〉序》中"尝试与子屈指，二十年来，少同学，长同师，朝夕同游处，其人尚有存焉者乎"② 之语，推断《偶存草序》大约作于顺治六年，则《寄赠吴骏公宫尹》所作必不迟于顺治六年，最迟至顺治六年，《通天台》即已问世。若此推论成立，则《通天台》必作于吴伟业被清廷征召之前。

崇祯十七年，李自成农民军攻破北京时，吴伟业即在家乡太仓隐居。四月，马士英等拥立福王。五月，吴伟业被征为少詹事，至秋才赴任。数月来，观弘光朝之腐败，知中兴无望，决计归乡。顺治二年正月底，即返回太仓。五月，清兵攻破南京，吴伟业曾举家赴矾清湖避难，不久即回太仓。顺治四年之前，国内形势风云变幻，吴伟业的好友宋玟、徐汧、夏允彝、黄道周、杨廷麟、陈子龙、杨廷枢相继殉国，宗兄吴继善也在李自成农民军攻陷成都过程中举家死难，这些消息令吴伟业悲伤不止。江南初定，清廷即开科举，网罗人才。吴伟业好友魏裔介、张王治、许焕相继中进士。其实，在清兵入关之后，如龚鼎孳、李明睿之流就已投降。顺治三年，豫亲王多铎定江南，钱谦益迎降，授以礼部侍郎，管秘书院事。一方面是亲友的死难，另一方面是友朋的投降，吴

① 吴伟业：《吴梅村全集》，李学颖集评标校，上海古籍出版社 1990 年版，第 1399 页。
② 转引自冯其庸、叶君远《吴梅村年谱》，文化艺术出版社 2007 年版，第 167 页。

伟业虽然打定主意做明朝的遗民，但面对不断变化的局势，他或许也在心中演练着自己的出路。明朝的灭亡给了吴伟业很深的刺激。顺治四年，吴伟业至苏州，遇姜垓，谈论姜垓此前的抗清行动和宋玫、左懋第的不幸遭遇；遇明皇亲刘文炤，听闻了明皇室鼎革前后的境况；至常熟，于毛晋汲古阁阅览了著名书画家吴宽手抄的南宋谢翱的《西台恸哭记》；顺治五年，再至常熟，访瞿式耜故居东皋草堂，见其一片荒芜；在苏州，遇座师李明睿，李遭金声桓之乱南昌，居家移居扬州。这种种刺激，致使吴伟业"发变齿落，志虽盛而其气亦已衰矣"①。《通天台》中处处可见国破家亡后的萧条凄凉景象。

汉武帝作为一代之主，虽雄才大略，死后也不免凄凉。

[混江龙]（则看他）终南如画，荒台百尺览烟霞。（猛抬头）几行金字，一弄儿明纱。（赤紧的）汉室官家闲退院，（不比个）长安县令放晨衙。黄门乐承值得樵歌社鼓，上林苑开遍了野草闲花；大将军掉脱了腰间羽箭，病椒房瘦损却脸上铅华；山门外剩几个泪眼的金人，废廊边立一匹脱缰的野马。早知道通天台斜风细雨，省多少柏梁宴浪酒闲茶。

[油葫芦]石马嘶风灞水洼，那北邙山直下。茂陵池馆锁蒹葭，珠帘零落珊瑚架，玉鱼沉没蛟龙匣。（这的是）松楸埋宝剑，（那里有）鸡犬护丹砂。（尽）生前万岁虚脾话，（赚煞人）王母碧桃花。②

这是汉武帝通天台和茂陵的凄凉景象。即使沈炯一心思念的江南，也不复往日风光。

[沉醉东风]这一带半天嵩少，那一搭两点金焦。好风吹梦落

---

① 吴伟业：《吴梅村全集》，李学颖集评标校，上海古籍出版社1990年版，第789页。
② 同上书，第1389页。

广陵潮，听钟声敲破匡庐晓。都是些淡烟衰草，只怕你故国莺花总寂寥，可怜煞断鸿缥缈。①

吴伟业将听到的、看到的，以及想象到的国破家亡后的凄凉景象移植到了《通天台》中，如此断人肠，难怪沈炯要"步到长安城外荒凉地面，痛哭几场"②。剧中沈炯心中不平有三点：一是国破家亡，羁留北方，不得归乡。二是生逢乱世，无法施展自己的才华。沈炯由梁武帝饿死台城的情景想到自己："便是我沈初明半生沦落，只有这场遭际。王太尉教我草平贼表章，七官家虽号忌才，毕竟通篇嗟赏。若遇汉武好文之主，不在邹、枚、庄、马下矣。今者天涯衰白，故国苍茫，才士辗轲，一朝至此。正是往时文彩动人主，此日饥寒趋路旁，岂不可叹。"③三是为梁武帝鸣不平。沈炯将汉武帝与梁武帝作对比，认为二人均聪明才智，汉武帝一生享用，但仍开疆拓土，建立了一代盛世，获得圆满的结局；梁武帝一生礼佛，不近女色，最终却饿死台城，上天对人如此不公！

这三点不平其实正是吴伟业自身的影射。崇祯十七年，李自成农民军攻破北京时，吴伟业正三十六岁；次年弘光朝覆亡，吴伟业也仅仅三十七岁。这个年纪本应正是在政治上大有作为的时候，一朝亡国，天翻地覆，昔日的友朋或离世，或出家、隐居，种种委屈、不平在心中积聚。崇祯帝在位十七年，虽然生性猜忌、刚愎自用，但十七年来，始终兢兢业业，不敢有丝毫懈怠，最终仍落得自缢煤山的下场。吴伟业借沈炯之口诉出的不平，尤其是为梁武帝所鸣不平，正是吴伟业为崇祯帝感到不平的地方。

从整部作品来看，《通天台》写的其实是一场梦。在梦中，沈炯得

---

① 吴伟业：《吴梅村全集》，李学颖集评标校，上海古籍出版社 1990 年版，第 1398 页。
② 同上。
③ 同上书，第 1392 页。

以与异代君主汉武帝相见，向其哭诉不平，并得到了终证仙果的汉武帝的开导，认定人生就是一场梦，一切自有定数，不必斤斤计较得失。最终，吴伟业又将人生归于虚无，用天命来解释尘世的一切。这其中的原因，一部分当来自吴伟业对佛教的信仰，另一部分或许是他对亡国破家无可奈何的承认吧。

第五章 "梅村体"诗歌与
吴伟业戏曲创作

"梅村体"诗歌是指吴伟业在明亡前后创作的一系列长篇叙事诗，因其具有哀感顽艳、辞藻缤纷、爱用典、讲声律等特点，受到时人及后人的称誉，将其称为"梅村体"。纵观中国古代诗歌史，能独创一种诗体且以自己的名字命名的作家，绝对是凤毛麟角，如"骚体"，是屈原在整合楚地民歌、民谣的基础上创立的诗歌体裁，"白氏长庆体"是唐代诗人白居易、元稹创作的以《长恨歌》《琵琶行》《连昌宫词》等为代表的七言歌行体诗歌。"梅村体"取法于唐诗，但又不单纯学习某一位作家，而是综合唐代各诗家所长，结合明末清初的历史特点，创立出的一种诗歌体裁。

"梅村体"具体出现时间已不可考，但据叶君远先生《吴梅村年谱》考证，"梅村体"诗歌大致成熟于崇祯十五年到顺治二年之间，以《洛阳行》《永和宫词》《圆圆曲》为代表，反映了明清易代之际的沧桑巨变，以人物遭际为纽带，串联起重要的历史事件，在风格上表现出声律和谐、辞采华美、情节曲折的倾向。其实，吴伟业最早创作的"梅村体"诗歌应为《殿上行》，反映的是一代宗师黄道周的遭际，赞扬了像黄道周这样铁骨铮铮的臣子，斥责了唯唯诺诺、不敢直言的庸小之辈，初步反映出"梅村体"诗歌重格律、善抒情的特点。

经相关学者考证分析,吴伟业的戏曲作品大致形成于顺治初年到顺治十年之间,其时间与"梅村体"诗歌成熟的时间具有重合的部分。从内容、辞采、韵律上看,"梅村体"诗歌与吴伟业的戏曲之间又具有某种相似性,因此,本章从"梅村体"诗歌与吴伟业戏曲创作相互影响的角度进行分析,希望能从两种不同的文体中找出与时代、作者本身的相关信息。

第一节 "梅村体"诗歌艺术源流分析

一代有一代之文学。"梅村体"诗歌出现在明末清初,以诗人吴伟业其名命名,自有其历史必然性。吴伟业与钱谦益、龚鼎孳并称"江左三大家",开创了娄东诗派,对明末清初诗坛具有重要影响,"梅村体"诗歌向下甚至影响到清末樊增祥、王国维等人的诗歌创作。

时人及后人对吴伟业诗歌,尤其是"梅村体"诗歌评价颇多,对其诗歌的源流也有中肯的评价。康熙皇帝《题〈吴伟业集〉》(见《吴梅村全集》附录四)对吴伟业有较高的评价:"梅村一卷足风流,往复批寻未肯休。秋水精神香雪句,西昆幽思杜陵愁。裁成蜀锦应惭丽,细比春蚕好更抽。寒夜短檠相对处,几多诗兴为君收。"[1] 其中"秋水精神香雪句"是对吴伟业诗歌外在风格和内在精神的评价,虽不完全贴切,但适用于吴伟业的部分诗作;"西昆幽思杜陵愁"表明了对其诗作源流的思考,认为"西昆体"与杜甫诗作对吴伟业诗歌创作有所影响。《四

———————

[1] 吴伟业:《吴梅村全集》,李学颖集评标校,上海古籍出版社1990年版,第1506页。

库全书总目提要》卷一百七十三（见《吴梅村全集》附录四）评价吴诗曰："其中歌行一体，尤所擅长，规律本乎四杰，而情韵为深；叙述类乎香山，而风华为胜；韵协宫商，感均顽艳，一时尤称绝调。"① 王士禛《分甘馀话》（见《吴梅村全集》附录四）评价以吴伟业为代表的娄东诗派曰："娄江源于元、白，工丽时或过之。"② 二者都看到了"梅村体"诗歌与唐代诗歌的关系，并点出唐代诗人中与其相关的重要人物，如"初唐四杰"、白居易、元稹、杜甫、韩愈。朱隗评价《永和宫词》（见《吴梅村全集》之《永和宫词》诗后评）曰："唐人宫掖长篇，惟连昌、长恨、津阳门、杜秋娘四作最胜。六百年后，方见此诗耳。"③ 从一首诗作点出元稹、白居易与吴伟业的源流关系。

我们常称"唐诗宋词元曲"，一代有一代的代表性文学。诗歌在唐代达到鼎盛，不仅反映在近体格律诗的成熟，更体现在众多诗人创作出众多风格不同的诗篇，对后世诗坛具有深远的影响，以至于后世"诗必称盛唐"。诗歌发展到明代，虽出现了一时的繁盛，但诗家始终在"宗唐""宗宋"之间徘徊，又在到底取法初唐、盛唐、晚唐之间举棋不定，难以自成风格。明代诗坛虽也有名家，如李梦阳、李东阳、钟惺、谭元春等人，但始终跳不出蹈袭的圈子，少有名作。至明末清初，吴伟业与钱谦益、龚鼎孳并称"江左三大家"，在诗歌方面称雄江左，吴伟业的"梅村体"诗歌尤为世人推崇。

其实吴伟业学诗较晚，据叶君远先生考证，吴伟业直到崇祯三年参加南京省试，仍不会写诗，有人求赠诗篇，仍托其师张溥完成。乾隆《镇洋县志》卷十四《杂缀类》引《焚余补笔》记载王昊述吴梅村语：

---

① 吴伟业：《吴梅村全集》，李学颖集评标校，上海古籍出版社 1990 年版，第 1515 页。
② 同上书，第 1504 页。
③ 同上书，第 55 页。

"余初第时不知诗，而多求赠者，因转乞求、吾师西铭。西铭一日漫题云：半夜挑灯梦伏羲。异而问之，西铭曰：尔不知诗，何用索解。因退而讲声韵之学。"① 崇祯四年，吴伟业参加会试，得名第一，参加殿试，被崇祯帝点为榜眼，才开始学习写诗，与宋玫、周廷鑨、黄景昉等人之间相互切磋、酬唱。吴伟业学诗虽晚，但进步很快，到崇祯十一年，即创作出《殿上行》，歌颂黄道周的凛凛风节，可以看作"梅村体"诗歌的先声。到崇祯十六年作《洛阳行》咏福王身世，顺治二年作《永和宫词》咏崇祯帝田贵妃事，顺治三年作《琵琶行》，"梅村体"代表诗作已相继出现，形成了吴伟业自己的诗作风格。

总体上来看，吴伟业诗歌取法唐代诗歌名家，尤其宗法盛唐，但不主张囿于一门一户之见，相互攻讦。他在《与宋尚木论诗书》中批评了限于门户之见，只学皮毛，不及根本的现象。

> 彼其于李杜之高深雄浑者，未尝望其崖略，而剽举一二近似，曰我盛唐，我王李，则何以服竟陵诸子之心哉？竟陵之所主者，不过高岑数家耳，立论最偏，取才甚狭，（中略）吾只患今之学盛唐者，粗疏卤莽，不能标古人之旗帜，特排突竟陵以为名高，以彼虚憍之气、浮游之响，不二十年，嗒然其消歇，必反为竟陵之所乘。②

从吴伟业的诗歌风格看，他对唐代诸家均有所取法，并不单纯学元、白二人，只因从"梅村体"作为长篇叙事诗来看，与元、白二人的长篇叙事诗在叙事风格甚至取材上有所类似，后人看到了这方面的相似性而发此议论。其实，从格律、辞采、用典方面来看，吴伟业还有意识地学习了"初唐四杰"、杜甫、李商隐、李贺等人，最终形成了"梅村

---

① 冯其庸、叶君远等：《吴梅村年谱》，文化艺术出版社 2007 年版，第 42 页。
② 吴伟业：《吴梅村全集》，李学颖集评标校，上海古籍出版社 1990 年版，第 1089 页。

体"辞采高华、叙事婉转、用典贴切、情感丰沛等特点。下面我们就来探讨一下"梅村体"诗歌与唐代诗歌之间的源流关系。

一 "梅村体"诗歌与"初唐四杰"诗歌

若将"初唐四杰"的诗歌与"梅村体"诗歌放在一起，很难看出其中的相似之处。因为"初唐四杰"集中诗作本不多，且以五言律诗为主，而"梅村体"诗歌总体为七言歌行体。其中有三个值得注意的地方。

（一）格律

"初唐四杰"出现的初唐时期，是近体诗即格律诗形成的时期。此时，经过两晋、南北朝时期诗人对诗歌语言形式的不断探索，初唐已经具备了格律诗形成的条件。"初唐四杰"已经掌握了格律诗韵律和对仗的要点，写出了较为成熟的五言律诗。如王勃《送杜少府之任蜀州（一说为蜀川)》五言八句，第一、二句，第五、六句对仗，中有"海内存知己，天涯若比邻"，不仅气格高远，单纯从对仗和韵律上来看，也是十分工整的："海内"对"天涯"，第二字仄对平；"存知己"对"若比邻"，第四字平对仄。已经符合格律诗的语言要求。

卢照邻有《春晚山庄》，全诗如下。

> 田家无四邻，独坐一园春。草啼非选树，鱼戏不惊纶。
> 山水弹琴尽，风花酌酒频。年华已可乐，高兴复留人。

其中颔联、颈联对仗非常工整。尤其是颈联，"山水"对"风花"，一静对一动；"弹琴"对"酌酒"，均为风流乐事；"尽"对"频"，副词相互对仗。在对仗的基础上，又具有极大的闲适感，让人沉醉其中。

"梅村体"诗歌虽为歌行体，但与唐以前的歌行体有较大的区别，最明显的特点，就是对仗运用十分广泛，这是受格律诗影响的结果。如《永和宫词》，全诗共 108 句，其中 60 句用了对仗。这即使放在唐代，也是不多见的。如白居易的《长恨歌》，虽然同为长篇叙事诗，但其中使用对仗的情形不及《永和宫词》。《长恨歌》共 120 句，其中对仗仅20 句，其中还包括不太工整的对仗，如"揽衣推枕起徘徊，珠箔银屏迤逦开""云鬓半偏新睡觉，花冠不整下堂来""在天愿作比翼鸟，在地愿为连理枝"。

借用格律诗的形式放入歌行体中，为原本古朴缺乏变化的歌行体诗歌带来了新气象，使人读起来朗朗上口，如《永和宫词》中的"旧宅江都飞燕井，新侯关内武安家"，不仅对仗，而且符合格律诗中平仄的要求，使读者只要记得上句，下句基本就可以念出来，几乎毫不费力。

（二）寄托

"初唐四杰"带给唐诗的不仅仅是较为成熟的格律，更表现在诗作内容方面。唐初诗歌虽有了继续发展的土壤，但延续南北朝时期的宫体诗，辞藻华丽，而内容贫乏，始终没有作者的寄托，没有灵魂。"初唐四杰"致力于扭转齐梁以来的绮丽余习，将诗作从狭窄的宫廷拉向广阔的社会生活，题材较为广泛，风格也较为清俊。从四杰的诗作中，我们可以看到作者的寄托和风骨。如骆宾王的《在狱咏蝉》："西陆蝉声唱，南冠客思深。那堪玄鬓影，来对白头吟。露重飞难进，风多响易沉。无人羡高洁，谁为表予心。"虽为咏蝉，但其实是诗人内心的独白。先将蝉与诗人自己作对比，接下来又将自己比作蝉，真正做到了物即是我，我即是物，可谓咏物诗的高境界。

"初唐四杰"的倡导对唐诗的发展起到了至关重要的作用，他们将诗歌作为表达内心寄托的一种形式，甚至当作"载道"的形式，扩大了诗歌的题材和范围，迎来了盛唐诗歌的繁盛景象。吴伟业学诗取法盛唐，但并不局限于一两位诗人。他的"梅村体"诗歌之所以得到广泛认可，其着眼点和取材十分重要。他生活在明清易代之际，社会生活的复杂性给了他创作的灵感。他善于从历史发展中总结规律，寻找可以传世的事件和人物，精心结撰，在其中投入自己的情感。明清之际的事件、人物本身就具有传奇色彩，吴伟业秉持诗史的心态写作，为传奇的事件和人物插上诗歌的翅膀，自然更易于流传，而灌注于诗作中的情感也就自然得到了流传。这是吴伟业的眼光独到之处，"国家不幸诗家幸，赋到沧桑句便工"，吴伟业就是那个幸运的诗人，他继承了"初唐四杰"诗中寄托的传统，并将其发扬光大，在明清易代之际显露出灼灼的光彩。

以大家熟知的《圆圆曲》为例。《圆圆曲》以明末名妓陈圆圆为写作对象，其中又穿插着吴三桂与陈圆圆结订鸳盟、陈圆圆被李自成农民军抢夺、吴三桂引清兵入关、陈圆圆重回吴三桂怀抱、吴三桂被清廷封官等事件。以一代名妓的身份，挽结起明皇朝、清王朝、李自成农民军三方，又牵扯上吴三桂降清的重大历史事件，使原本就十分传奇的情节更加具有传奇色彩。《圆圆曲》得以流传固然离不开事件本身的传奇性，但更重要的是吴伟业在诗中的态度，他以辛辣诗笔讽刺了吴三桂为一女子背叛明王朝的丑恶嘴脸，如"恸哭六军俱缟素，冲冠一怒为红颜""若非壮士全师胜，争得蛾眉匹马还""妻子岂应关大计，英雄无奈是多情。全家白骨成灰土，一代红妆照汗青"。据说吴三桂派人找到吴伟业，以重金为请，让他将诗中这几句删掉，吴伟业没有答应，显露出一代诗人的气节。

除了对吴三桂的嘲讽之外，吴伟业也以曲折的笔触，勾勒出陈圆圆的离奇命运：秦淮名妓陈圆圆被田贵妃的父亲田弘遇网罗到京城，准备献给崇祯帝固宠，但最终没有成功。后来田再次将陈圆圆带回府中，将让其作为一名歌姬侑酒，在酒席上巧遇吴三桂，二人私订终身，约定日后归娶。吴三桂镇守山海关期间，李自成农民军攻陷北京城，陈圆圆被刘宗敏所夺。吴三桂听到陈圆圆被夺的消息，一气之下引清兵入关，以明王朝灭亡的代价使陈圆圆重回其身边。吴伟业在诗中寄托了对陈圆圆曲折身世的同情："此际岂知非薄命，此时唯有泪沾衣""一斛明珠万斛愁，关山漂泊腰肢细"。当然，诗人的情感并没有直白地在诗中显露，而是借助不同的视角，以不同人的口吻道出："鼎湖当日弃人间，破敌收京下玉关。恸哭六军俱缟素，冲冠一怒为红颜"是站在诗人的角度，接下来"红颜流落非吾恋，逆贼天王自荒沿宴。电扫黄巾定黑山，哭罢君亲再相见"是吴三桂的视角，"相见初经田窦家，侯门歌舞出如花。许将戚里箜篌伎，等取将军油壁车"则开始转到陈圆圆的角度，中间又不停地穿插了诗人、陈圆圆的角度。本来随着陈圆圆跟吴三桂进入秦川，诗作即可结束，吴伟业又从陈圆圆同伴的角度对此事进行了解读，"传来消息满江乡，乌桕红经十度霜。教曲伎师怜尚在，浣纱女伴忆同行。旧巢共是衔泥燕，飞上枝头变凤凰。长向尊前悲老大，有人夫婿擅侯王"，言语间自然是艳羡的。但接下来一转，诗人的视角再次出现，"君不见，馆娃初起鸳鸯宿，越女如花看不足。香径尘生乌自啼，屟廊人去苔空绿"，将陈圆圆比作战国时期的美人西施，将吴三桂比作吴王夫差，最终落得国破家亡的下场。《圆圆曲》大致创作于顺治二年，吴三桂正是被封官的得意时期，吴伟业此时预言吴三桂的下场，既需要一定的长远眼光，也需要极大的勇气。最后的"换羽移宫万里愁，珠歌翠舞古梁州。为君别唱吴宫曲，汉水东南日夜流"，又将吴、陈二人之事放入滚滚的历史洪流中，再次表明了自己的态度：古往今来的历史就像日夜流淌的汉水，从来不因人的意志而转移，历史最终会对吴三桂的行为做出公正的评价。

从历史事件、人物的选取，到诗中作者的评价，都显示了"梅村体"诗歌中作者特有的寄托。可见，吴伟业宗法唐诗的同时，传承了其中的情感寄托，在明末清初的特殊历史时段，巧妙运用，形成了"梅村体"诗歌叙议结合、寄托遥深的特点。

（三）辞藻

"初唐四杰"留下来的诗歌大部分为五言诗，既有格律诗，又有古体诗，但歌行体诗歌不多，仅有卢照邻和骆宾王的几首。将卢照邻的歌行体与"梅村体"进行对比，可以看出其中的辞藻有相似之处。

《长安古意》是一首七言歌行体诗歌，用极大的篇幅描述了长安城中王公贵族富丽堂皇的亭台楼阁、骄奢淫逸的生活、专权独断的豪气，卢照邻使用了大量华丽辞藻，烘托出贵族生活的豪奢。

> 长安大道连狭斜，青牛白马七香车。
>
> 玉辇纵横过主第，金鞭络绎向侯家。
>
> 龙衔宝盖承朝日，凤吐流苏带晚霞。
>
> 百尺游丝争绕树，一群娇鸟共啼花。
>
> 游蜂戏蝶千门侧，碧树银台万种色。
>
> 复道交窗作合欢，双阙连甍垂凤翼。
>
> 梁家画阁中天起，汉帝金茎云外直。
>
> 楼前相望不相知，陌上相逢讵相识？
>
> 借问吹箫向紫烟，曾经学舞度芳年。
>
> 得成比目何辞死，愿作鸳鸯不羡仙。
>
> 比目鸳鸯真可羡，双去双来君不见？
>
> 生憎帐额绣孤鸾，好取门帘帖双燕。
>
> 双燕双飞绕画梁，罗帷翠被郁金香。
>
> 片片行云着蝉鬓，纤纤初月上鸦黄。
>
> 鸦黄粉白车中出，含娇含态情非一。
>
> 妖童宝马铁连钱，娼妇盘龙金屈膝。

御史府中乌夜啼，廷尉门前雀欲栖。

隐隐朱城临玉道，遥遥翠幰没金堤。

挟弹飞鹰杜陵北，探丸借客渭桥西。

俱邀侠客芙蓉剑，共宿娼家桃李蹊。

娼家日暮紫罗裙，清歌一啭口氛氲。

北堂夜夜人如月，南陌朝朝骑似云。

南陌北堂连北里，五剧三条控三市。

弱柳青槐拂地垂，佳气红尘暗天起。

汉代金吾千骑来，翡翠屠苏鹦鹉杯。

罗襦宝带为君解，燕歌赵舞为君开。

别有豪华称将相，转日回天不相让。

意气由来排灌夫，专权判不容萧相。

专权意气本豪雄，青虬紫燕坐春风。

自言歌舞长千载，自谓骄奢凌五公。

节物风光不相待，桑田碧海须臾改。

昔时金阶白玉堂，即今惟见青松在。

寂寂寥寥扬子居，年年岁岁一床书。

独有南山桂花发，飞来飞去袭人裾。

作者结撰辞藻的时候使用了三种方法，使全诗看起来富丽至极，但到最后却萧瑟至极。一是使用色彩感丰富的词汇，运用色彩的对比，给人富丽豪奢的感觉。如"青牛白马""玉辇""金鞭""朝日""晚霞""碧树银台""罗纬翠被郁金香""鸦黄粉白""芙蓉剑""桃李蹊""弱柳青槐""佳气红尘""翡翠屠苏""青虬紫燕"等词汇，色彩非常丰富，给人错彩镂金之感。二是突出建筑物的宏伟、器物的华丽、妆容的美丽。如描述贵族的车辆为"龙衔宝盖承朝日，凤吐流苏带晚霞"，描述贵家的门窗为"复道交窗作合欢",描述贵家的屋宇则为"双阙连甍垂凤翼",描述贵妇的妆容则为"片片行云着蝉翼,纤纤初月上鸦黄"。三是巧用转折,前后对比,突出历史的沧桑感。前面用了大量的篇幅描述贵游生活,到末尾,笔锋一转,"自言歌舞长千载,自谓骄奢凌五公。节物风光不相待,桑田碧海须臾改。昔时金阶白玉堂,即今惟见青松在",繁花摇落,顿显凄凉。最后用西汉扬雄的典故,来突出历史的沧桑感和人如何在时间的长河中获得永恒。

"梅村体"诗歌中反映帝后王孙、王侯权贵生活的,往往也具有上述特点。《萧史青门曲》可以拿来与《长安古意》进行对比。《萧史青门曲》写的是明末四位公主的不同命运,她们的命运与崇祯朝的命运相始终,体现出不同程度的悲剧色彩。诗作先从眼前写起,曾经的公主宅邸已经荒芜,"好畤池台白草荒,扶风邸舍黄尘没","白草"与"黄尘"相对照,用灰暗的色彩表现没落。接下来,作者开始回忆崇祯朝繁盛时期天家贵主的骄奢生活,"百两车来填紫陌,千金橇送出雕房。红窗小院调鹦鹉,翠馆繁筝叫凤凰","填""出"对仗十分工整,写出了乐安公主出嫁时的热闹景象,"红窗"与"翠馆"色彩对比十分明艳。"灼灼夭桃共秾李,两家姊妹骄纨绮",将公主们比作"夭桃"与"秾李",色彩艳丽,写出了青春的气息。但青春不长久,豪华安逸的生活转眼就被打破,"万事荣华有消歇,乐安一病音容没",乐安公主的病逝是崇祯朝衰落的开始。但与《长安古意》中繁华的转瞬即逝不同,《萧史青门曲》中崇祯朝的衰落是循序渐进的,直到"明年铁骑烧宫阙,君后仓皇相诀绝。仙人楼上看飞灰,织女桥边听流血",农民起义军的铁蹄踏破了公主们的荣华梦,宁德公主仓皇出逃,苟活民间,"粉碓脂田县吏收,妆楼舞阁豪家夺",房产全都被没收,豪华生活不再,曾经被羡慕的对象,"今朝破帽迎风雪",今昔产生了强烈的对比,令人感叹历史的无情。最后结尾"只看天上琼楼夜，乌鹊年年他自飞"，令人羡慕乌鹊自由的生活，只有这种无情之物，才能在历史的长河中获得永恒。这与《长安古意》的结尾出奇地相似，卢照邻的感情在几百年后获得了共鸣。

二 "梅村体"诗歌与元、白歌行

从形式上看，"梅村体"诗歌与元白歌行是最相似的，一是表现在二者都属于长篇叙事诗；二是表现在二者诗中的人物、事件具有相似性；三是表现在二者的叙事方式上的相似性；四是表现在吴伟业、白居易、元稹均有意识地写作这种诗歌，在诗歌中体现自己的文学观念。从形式上看，吴伟业确实是在有意识地学习元、白，难怪后人评价中总是将"梅村体"向上与元、白歌行联系在一起。

（一）题材

后世诗评家经常把吴伟业的《琵琶行》与白居易的《琵琶行》放在一起进行比较，邓汉仪、孙铉等人在评吴伟业《琵琶行》时，均将其与白居易的《琵琶行》进行对比，认为"中有全用江州排场之处"，"江州"即指白居易的《琵琶行》。白作中，对琵琶女弹奏琵琶的过程进行了细致描述，其弹奏的指法、声音、感情如在眼前。白居易将琵琶女弹奏的声音比作"急雨""私语""莺语""泉流""银瓶乍破""铁骑突出""裂帛"，用有形可感的东西刻画琵琶声，让我们看到了一幅幅自然画面，我们现在耳熟能详的"大珠小珠落玉盘""未成曲调先有情""别有幽愁暗恨生，此时无声胜有声"都出自白作。白作中，白居易以一身之零落，与同样飘零的琵琶女相遇，顿生惺惺相惜之感，将个人的感情上升为群体的感情，进而使读者同感悲戚，这是白作的杰出之处。

吴伟业《琵琶行》中也有对弹奏琵琶情形的描述。

初拨鹍弦秋雨滴，刀剑相摩毂相击。

惊沙拂面鼓沉沉，砉然一声飞霹雳。

南山石裂黄河倾，马蹄迸散车徒行。

铁凤铜盘柱摧塌，四条弦上烟尘生。

忽焉摧藏若枯木，寂寞空城乌啄肉。

辘轳夜半转咿哑，呜咽无声贵人哭。

碎珮丛铃断续风，冰泉冻壑泻淙淙。

明珠瑟瑟抛残尽，却在轻笼慢撚中。

斜抹轻挑中一摘，瘳栗飕飗憯肌骨。

衔枚铁骑饮桑乾，白草黄沙夜吹笛。

可怜风雪满关山，乌鹊南飞行路难。

猿啸鼯啼山鬼语，瞿塘千尺响鸣滩。

相对于白作来说，吴作中描述弹奏琵琶的场景是惨烈的，吴伟业听到琵琶的声音，回忆起了崇祯末年风云变幻的历史场景，夹杂着战争以及战争给人民带来的痛苦。但这种将琵琶声音形象化的做法与白作是如出一辙的，可以看出吴伟业模仿白居易的痕迹。

除《琵琶行》外，吴伟业部分诗歌的取材与白居易、元稹有着相通性。元、白二人写作最成功的长篇叙事诗分别为《连昌宫词》与《长恨歌》，都是取材于宫廷，描写帝王后妃的爱情和生活。《长恨歌》写的是唐明皇与杨贵妃的爱情故事，将李、杨二人之间不伦的成分隐晦掉，描述了贵妃从极度受宠到被处死、唐明皇极度思念贵妃并令人寻找、贵妃托使寄词的过程。白居易将李、杨的爱情放在安史之乱的大背景下，政治斗争造成了爱情的悲剧。《连昌宫词》则通过一位老宫人之口，叙述连昌宫在战争中的变迁：安史之乱前，连昌宫中有唐明皇和杨贵妃、梨园弟子，轻歌曼舞，尽日欢乐；安史之乱后，都城被攻破，帝王出逃，连昌宫废。一座宫殿挽结着战争，战争连接着人民的困苦生活，诗歌同样讨论了导致战争的缘由，表达了人民希望过和平生活的愿望。吴伟业的《永和宫词》同样描述了帝王后妃的爱情，但与《长恨歌》相比，爱情只是其中的一部分，农民战争的爆发、明皇朝的灭亡、王孙公子的命运、弘光小朝廷的腐败，都是吴伟业试图描绘的内容。田贵妃作为崇祯帝宠妃，与崇祯帝之间也经历了相爱、疏离、和好的过程，田贵妃的病亡与崇祯朝的灭亡先后发生，爱情的成分冲淡，国破家亡后的众人命运成为作者关心的焦点。吴伟业借鉴了《长恨歌》中描写帝王后妃爱情的部分内容，但又模仿《连昌宫词》，探讨战争带来的伤害，最后对弘光小朝廷日日寻欢作乐的情形进行了讽刺。

（二）体系性

白居易的诗歌是有体系性的，他自己编定诗集时，将诗歌分成讽喻诗、闲适诗、感伤诗和杂律诗，其歌行体诗歌基本为讽喻诗和感伤诗。讽喻诗反映民生疾苦，希望引起统治者的关注，如《卖炭翁》《新丰折臂翁》；《长恨歌》之类反映爱情、个人情感苦闷的诗歌归入感伤诗的范畴。

"梅村体"诗歌之所以自成一体，除了其独特的风格外，其体系性也是一个重要原因。将"梅村体"诗歌综合来看，可以发现，吴伟业关注的题材大致有四类：一是宫廷悲剧，涉及帝王后妃、王孙公主，如《永和宫词》《萧史青门曲》《洛阳行》《银泉山》《勾章井》等；二是战争悲剧，既有对国家柱石、将军大臣的歌颂，如《临江参军》《雁门太守行》，也有对国家败类、政治流氓的怒斥，如《圆圆曲》《松山哀》《鸳湖曲》；三是政治悲剧，反映的是政治斗争中忠义之士的不幸遭遇，如《殿上行》《东莱行》；四是下层民众的生活悲歌，如《楚两生行》

《临淮老妓行》《听女道士卞玉京弹琴歌》《临顿儿》《马草行》。

这种体系性是有意为之的，无论取材如何，涉及的人物是谁，都与改朝换代的重大事件息息相关，人们关注这些事件，自然会关注到吴伟业的诗歌。这是吴伟业的慧眼独到之处。

（三）诗歌理论

白居易曾提出著名的诗歌理论"文章合为时而著，歌诗合为事而作"，与元稹一起倡导"新乐府运动"，呼吁写诗要有内容，要关注当时之事，关注民生疾苦，不能无病呻吟。元、白一起创作了大量反映民生疾苦的诗歌，"惟歌生民病，愿得天子知"，如《卖炭翁》《新丰折臂翁》《买花》《轻肥》等。

从吴伟业诗歌创作的实际来看，他在有意识地模仿唐诗，但与明末的众多诗派不同，并不单纯取法某家某人，而是取众家所长，熔铸成自己的风格。在诗歌取材方面，他也有意识地选取明清易代之际的重大事件，以重要人物进行串联，希望能从取材、安排人物方面告知读者在诗歌中呈现历史。这与白居易"惟歌生民病"的倾向有相似之处，二者呈现的都是真实的历史。但吴伟业更进一步，他在《且朴斋诗稿序》中专门提出诗歌具有"史外传心之史"① 的功能，即诗歌在呈现真实的历史之外，还要呈现作者的心史，而心史不仅通过作者的倾向、议论或在诗中抒发的感情体现出来，还通过作者的取材、人物安排、情节结构安排呈现出来。

在"梅村体"诗歌中，我们往往看到这样一种倾向，作者对重要的历史事件往往一笔带过，但对人物的经历、内心感情往往大肆渲染，呈现以情役事的状态。如在《听女道士卞玉京弹琴歌》中，诗歌先交代作

---

① 吴伟业：《吴梅村全集》，李学颖集评标校，上海古籍出版社 1990 年版，第 1206 页。

者听卞玉京弹琴，然后写到卞玉京眼中的"中山王好女"："中山有女娇无双，清眸皓齿垂明珰。曾因内宴直歌舞，坐中瞥见涂鸦黄。问年十六尚未嫁，知音识曲弹清商。"然后转入卞玉京的视角，"归来女伴洗红妆，枉将绝技矜平康，如此才足当侯王"，表露出秦淮名妓对于中山王好女的艳羡之情。但接下来笔锋一转，"万事仓皇在南渡，大家几日能枝梧。诏书忽下选蛾眉，细马轻车不知数"，仅用两句诗就将崇祯朝灭亡、王公贵族逃难到南京、建立弘光小朝廷交代出来，又用两句诗将弘光帝选妃之事交代清楚。然后又开始描述中山王好女的情态，就在进宫之前，清兵突然下江南，弘光小朝廷灭亡，"南内方看起桂宫，北兵早报临瓜步"，原本的进宫计划成为泡影，"闻道君王走玉骢，犊车不用聘昭容"。本来是好事，谁知作者笔锋一转，好事变成了坏事，原本列入弘光帝选妃名单的女子，全都被清兵驱遣北上，最后大部分都死掉了。中山王好女的故事到此结束，但作者的议论刚刚开始，"当时错怨韩擒虎，张孔承恩已十年。但教一日见天子，玉儿甘为东昏死。羊车望幸阿谁知？青冢凄凉竟如此"，反用陈后主妃嫔张、孔二人被韩擒虎捉拿的典故，觉得"中山王好女"还不如被韩擒虎杀掉的张、孔二人，因为这二人最起码被陈后主宠爱十年，而"中山王好女"连弘光帝的面都没有见过，就稀里糊涂地死掉了。接下来又穿插卞玉京的故事：秦淮名妓也被清廷传召，卞玉京为免于被征，剪掉头发做了女道士，而十年来的同伴沙董早已化为一掊黄土。但卞玉京还在宽慰自己，"贵戚深闺陌上尘，吾辈飘零何足数"，"中山王好女"这等家世显赫的贵族女子在国破家亡后都落得如此下场，自己一个风尘女子，飘零如尘又何足道哉！接下来又是作者的感叹，"莫将蔡女边头曲，落尽吴宫苑里花"，显示出人在历史潮流中的渺小和无奈。

"梅村体"诗歌中的议论和感情抒发如此之多，有些是借诗中人物之口道出，有些则干脆是作者直接站出来发表感慨，无论借助谁之口，实际都是吴伟业在议论和感慨，而这种议论和感慨又恰恰是吴伟业心情的传达，甚至是大部分经历明清易代之痛的文人士大夫的心情传达，这就是吴伟业所谓的"史外传心之史"，他的诗歌不仅记录了历史事件，还对当时人的感情做出了精确的传达。这是对元、白"歌诗合为事而作"的继承和发展。

三 "梅村体"诗歌与杜甫歌行

前人在论"梅村体"诗歌时，亦曾提到其与杜甫诗歌的关系，杨际昌《国朝诗话》（见《吴梅村全集》之《圆圆曲》诗后评）曰："世称杜少陵为诗史，学杜者不须袭其貌，正须识此意耳。吴梅村歌行，大抵发于感怆，可歌可泣，余尤服膺《圆圆曲》前幅云：'恸哭六军俱缟素，冲冠一怒为红颜。'后幅云：'全家白骨成灰土，一代红妆照汗青。'使逆吴无地自容。体则元、白，可为史则已如杜也。"① 这是从"诗史"的角度评价"梅村体"诗歌与杜甫诗歌之间的关系。

杜甫诗歌中有大量描画实事的作品，反映出在统治者压迫、战争侵害下百姓困顿不堪的生活，如《兵车行》描述百姓被征兵的场景，"爷娘妻子走相送"的场面让人动容；《丽人行》描述以杨家姐妹为代表的王侯贵戚奢侈的生活，最后一句"炙手可热势绝伦，慎莫近前丞相嗔"写出了百姓与贵族豪奢的距离感，其中"炙手可热"作为成语一直沿用至今；"三吏""三别"更是对战争的控诉，《石壕吏》描写杜甫夜投石壕村遇到官兵抓丁的情景，完全用白描的写法，从头到尾写出老妇应对抓丁官兵的过程，结局就是老妇主动随官兵去，保全了老翁和儿媳，从头到尾无一字议论，但这种活生生的惨相已让读者不忍卒读。世人称

---

① 吴伟业：《吴梅村全集》，李学颖集评标校，上海古籍出版社1990年版，第80页。

杜诗为"诗史",是因为杜诗中描写民生疾苦的部分已经构成一个完整的体系,反映了唐代由盛转衰过程中的真实历史。

吴伟业也是有强烈诗史意识的诗人,从他选取明末清初的重大事件、重要人物结撰诗歌的情形来看,其史官意识已很明显。因此,后人论吴伟业诗歌,侧重于其诗史观念,向上找到的源头就是杜甫。值得注意的是,吴伟业还特别提出"史外传心之史"的观念,即除在诗歌中反映真实历史事件外,还应反映人物的真实情感,其诗中大段的议论足以让读者看到人物、作者的情感外泄。这是吴伟业继承并发展杜甫"诗史"意识的地方。

另外,"梅村体"部分诗歌取材与杜甫出奇地一致。吴伟业作品集中有《临顿儿》《董山儿》,与杜甫的"三吏""三别"很像,描述经历战火的下层民众的困顿生活;而其《芦洲行》《马草行》《捉船行》反映了清初统治者压迫政策下江南民众的困苦。这些诗篇与杜甫的"三吏""三别"相似性很高。又有《悲滕城》,写出了滕城被大水淹没及水后的悲惨景象,与杜甫的《茅屋为秋风所破歌》也有相似之处。

四 "梅村体"诗歌与李商隐之诗

论诗者较少提到"梅村体"诗歌与李商隐诗歌的相似之处。其实,"梅村体"诗歌艳丽的辞藻、频繁用典形成的跳跃和朦胧、生于末世的幻灭感,与李商隐诗歌是有很多相同之处的。

(一) 辞藻

论诗者对"梅村体"诗歌语言的评价是"顽艳""哀艳"等,这与吴伟业善于驱遣艳丽的辞藻是分不开的。如《过锦树林玉京道人墓并传》描写卞玉京在锦树林的墓为"乌柏霜来映夕曛,锦城如锦葬文君。红楼历乱燕支雨,绣岭迷离石镜云",乌柏树经霜变成了红色,又在惨淡夕阳的映照下,呈现的是冷冷的红色;"锦城"给人的色彩感是绚烂的，连用两个"锦"字，色彩绚烂至极，但这种色彩与"葬文君"挽结在一起，同样是冷艳的。"红楼"与"雨"联系在一起，且是"历乱"的"燕支雨"，同样传达出冷冷的感觉；"绣岭"二字使用了"绣"字，好像是满眼锦绣的丝织品，但又用在形容"云"上，而且是迷离的石镜云。这四句诗给人的感觉是色彩感特别强烈，但这种色彩感却一点都不明亮，而是冷冷的，没有温度。这种冷艳的感觉让读者很不自在，因为冷艳与坟墓联系在一起，是死亡的冷艳。但作者还未写完，接下来又有"绛树草埋铜雀砚，绿翘泥涴郁金裙"，绛树与绿翘都是古代的美女，但"绛"和"绿"又是很浓的色彩。美女与林间的草与泥联系起来，又是很冷的感觉；"铜雀"与"郁金"也给人以色彩感，但这些浓重的色彩又再一次与死亡联系在了一起。作者接下来进一步深化了这种感受，"居然设色倪迂画，点出生香苏小坟"。倪迂即元末明初著名画家倪瓒，号云林子，为人迂阔有洁癖，其画风外冷淡落寞而内蕴激情。这句诗讲，卞玉京埋骨的锦树林就像倪瓒的画，冷冷的，作者再一次运用对比，用"生香"描绘坟墓，只能给人更冷的感觉，又将卞玉京比作一代名妓苏小小。这几句诗层层渲染，运用了色彩感十分强烈的字眼，色彩的对比突出了冷艳的氛围，令人不胜其悲戚。

在李商隐的诗作中，这种用色彩艳丽的字眼来突出冷艳的氛围的方法也经常用到。其《春雨》诗全文如下：

> 怅卧新春白袷衣，白门寥落意多违。
> 红楼隔雨相望冷，珠箔飘灯独自归。
> 远路应悲春晼晚，残霄犹得梦依稀。
> 玉珰缄札何由达，万里云罗一雁飞。

李商隐的诗作大都指代不明，后人无法分辨具体是写爱情、思乡还是其他感情,但其用词取意总能够直击人心,让读者在不明诗意的情形下,仍感受到作者深蕴其中的感情,且一发不可自拔。我们暂且将这首诗的主题定为"寻旧"。诗人在飘着雨的春天,寻找一份迷离的感情。"怅卧"含有惆怅之意,让人一开始就沉醉在作者营造的情绪氛围中,"白裕衣"是很有色彩感的词汇,但白色又是冷色调,与后面的"白门寥落"和"意多违"水到渠成地联系在一起,毫无违和感。最有色彩感的是下面的两句,"红楼隔雨相望冷,珠箔飘灯独自归"。"红楼"是指红色的楼阁,色彩很艳丽,但放在雨中,是指作者隔着雨帘望红楼,作者的心情是惆怅的,让人感到红楼的艳色也透着凄冷的光;"珠箔"本是指用珠宝装饰的屏风,珠宝本身是有光泽的,此处或用来代指雨帘,"珠箔"或"雨帘"反射着灯光,好像是飘忽不定的,又是"独自"一人,再次渲染了惆怅、哀怨的氛围,给读者凄冷的感觉。在李商隐的诗歌中,经常见到"红"字,"红"本是色彩浓重的字眼,但在李商隐营造的意境中,"红"变成了一种"冷红",凄冷的,带着作者的情绪,好像永远处在一种不知名的愁绪中,这种愁绪像云、雨一样,不是"黑云压城城欲摧"的感觉,而是淡淡的,但让你永远走不出来,如同白居易的"花非花,雾非雾",朦朦胧胧的,作者想要抽离,但总让人感觉到那种欲去还在的愁绪。

(二)用典

读吴伟业和李商隐的诗,常常陶醉于作者精心构造的音律中,但若要求甚解,往往需要花费很大的工夫。因为二人喜欢在诗歌中使用典故,且用典频繁,经常让读者感动于一个华美的句子,但不仔细分析,很难了解具体的含义是什么。这种用典使诗歌产生一种跳跃感和层次感,但因其形式和内容的一致性,又可以使读者以典故揣摩作者的心思,进而了解其寄托其中的感情。

我们以《洛阳行》为例，这首诗歌写的是明神宗第三子福王朱常洵的身世。万历皇帝宠爱郑贵妃，希望立郑贵妃所生之子朱常洵为太子。万历帝长子朱常洛为太后宫中的一个宫女王氏所生，历来为万历帝所不喜。以杨涟、左光斗为首的廷臣与万历帝围绕立嫡还是立长的问题展开了多年的争论，廷臣坚持立长子朱常洛为太子，但万历帝及郑贵妃始终想立朱常洵为太子。万历二十九年，在廷臣的坚持下，朱常洛被立为太子，朱常洵被封为福王。但郑贵妃始终不死心，福王也一直待在京城而未赴封地。直到万历四十二年，福王才赴封地。万历帝、郑贵妃为其爱子大兴土木，修建了豪华的洛阳宫殿，并赐予金钱、珠宝、庄园。福王在洛阳期间，生活奢侈无度。崇祯十四年，李自成农民起义军攻破洛阳，俘获福王并将其杀害。崇祯十七年，福王世子朱由崧被拥立为弘光帝，建都南京，这就是短命的弘光小朝廷。吴伟业此诗大致写于崇祯十七年，弘光小朝廷刚刚建立不久。

诗歌开头"诏书早洗洛阳尘，叔父如王有几人"，是讲福王朱常洵被李自成农民军处死后，崇祯帝封福王世子朱由崧为福王，显示了崇祯帝对叔父老福王朱常洵的照拂。在这里，吴伟业将帝王之家赋予了浓浓的人情味，这在《萧史青门曲》中也体现出来，如"呜呼先皇寡兄弟，天家贵主称同气""外家肺腑数尊亲""六宫都讲家人礼，四节频加戚里恩""此时同产更无人，宁德来朝笑语真。忧及四方宵旰甚，自家兄妹话艰辛"，这种天家的温情是吴伟业以己之心揣度出来的，同时与他感念崇祯帝、明皇朝是直接相关的。

"先帝玉符分爱子，西京铜荻泣王孙"，前一句是明朝万历皇帝事，万历帝将爱子封为福王，领洛阳封地；后一句用了西汉武帝的典故，汉武帝曾建神明台，上有铜人双手捧露盘，以承仙露，后搬迁途中遭到损毁，唐代诗人李贺有《金铜仙人辞汉歌》。这一句仍是写福王被杀之事，作者回忆福王受封当日情形，并反转笔锋，用西汉的典故，以抒发繁华摇落、沧海桑田之感。"铜扉未启牵衣谏，银箭初残泪如霰。几年不省公车章，从来数罢昭阳宴"，讲的是廷臣反对万历帝立朱常洵为太子，郑贵妃不满，为之流泪，万历帝很生气，以致不上朝、不举行宴会。"骨肉终全异母恩"，中间又穿插着明宫三大案中的廷击案，郑贵妃派人打杀朱常洛，但最终这种争权夺位的尔虞我诈掩饰在了王朝的温情脉脉之中。"万岁千秋相诀绝，青雀投怀玉鱼别"，"青雀"用的是唐太宗第四子李泰的典故，李泰小名青雀，自幼受到李世民宠爱，廷臣中一派支持李承乾，一派支持李泰，后来李承乾获罪被废除太子之位，太宗当着群臣之面承诺立李泰为太子，并说："昨青雀投我怀云：'臣今日始得为陛下子，乃更生之日也。'"这里以李泰喻福王。"玉鱼"用了唐高宗朝的典故，高宗在宣政门内发现一鬼，自称是汉朝楚王戊太子，吴楚之乱时，他在京，没有获罪，皇帝赐予他一对玉鱼。这里也是代指福王的。福王离京赴任洛阳时的情景为"析圭分土上东门，宝毂雕轮九陌尘。骊山西去辞温室，渭水东流别任城。少室峰头写桐漆，灵光殿就张琴瑟"，东门、骊山、渭水、任城都是地名，"铜漆"是指可以做成琴瑟的梧桐树，"灵光殿"是汉景帝之子鲁王的宫殿，这里代指福王在洛阳的豪华宫殿。

> 嗟乎龙种诚足怜，母爱子抱非徒然。
>
> 江夏漫裁修柏赋，东阿徒咏豆萁篇。
>
> 我朝家法逾前制，两宫父子无遗议。
>
> 廷论谳来责佞夫，国恩自是优如意。
>
> 万家汤沐启周京，千骑旌旗给羽林。
>
> 总为先朝怜白象，岂知今日误黄巾。
>
> 邹枚客馆伤狐兔，燕赵歌楼散烟雾。
>
> 茂陵西筑望思台，月落青枫不知路。

这一大段是作者对福王被杀的感叹，几乎每一句都用典故，使用了汉高祖刘邦宠爱戚夫人及其子如意、江夏王萧锋赋的《修柏篇》以示无意争夺帝位、曹植作《七步诗》、周灵王子佞夫被周景王猜忌杀害、齐高帝宠爱其子萧晃（白象）、邹阳枚乘、汉武帝思念爱子筑望思台、《楚辞·招魂》等典故，如果不了解其出处，则很难理解诗歌本身表达的意思。这些典故都与万历帝宠爱福王、福王被杀后的狐兔之悲有关，可以说与诗歌歌咏的对象很好地结合在一起，毫无突兀之感。

另外，作者在用典时，并非单纯将典故放在那里，而是十分注重用典与诗歌形式美之间的关系。如"总为先朝怜白象，岂知今日误黄巾"中的"白象"与"黄巾"不只用典，还形成了很好的对仗，色彩对比很鲜明。"廷论颣来责佞夫，国恩自是优如意"中的"廷论"与"国恩""佞夫"与"如意"也是很好的对仗。我们刚才没有提到的"帝子魂归南浦云，玉妃泪洒东平树"用典也十分巧妙，"帝子"与"玉妃"分别代指福王和郑贵妃，"南浦云"用《滕王阁诗》"画栋朝飞南浦云，珠帘暮卷西山雨"，云的迷离之感与福王被杀后魂归天上形成了很好的对应关系；"东平树"用了东平思王刘宇的典故，他被封东平后一直想重回京师，始终没有如愿，死后，墓地的松柏纸条都是向西长的（长安在西方），此处用此典故来代指福王被杀的无奈。"南浦云"与"东平树"也是十分工整的对仗。

李商隐写作诗歌时也十分喜欢用典，我们非常熟悉的《锦瑟》就多处使用典故。

> 锦瑟无端五十弦，一弦一柱思华年。
>
> 庄生晓梦迷蝴蝶，望帝春心托杜鹃。
>
> 沧海月明珠有泪，蓝田日暖玉生烟。
>
> 此情可待成追忆，只是当时已惘然。

"锦瑟"是一个非常华美的意象，意为装饰非常精美的瑟，"无端"表达了一种心情，无缘无故的，好像有点忧伤，有点惝恍迷离，说不清道不明的情绪。"弦"和"柱"都是瑟的构成部分，"一弦一柱"本来是描绘瑟的样子，但后面加上"思华年"三字，立马让大家想到了岁月中那些美好但已经逝去的东西。"无端"和"思华年"都是击打我们情绪的字眼，读者会跟着作者营造的意境，不知不觉地陷进去。

最使读者感到妙不可言的诗句其实是颔联和颈联，每句诗都用了典故。"庄生晓梦迷蝴蝶"用的是"庄周梦蝶"的典故：庄周睡梦中发现自己变成了一只蝴蝶，等到醒来时，还仿佛停留在梦境中，不知道是自己做梦变成了蝴蝶，还是蝴蝶做梦变成了自己。故事本身表达的是真实与虚无之间的辩证关系。"迷"字用得很妙，把物我之间那种难以辨识的关系微妙地传达了出来。"望帝春心托杜鹃"用的是古蜀国国主杜宇的典故。杜宇号望帝，因水灾将帝位让给臣子，自己归隐西山，死后化为杜鹃，啼声哀切。"托"与"迷"对仗，同样用得很妙，使读者感觉李商隐将自己的全部情感寄托在了杜鹃身上。"庄生晓梦迷蝴蝶"传达了作者在虚无与现实之间徘徊的状态，"望帝春心托杜鹃"则描述了作者殷切执着的心理状态，典故与作者的感情完美地结合在了一起。

"沧海月明珠有泪"用的是"鲛人珠泪"的典故，东晋张华《博物志》载："南海外有鲛人，水居如鱼，不废绩织，其眼泣则能出珠"，在月光照耀的沧海之上，蚌壳一一张开，其内蕴藏的明珠好似一颗颗眼泪。诗人为我们描绘了一幅月照沧海图，月光映照着海面，也映照着一颗颗展露的珍珠，我们感觉诗人的内心打开了，晶莹如明珠，令人感动而生泪珠。"蓝田日暖玉生烟"用的是蓝田美玉的典故，传说蓝田山盛产美玉，在暖暖的日光照射下，其中的玉会氤氲出一种光华，好像缥缈的烟雾。所以司空图《诗品》中解读李商隐的《锦瑟》有"蓝田日暖，良玉生烟，可望而不可置于眉睫之前也"之点评。无论是"珠泪"，还是"玉烟"，看起来都十分美好，但给人的感觉仍然是虚无缥缈的，远看像有，近看则无，令人难以捕捉，恰似李商隐写作这首诗时的心理。

古代论诗者非常关注典故的使用，强调用典时要切合诗作本身，切忌为用典而用典，甚至将诗作变成掉书袋。无论是吴伟业的"梅村体"诗歌，还是李商隐的诗歌，在使用典故时，都能做到妙合诗作本身，贴切而精确地传达作者的感情。这需要诗人本身对历史掌故了然于心，同时诗歌艺术高度成熟。李商隐生于晚唐，此时盛唐诗歌的灿烂已经成为过去，但诗歌艺术作为一种文化记忆传承了下来，晚唐诗人带着这种成熟的文化记忆，力图从其他角度再现盛唐诗歌的繁荣。他们对诗歌格律的烂熟于心，进一步推进了诗歌的形式美，而用典则成了赋予诗歌形式美的一种表达。典故作为成熟的历史记忆，存在于一代人的记忆中，但其与当下时空又存在一定的距离感。李商隐将其运用于诗歌中，表达自己半吐半露的"无端"情绪（对当下生活的距离感）与试图超离惨淡生活的执着，使历史时空与当下生活之间产生了一种若即若离的关系，其诗歌就成为一种带有某种张力的作品，既活在当下，又与当下产生距离。

吴伟业生活的时代，距离诗歌的繁盛期已有将近千年，诗人们在不同的诗歌艺术形式之间辩争，试图找到最好的诗歌样本。吴伟业在宗法盛唐的同时，主张不局限于一人，而是转益多师，创作出"梅村体"这样一种独特的诗歌形式。大概吴伟业早年为参加科举考试进行的准备，使其对隋唐以前尤其是秦汉、南北朝时期的历史掌故烂熟于心，将其用在诗歌中仿佛是水到渠成之事。典故经过一定加工之后，变成了诗作本身的有机组成部分。如《洛阳行》中"江夏漫裁修柏赋，东阿徒咏豆其篇",本来用的是萧锋、曹植的故事,但用"江夏"代指萧锋,因其为江夏王;用"东阿"代指曹植,因其曾为陈王,东阿为其封地。"修柏赋"代指萧锋的作品《修柏赋》,"豆萁篇"代指曹植的诗作《七步诗》。"漫裁"与"徒咏"二词均表明所为的徒然和无能为力。这两个典故都用来指兄弟阋墙甚至自相残杀之事,与万历年间太子朱常洛与福王朱常洵之间的矛盾有相似之处。吴伟业并非简单地使用典故,而是将其进一步加工,一是与诗歌主题相契合;二是与诗歌格律、对仗相适应。论诗者指出"梅村体"的风格之一就是善于用典,辞采富缛,这与吴伟业非常善于用典是直接相关的。

(三)幻灭感

幻灭感其实来自人的历史意识和宇宙意识,人们认识到自己在历史长河和宇宙空间中的渺小、短暂,一方面会产生及时行乐的想法;另一方面也会产生无能为力的感觉。尤其是生于末世的诗人,感受到的幻灭感更加强烈。

在唐代诗人中,李商隐是最集中表达幻灭感这一主题的诗人,其众多诗作看似指代不明,尤其是"无题"诗,没有题名,究竟表达爱情、离情还是世情,众说纷纭,莫衷一是。其实,先不追究李商隐试图表达什么主题,单看其众多诗作的氛围,读者就可以感受到作者所感受的那种凄冷和灰心,而这种凄冷和灰心正是幻灭感的外露。李商隐生于晚唐,无缘经历盛唐的繁华。安史之乱后的唐朝开始走下坡路,到晚唐更是内忧外患,山雨欲来。李商隐生于贫苦之家,又是家中长子,需要承担撑持门户的责任。青年时其文采深受牛党要员令狐楚的赏识,令狐楚病逝后,他应泾原节度使王茂元之聘,做了王茂元的幕僚,并娶了他的女儿为妻。因王茂元与李德裕交好,李商隐也被视为李党成员。在牛、李党争异常激烈的晚唐,李商隐夹在党争的缝隙中,空有文采,却始终无法得以施展，其内心之苦闷可想而知。李商隐在科举考试中多次失利，开成四年，终于应试成功，任职秘书省，当了一名校书郎，后调任弘农县尉，但就任期间很不顺利。会昌二年，李商隐再次任职秘书省，担任的是比校书郎之位更低的"正字"。李德裕最辉煌的时候，很赏识李商隐，但那时恰逢李商隐母亲去世，等到他丁母忧归来后，李党的辉煌期已过，李商隐也失去了实现自己仕途抱负的机会。可以说，李商隐生不逢时，但正是这种生于末世的命运和生不逢时的遭际，成就了他的诗歌，而其中笼罩的幻灭感又为其诗作增添了曲折、迷离的色彩，进一步成为其诗作风格不可或缺的一部分。

李商隐的《乐游原》是较能表现其幻灭感的一首小诗。

向晚意不适，驱车登古原。夕阳无限好，只是近黄昏。

作者在傍晚的时候忽然感到"意不适"，就是心里很不舒服，有些惆怅，有些不能用言语表达出来的东西，于是坐着车来到了乐游原。此时，乐游原上黄昏的太阳看起来非常美。我们如果有在草原看过日落的经历，就会知道，夕阳的光辉已经不再刺眼，可以睁大眼睛看它圆圆的、红红的样子，天边的云彩被它的光辉映照成了绮丽的晚霞，古原上的青草在夕阳的映照下，像涂上了一层金粉，发出红晕，迷离且不真实。这种情景放在摄影师的镜头下，可能是多种光线、色彩交织成的美景。而李商隐欣赏着古原的美丽景色，却忽发感慨，"只是近黄昏"，夕阳美则美矣，只是这种美景伴随着日落，很快就要消失了。这时，我们突然了解了李商隐所谓的"意不适"是什么意思，心里不舒服，大概是懒于世间的各种俗务，心情始终在现世与虚无之间徘徊，欲抽离而去，但始终有些留恋，于是到乐游原上散散心。夕阳晚照给了他很大的抚慰，但他忽然又想到，即使是这黄昏的美景，也终究是要消失的。对于李商隐来说,晚唐的风光就像这乐游原的黄昏夕照,已经失去了盛唐璀璨、耀眼的光环,到了日暮途穷之际。但晚唐又是盛唐的延续,其崇尚精致、华美之风不但没有断流,反而变本加厉。李商隐一方面为自己不能生于盛唐而哀伤;但另一方面又沉醉于这种精致、绮丽中不能自拔,本身就是矛盾的。但即使是这种回光返照般的景象,也不能维持多久,一切很快都将消失,沉入无边的黑暗中。李商隐在吟咏着一首末日的悲歌,就像张爱玲眼中"生命是一袭华美的袍,爬满了虱子",他的末日看似风光无限,但实际已千疮百孔。这种末世的幻灭感让他的诗作充满了惆怅,仿佛淡淡的云气,始终让人看不清前行的方向,没有前进的号角,只是一味徘徊。

李商隐在《宿骆氏亭寄怀崔雍崔衮》中也有类似的表达。

> 竹坞无尘水槛清,相思迢递隔重城。
> 秋阴不散霜飞晚,留得枯荷听雨声。

"秋阴不散霜飞晚",严霜只是晚一些到来而已,但终究是会到来的。但先贪得这一时半刻的秋阴吧,荷叶虽然已经枯萎,但是先不要铲除吧,留着它们听听秋雨声也是好的。我们可以想象雨打新荷的声音,脑中应是碧荷的圆润,雨珠打落在叶片上,圆滚滚的,像闪着光晕的珍珠,我们仿佛听到了青春的礼赞。但到"荷尽已无擎雨盖"的秋日,青春凋萎了,即使还有枯荷,还有雨声,我们感受到的也不再是青春、活力,而如同老妪,脸上爬满皱纹,满头青丝已成白发。李商隐想要久久地坐在这个亭台边上,坐在秋阴里,看着满目的枯荷,想象着它们刚抽出嫩芽、长出圆盖、开出花朵,他从凋萎中想象着青春,想象着老妪在盛唐时的"回眸一笑百媚生",想象着她的绝代风华。

在"梅村体"诗歌中,对曾经美好的回忆和对今日痛苦的品尝形成了鲜明对比，在这种对比中氤氲着浓重的幻灭感，似乎过去的美好永不再来，过去的温情永远被埋没，如今只剩下了满目沧桑，人们需要用余生的时间慢慢品尝。大部分"梅村体"诗歌中，都有今昔的对比，其中的黍离之悲和幻灭之感让人感慨嘘唏，在《萧史青门曲》中体现得尤为明显。

《萧史青门曲》以明末四位公主的命运为对象，展示了荣昌公主、乐安公主、宁德公主、长平公主在明末的悲剧命运。"奉车都尉谁最贤，巩公才地如王济。被服依然儒者风，读书妙得公卿誉。大内倾宫嫁乐安，光宗少女宜加意。正值官家从代来，王姬礼数从优异"。讲述的是光宗少女乐安公主出嫁的情景，重点是其夫婿儒雅贤德。接下来是宁德公主出嫁的场面，渲染出皇家的豪奢和温情，"道路争传长公主，夫婿豪华势莫当。百两车来填紫陌，千金楬送出雕房。红窗小院调鹦鹉，翠馆繁筝叫凤凰。白首傅玑阿母饰，绿鞲大袖骑奴装"，宁德公主不仅驸马豪奢，且其出嫁的场面轰动京城，作者用"百两""千金""红""翠""白""绿"等字眼，凸显皇家生活的豪奢。接下来把宁德公主与乐安公主放在一起，再次凸显昔日盛景，"灼灼夭桃共秾李，两家姊妹骄纨绮。九子鸾雏斗玉钗，钗工百万恣求取。屋里薰炉漺若云，门前钿毂流如水"。随后接入了荣昌公主，将三位公主放在一起，"六宫都讲家人礼，四节频加戚里恩。同谢面脂龙德殿，共乘油壁月华门"。繁华从乐安公主开始，到宁德公主可以说是到达顶峰，似乎难以为继，随后接入荣昌公主，换一个角度继续渲染繁华。作者可谓深谙"月盈则亏""水满则溢"的道理，繁华到达顶点后，让它维持了一段时间，接下来繁华又逐渐消失。先是乐安公主的病逝，让读者感到生命的无常，"万事荣华有消歇，乐安一病音容灭"，即使贵为公主，也不能永葆生命，更不用说身外之物了。乐安公主的病逝只是一种生命自然现象，更让人痛心的是那些人为造成的悲剧。但作者并没有马上打破幻境，让悲剧一下子到来，而是先叙述温情，让人暂且沉醉于世间人情的温暖，"此时同产更无人，宁德来朝笑语真。忧及四方宵旰甚，自家兄妹话艰辛"。但悲剧总是不以人的意志为转移，"明年铁骑烧宫阙，君后仓皇相诀绝。仙人楼上看灰飞，织女桥边听流血"，李自成农民军的铁蹄最终踏破宫阙，崇祯皇帝将嫔妃、子女全部杀死，自己也在煤山自缢。作者并没有一五一十地叙述其中的惨剧，而是借用宁德公主的视角，用两句诗带过。对惨剧也没有采用正面叙述，而是使用"看""听"两字，便把对于惨剧的不忍之情透露了出来。

　　本来故事到这里可以画上一个句号了，但作者并没有这样做，而是完全站在宁德公主的视角，低语陈述曾经的繁华，及其自身在乱世苟活经历了怎样的痛苦："慷慨难从巩公死，乱离怕与刘郎别。扶携夫妇出兵间，改朔移朝至今活。粉碓脂田县吏收，妆楼舞阁豪家夺。曾见天街羡璧人，今朝破帽迎风雪。卖珠易米返柴门，贵主凄凉向谁说。"没有勇气殉亡的宁德公主，由天家贵主一下子沦为街头贫民，亭台楼阁、钱财封地全都被抢占，只能过着"卖珠易米"、生活柴门的日子。作者显然不忍心一直将她置于这种凄凉之中，经常让她从回忆中寻找一丝温暖，但不幸的是，她总是想起灰飞烟灭那一刻崇祯帝杀死亲人的情景，引出长平公主的故事，"苦忆先皇涕泪涟，长平娇小最堪怜。青萍血碧它生果，紫玉魂归异代缘。尽叹周郎曾入选，俄惊秦女遽登仙"，长平公主虽被父亲崇祯帝砍伤了胳膊，但并未失去性命，作者用"吴王小女"的故事交代了长平公主的去向。这种痛苦的回忆时时折磨着宁德公主，以至于让她产生了幻觉，感觉又回到了曾经的繁盛之中："昨夜西窗仍梦见，乐安小妹重欢宴。先后传呼唤卷帘，贵妃笑折樱桃倦"，曾经的繁华是不会再来了，除非梦中相见。宁德公主经常在梦中重温过去，她梦见了妹妹乐安公主，她们在一起欢宴，也梦见了皇后和贵妃，那么笑语生香的样子，让人不忍从梦中醒来。然而梦终究是要醒的，醒来面对的现实却太过不堪："玉阶露冷出宫门，御沟春水流花片。花落回头往事非，更残灯灺泪沾衣"，相对死去的人，苟且存活的宁德公主要忍受的更多，她不仅要忍受贫苦，更要忍受眼前凄凉与梦中繁华的时时对比，这种对比时时提醒她，死去或许是幸福的，活着无非是在忍受。

吴伟业显然对宁德公主的遭遇感同身受。这不仅是因为他们生活在同一时代，都经历了改朝换代，更因为二人都没有勇气放弃人世生活，而选择了人间苟活。他们经历了繁盛，对于曾经的繁盛有着刻骨铭心的记忆，因此要忍受过去与眼前对比的折磨；他们选择了苟活，时时处于对不起旧主、对不起国家的心理折磨中。因此，他们感受到的幻灭，不仅仅是李商隐那种抱负无处施展、来不及感受繁华而心情郁郁的幻灭，而是在强烈的对比之下的心理落差和心理折磨。李商隐诗中的幻灭只是黄昏与正午的对比，是秋日还剩枯荷；而吴伟业诗中的幻灭则是黑夜与正午的对比，他们连秋日的枯荷也没有了，已经到了寒冬，只有白茫茫一片，掩盖了一切，而他们的痛苦如同掩藏在雪下的草根，一有机会就会发芽，除之不尽。

第二节 "梅村体"诗歌叙事艺术分析

"梅村体"诗歌作为长篇叙事诗，是使用歌行的形式来进行叙事的。长篇叙事诗在中国古代诗歌史中屡见不鲜，从汉代的乐府双璧

《木兰诗》和《孔雀东南飞》,到杜甫的"三吏""三别",到元、白的《长恨歌》《连昌宫词》,都是诗歌史上有名的长篇叙事诗。诗歌本为抒情的文学体裁,在抒情文学中加入叙事的成分,且使用鸿篇巨制的形式来写作,就不能不提到叙事诗的叙事艺术。"梅村体"诗歌自成一体,与其独特的叙事艺术是分不开的。吴伟业生于明朝末期,经历了明清改朝换代的巨大历史转折;又曾担任明朝官职,参与明末的政治斗争;还曾仕清,成为世人不齿的"两截人",这种独特的生存经历反映在"梅村体"诗歌中,形成了叙事方式多样、叙事视角复杂、转折回环往复的特点。

一 叙事方式

叙事方式是指叙述故事的方式。在诗歌中叙事,首先不能脱离诗歌的形式特点,如押韵、字数、对仗等。其次不能离开诗歌的抒情性特点。诗歌本为抒情性文学,无论叙述的是什么故事、怎样叙事,都离不开抒情本身。吴伟业的"梅村体"诗歌上承唐代,对于唐代诗人多有师法,不仅继承了唐代诗歌尤其是长篇叙事诗的叙事方法,还有自己的创新之处,主要表现在主题、叙事线索、叙述方法等方面。

(一) 主题和思想感情

诗歌主题是指诗歌的题材内容,是诗歌的统帅和灵魂。唐代长篇叙事诗的主题一般较为单一,如白居易的《长恨歌》表现的是爱情主题,集中表现了唐明皇和杨贵妃爱情的悲欢,体现了"长恨";《琵琶行》表现的是感伤主题,通过叙述琵琶女的乐音和身世,体现了白居易与琵琶女的"天涯沦落""惺惺相惜"之感;杜甫的"三吏""三别"表现的是战争主题,通过叙述底层民众在战争中妻离子散的悲剧命运,表达了体现作者和民众对战争的厌恶之情。

在"梅村体"诗歌中,主题则显现出多样性,往往在一个主题之外，还夹杂着其他的主题，因此，作者的思想感情也表现出多样性。《永和宫词》叙述的是崇祯帝与其宠妃田贵妃的爱情故事，但被论诗者津津乐道的是，吴伟业选择田贵妃作为诗歌的女主角，是因为田贵妃由受宠到失宠，再到死亡的一生，正与崇祯一朝由繁华到落败，再到灭亡的过程形成一种影射关系，田贵妃的命运与崇祯一朝的命运相始终。吴伟业在叙述田贵妃的命运时，并不仅仅选取爱情部分，还选取了田贵妃母族、子女中与政治相关的内容。与爱情故事有关的是从诗歌开头到"君王欲制哀蝉赋，谏笔词臣有谢庄"，其中与爱情关联最大的是贵妃入宫、受宠、失宠、永和宫玩花后君王贵妃感情复合、贵妃再次失宠、死去。其中，贵妃再次失宠与其母族飞扬跋扈有关，中间又牵扯上政治的因素。这部分的篇幅大约占全诗的2/3。田贵妃死后，诗歌还有1/3的篇幅在描述和议论崇祯朝的政治，而诗歌的最后四句又提到了弘光小朝廷，"昭丘松槚北风哀，南内春深拥夜来。莫奏霓裳天宝曲，景阳宫井落秋槐"，是说在国破家亡的关头，弘光帝仍然以与妃嫔享乐为乐事，与当年的南朝陈后主行为相似，预言弘光帝将会落得与陈后主相同的命运。

因此，与表现爱情主题的《长恨歌》相比，《永和宫词》的主题显然复杂得多。《长恨歌》中，杨贵妃惨死一节虽与政治相关，但白居易在诗歌中并不着力渲染政治色彩，而是用"六军不发无奈何，宛转蛾眉马前死"一句带过，重点表现唐明皇对杨贵妃悲剧命运的无奈。杨贵妃死后，白居易用了大量的篇幅表现唐明皇的悲伤和对杨贵妃的思念，这种悲伤与思念是爱情本身的一部分。需要特殊说明的是，白居易在取材之时，就已经有所侧重。白居易写作《长恨歌》时，李、杨的故事已经过去了五十年，民间流传着很多版本的李、杨爱情故事，其中不乏对李杨的讽刺。白居易是根据民间传闻来结撰《长恨歌》故事的，他对民间传闻进行了一定的净化，只选取其中表现爱情故事的内容，至于其他与爱情主题关联不大的内容则一概不取。如杨玉环本为唐明皇之子寿王的妃子，唐明皇与杨玉环的结合实际是唐明皇夺取儿媳的过程。但白居易把杨玉环的不贞、唐明皇的巧取豪夺一概略去，用了"杨家有女初长成，养在深闺人未识"来交代杨玉环的身世。因此，总体上来看，《长恨歌》表现的单纯是李杨的爱情主题，是把李、杨作为世间普通男女来书写，体现出作者对二人爱情悲剧的同情。

吴伟业的《永和宫词》师法《长恨歌》的痕迹较重：一是从男女的相识写起。二诗均描写了帝妃的爱情故事，因此都是从贵妃入宫开始，"杨家有女初长成，养在深闺人未识"与"扬州明月杜陵花，夹道香尘迎丽华"都是首先交代了贵妃的出身与容貌。二是由生到死的故事结构。作者先渲染了唐明皇对杨贵妃的极度宠爱，然后用杨贵妃的惨死为此前的繁华作结，由生的极度热闹到死的极度落寞，形成了极大的对比。吴伟业也借鉴了这一结构，《永和宫词》也描述了田贵妃由生到死的过程。与白居易单纯描述李、杨二人的爱情世界不同，在崇祯帝和田贵妃的感情生活中，掺入了亲情、政治等众多因素，即使在田贵妃死后，吴伟业笔下的崇祯帝也并不像唐明皇那么深情，而是顾及了王朝、子女等因素。因此，吴伟业实际是在爱情的主题下杂糅了亲情、政治等主题，或者说，是以爱情故事的表现手法，展现出爱情之外的其他内容。三是爱情故事的套路。白居易在《长恨歌》中最后使用了男女爱情的信物：钿合金钗。这一爱情信物延续到了吴伟业的叙事结构中，"钿合金钗定情日"，吴伟业同样使用了这个在白居易的叙事中初现的套路。

（二）故事情节

《长恨歌》讲述了唐明皇和杨贵妃的爱情故事，其情节明显分成四个阶段：杨贵妃受宠、杨贵妃被处死、唐明皇思念杨贵妃、方士上天入地寻找杨贵妃。在每一个阶段，都出现了男女主人公，或者男女主人公的影子，因此，《长恨歌》是真正表现爱情主题、使用爱情故事叙事线索和情节的诗歌。但在《永和宫词》中，吴伟业在继承《长恨歌》叙事线索和情节的同时，又插入了与爱情无关的线索和情节。《永和宫词》的情节可以分成七个阶段：田贵妃受宠、田贵妃失宠、帝妃感情复合、田贵妃因父族之事受连累、田贵妃死去、明王朝京城陷落造成的后宫惨剧、弘光帝的上台。前三个阶段，爱情色彩浓一些；后四个阶段，政治色彩更浓，其中更多体现的是国破家亡后的黍离之悲。

（三）叙事方法

《长恨歌》表现了杨贵妃受宠、被处死、唐明皇思念杨贵妃、方士上天入地寻找杨贵妃的故事情节，几乎完全按照时间顺序，使用的是顺叙的叙事方法。中间少量使用议论，可以看作插叙的雏形。如在展现杨贵妃受宠的环节，作者插入了一点议论："遂令天下父母心，不重生男重生女。"这种插叙有时会被叙事视角掩盖。

在《永和宫词》中，吴伟业在大面积使用顺叙方法的同时，还用到了较多的插叙。在田贵妃受宠环节有"本朝家法修清燕，房帷久绝珍奇荐"，使用插叙交代明朝宫廷之风，表现出田贵妃在节约用度方面的精巧心思。在崇祯帝与田贵妃将要感情复合的环节，插入"外家官拜金吾尉，平生游侠多轻利。缚客因催博进钱，当筵便杀弹筝伎"，用田贵妃母族的跋扈豪奢，展现田贵妃最终不得君心的命运。在田贵妃凄凉死后，插入白头宫娥的议论："头白宫娥暗颦蹙，庸知朝露非为福。宫草明年战血腥，当时莫向西陵哭。穷泉相见痛仓皇，还向官家问永王。幸免玉环逢丧乱，不须铜雀怨兴亡。"让读者觉得，即使贵妃那么凄凉地死去，与国破家亡的大事相比，仍然显得如此幸运。田贵妃最不能放心的是自己的儿子永王,但也被崇祯帝在京城陷落时亲手杀死,作者用"还向官家问永王"一句表现出一位母亲的牵挂。最后,在写到田贵妃孤独的坟墓后,作者又加入了插叙:"昭丘松槚北风哀,南内春深拥夜来。莫奏霓裳天宝曲,景阳宫井落秋槐。"实际是写弘光帝的荒淫无道,并对弘光小朝廷的命运做出精准的预言。

其实,《永和宫词》的叙事方法并不足以体现"梅村体"诗歌叙事方法的多样性。在《萧史青门曲》中,"梅村体"叙事的多样风采才真正得以体现。《萧史青门曲》讲述的是崇祯朝几位公主的命运:乐安公主是光宗少女,宁德公主为光宗长女,荣昌公主为神宗之女,长平公主为崇祯之女。这四位公主的命运,在崇祯朝逐渐衰落的大背景下表现出惊人的相似性:乐安公主在京城陷落前病亡;宁德公主苟活于人世间;荣昌公主的命运作者没有交代,但覆巢之下,岂有完卵?长平公主被父亲崇祯帝亲手杀死(实际是斫伤手臂)。诗歌开头用了"弄玉萧史"的典故,影射宁德公主与其驸马。"好峙池台白草荒,扶风邸舍黄尘没。当年故后婕妤家,槐市无人噪晚鸦。却忆沁园公主第,春莺啼杀上阳花",作者是站在当下,看到当年繁华的不再,用当下的荒凉与此前的繁盛作对比。然后使用倒叙的手法,回忆当年的繁盛景象:宁德与乐安出嫁时的豪奢;天家的温情脉脉。吴伟业就像讲故事一样,先是讲述了乐安公主得到好归宿,然后在此基础上,再向前追溯,使用倒叙展现宁德公主当年的豪奢:"先是朝廷启未央,天人宁德降刘郎。"作者用大量的词汇描述宁德公主出嫁时的热闹场面。之后,作者又转回宁德与乐安在明亡前的生活,将两位公主放在一起书写。其间,作者两次用到了倒叙手法,且两次倒叙形成了对比,然后又把目光拉回,类似于电影的蒙太奇手法,两位公主同台出现。接下来插入荣昌公主的故事,至此,三位公主终于同台。之后笔锋一转,"乐安一病音容没",乐安公主的病亡是崇祯朝灭亡的序曲。这之后，大层次上在使用顺叙，中间还有插叙的成分，插入对乐安公主驸马的叙事："却添驸马不胜情，至尊览表为流涕。金册珠衣进太妃，镜奁钿合还夫婿。"假如说乐安公主还没来得及感受明亡的巨变，宁德公主的沦落民间则直接与明亡有关。作者一直使用顺叙，描写宁德公主与驸马苟活于民间，感受到国破家亡的惨烈和生活的艰辛。然后，作者又使用倒叙手法，以宁德公主引出长平公主："苦忆先皇涕泪涟，长平娇小最堪怜。青萍血碧它生果，紫玉魂归异代缘。""苦忆"二字交代出宁德公主在回忆过往。接下来，宁德公主又不得不直面眼前的悲凉与艰辛："青青寒食东风柳，彰义门边冷墓田。"曾经生活在富贵中的宁德公主，并不甘心眼前的贫苦，即使在梦中，她也经常回想。作者让读者跟随宁德公主的梦境回到过去："昨夜西窗仍梦见，乐安小妹重欢宴。先后传呼唤卷帘，贵妃笑折樱桃倦。"梦醒了，终究要回到现实，于是宁德公主只能再次面对现实，"花落回头往事非，更残灯灺泪沾衣"。全诗基本站在宁德公主的视角，大体上是倒叙，倒叙中又有顺叙、插叙，而作者让宁德公主不停出入当下与过去，以当下的凄凉与过去的繁盛对比，让读者觉得繁华更甚，凄凉也更甚。这些叙事方法的交替使用，为全诗增添了层次感、起伏感，让读者好像在阅读小说，观看戏剧。

二　叙事视角

叙事视角是指叙事人的立场和眼光。在诗歌中，叙事视角有时并非明晰可见，需要读者仔细分析。我们仍旧以《长恨歌》为例。《长恨歌》中的视角大部分为作者本人的，是作者在讲述李、杨的爱情故事，因此，大部分使用的是第三人称，如"汉皇重色思倾国""杨家有女初长成"，其中的"汉皇""杨家女"都是第三人称。但有时，作者会让诗中的人物站出来说几句话，如"侍儿扶起娇无力"，用的是杨贵妃侍儿的视角;"黄埃散漫风萧索,云栈萦纡登剑阁。峨嵋山下少人行,旌旗无光日色薄"则以唐明皇的视角,其悲伤使周身景物也沾染了悲伤气氛;"排空驭气奔如电,升天入地求之遍"又以方士的视角,强调了方士寻找杨贵妃的辛劳;"闻道汉家天子使,九华帐里梦魂惊。揽衣推枕起徘徊,珠箔银屏迤逦开"又采用了杨贵妃的视角。这种视角的转变其实与诗歌中人物的出现有关联,只是作者眼中人物的动作、情感、议论,客观上说,仍然是第三人称的间接视角。

在"梅村体"诗歌中,情况变得有所不同,主要表现在叙事视角的多样化和叙事的直接化。《听女道士卞玉京弹琴歌》是一个典型的例子。该诗实际是故事套故事,第一层故事是作者吴伟业听女道士卞玉京讲故事;第二层故事是女道士卞玉京讲述中山王好女和包括自己在内的秦淮女妓的故事。因此,诗歌中的叙事视角有时是作者的,有时是卞玉京的。"驾鹅逢天风,北向惊飞鸣。飞鸣入夜急,侧听弹琴声。借问弹者谁?云是当年卞玉京。玉京与我南中遇,家近大功坊底路",这是吴伟业的视角,最后两句实际上作者已经开始讲故事了,讲的是自己与卞玉京秦淮河畔初遇的故事。接下来视角转换成卞玉京,卞玉京讲述自己眼中的"中山王好女"的命运:她曾在宴会上见过"中山王好女",容貌非常漂亮,自己也很羡慕,且插入了议论:"如此才足当侯王。"美丽的女子出身高贵,按理本应有好的命运和归宿,但在明清易代之际,一切都发生了天翻地覆的变化。弘光小朝廷苟安南京,不但不思进取,反而以选妃观剧为能事,"中山王好女"就在弘光帝选妃的行列。但亡国让这种变身弘光帝妃的愿望也难以成真,清兵下江南,弘光小朝廷覆亡,没来得及入宫为妃的"中山王好女",连同阮大铖、祁彪佳的女儿,均列入清王朝缉捕的名单,随同清兵北上,不知沦落何方。卞玉京讲完自己的故事后,又捎带着讲了秦淮女妓的不幸遭遇:清兵不仅俘虏贵族女性，还到处抓捕工匠、女妓等，卞玉京的女伴们为此已多有丧命。卞玉京为逃脱被抓捕的命运，只好披上道袍，扮成道姑，到处流浪。在卞玉京讲述故事的过程中，作者还插入了旁观者的视角："当时错怨韩擒虎，张孔承恩已十年。但教一日见天子，玉儿甘为东昏死。羊车望幸阿谁知？青冢凄凉竟如此。"其中，"但教一日见天子，玉儿甘为东昏死"就是"中山王好女"的口气。从"我向花间拂素琴，一弹三叹为伤心"开始，卞玉京的视角重新出现，开始讲述秦淮女妓和自己的故事。从"坐客闻言起叹嗟"开始，又由卞玉京的视角转为作者的视角，对亡国之后的女性命运发出深切的感叹。

这种故事套故事，并在叙事过程中不断转换视角的方式，造成了所叙故事的摇曳多姿，使诗歌充满了戏剧性。与唐代歌行体诗歌平铺直叙的方式和视角的单一性相比，吴伟业的"梅村体"诗歌显然叙事技巧更为成熟。

三　频繁转折造成的回环往复

诗歌本为长于抒情的文体，当其用于叙事时，虽然保留了其抒情的特质，但更强调了故事的曲折性。在"梅村体"诗歌中，吴伟业善于使用转折，从不同的角度呈现对同一事件的看法，使抒发的感情更易于引起读者的共鸣。

杜甫的《石壕吏》讲述作者在安史之乱中，傍晚在石壕村投宿，恰遇官吏捉人服兵役的故事。作者从"暮投石壕村"讲起，完全使用白描的手法，对官吏捉人、老翁逃走、老妇出门应对、老妇跟随官吏离开、老翁天亮重回等环节，进行了客观化的描述，这种描述把普通民众的苦难直接展现在读者眼前，是不讲求艺术手法的诗歌艺术。

在"梅村体"诗歌中，吴伟业并不是在客观描述事件，而是在描述的同时，主要抒发自己的感情。这种感情有时并非如大河决堤一泻而下，而是回环往复，转折频生，每一次转折都是一次感情的递进，最终形成频繁转折而感情愈加丰沛的特点。我们以《萧史青门曲》为例。从诗歌开头的满眼荒凉，到开始回忆天家贵主曾经的豪奢，形成了第一次转折；从乐安公主引出宁德公主，并极力描绘宁德公主出嫁的热闹场面，形成了一次小的转折；由宁德公主到加入乐安公主，再到加入荣昌公主，三位公主合为一体，又形成一次小的转折；乐安公主的病亡是繁华转向落寞的序曲，形成一次较大的转折；最大的转折随后而来，明王朝灭亡，皇室成员相继死去，只有宁德公主苟活于世，昔日天家贵主沦落柴门，其转折可谓是颠覆性的；但作者并未就此刹车，而是由宁德公主又引出长平公主，四位天家贵主的命运至此全部展现出来；从繁华到落寞，本已形成巨大的跳跃，让读者深切感受到国破家亡的覆灭，同时对宁德公主感受到的凄凉感同身受，但作者并未就此放过宁德公主，而是让她回到梦中，在梦中重回热闹的昔日生活，梦醒了，现实更加凄凉，又形成一个转折。通篇看来，作者几乎时时在转折，每一次转折都造就了一次情感的洗礼。

在《永和宫词》中，吴伟业也进行了类似尝试。田贵妃的死是由众多因素造成的：崇祯帝的猜忌、母族的飞扬跋扈、少子的死亡造成的白发人送黑发人。而这众多因素其实已经在预示着崇祯朝的灭亡。田贵妃的惨死本为可悲之事，因为与崇祯朝命运相始终的田贵妃，代表着吴伟业对于大明王朝情感的幻灭。但田贵妃死后，作者马上借"头白宫娥"之口，道出田贵妃的幸运。

> 头白宫娥暗颦蹙，庸知朝露非为福。
> 宫草明年战血腥，当时莫向西陵哭。

田贵妃死在明王朝灭亡之前，已经是天大的福气了。这是一层转折。下面是第二层转折："穷泉相见痛仓皇，还向官家问永王。"亲手杀死儿子的崇祯帝，怎么向田贵妃交代呢？这出人间惨剧因这一问，更增加了悲剧的色彩。"幸免玉环逢丧乱，不须铜雀怨兴亡。自古豪华如转毂，武安若在忧家族。爱子虽添北渚愁，外家已葬骊山足"，这六句诗每两句转折一次，先是庆幸田贵妃死于崇祯朝灭亡之前，然后悲叹世事无常，如果田贵妃的父亲还健在，在明朝灭亡之时会遭遇什么命运？接下来再次转折，虽然田贵妃儿子死去了，但是母族至少还死有葬身之地，被崇祯帝亲手杀死的后妃公子，如今何处埋身呢？这种转折包含着假设，先是对既成事实的推翻，然后在推翻的基础上，又再次证明了既成事实是好的，但其实对于遭遇明清易代的吴伟业及其友人来说，这种沧桑巨变是他们心中永远的痛。他们承认现实的好处，是因为无法为自己的存在找到合理的解释。经过这层层转折，我们看到了吴伟业及其友人矛盾重重的心态，这种回环往复恰恰是他们最真切的心路历程。

第三节 "梅村体"诗歌与戏曲之关系

通过对"梅村体"诗歌源流和叙事方式的分析，我们可以看出，"梅村体"诗歌虽继承了唐代歌行体诗歌的叙事传统，却又与戏曲有着天然的亲缘关系。吴伟业生于明朝末期，小说、戏曲等通俗文学的发展，为传统诗歌创作提供了题材、叙事方式等方面新的借鉴；同时，吴伟业在戏曲创作方面的实践，与"梅村体"诗歌的创作时间有重合之处，因而其戏曲作品中总不乏诗歌的色彩。

一 题材

"梅村体"诗歌一个非常重要的特点，就是善于书写明末清初的重大历史事件和历史人物，且多以历史人物为书写对象，以历史人物勾连起重大历史事件，这固然是吴伟业史官意识的外在表现。但我们可以从另外的角度来分析这个现象。吴伟业"梅村体"诗歌选取的历史事件或历史人物，其共同特点是都具备一定的传奇色彩。大家熟知的《圆圆曲》是以明末秦淮名妓陈圆圆为书写对象，实际讽刺的是吴三桂，一首诗歌串联起李自成农民军攻陷北京、崇祯帝殉国、吴三桂勾结清兵入关、吴三桂被封征西大将军等重要历史事件。对于一代名妓陈圆圆来说，其本身的经历已经具有足够的传奇性，以她的经历为针线，缝合起这些历史，可以吸引足够的受众。因此，与其以吴三桂为书写对象，不如以更能引发读者同情和猎奇心理的陈圆圆为书写对象，这是吴伟业的独具慧眼之处。其实，与其说诗歌中的人物具有传奇色彩，不如说他们所串联起来的历史事件更具有震撼性和传奇性，吴伟业只是用与这些事件相关的人物的视角，换一个角度讲述历史。我们熟知的《萧史青门曲》是写明末四公主，《洛阳行》是写万历帝之子福王，《松山哀》是写降清将领洪承畴，《楚两生行》是写著名说书艺人柳敬亭和昆曲艺人苏昆生，这些作品都与《圆圆曲》出于同一机杼。吴伟业在诗歌方面的独具慧眼与其在戏曲创作的选题上有异曲同工之妙。

明清戏曲中的长篇结构又被称为"传奇"。传奇者，传奇异之事也。戏曲作家们把具有传奇色彩的故事用一系列的人物串联起来，通过舞台表现的方式讲述故事，实际也是因人传事。梁辰鱼的《浣纱记》用西施与范蠡的爱情故事，串联起吴越两国争雄、越王勾践卧薪尝胆矢志吞吴的故事。浣纱的是西施，西施因在吴越争雄的故事中扮演的角色而成就了自身的传奇色彩，因此，梁辰鱼选取的故事男、女主人公即是故事本身的推动者，也是在历史上具有传奇色彩的人物。汤显祖的《牡丹亭》又称《还魂记》，取材于明代话本小说，其事并非历史真实，人物也未必真实存在，但"还魂"这一故事超越了现实，带有传奇色彩，也易于口耳相传，适合在戏曲舞台上展示。在吴伟业的戏曲创作中也是如此。《秣陵春》中，人的影子在玉杯、镜子中出现，促成了男女的爱情，其故事本身具有一定的传奇性。吴伟业将这种传奇故事写入戏曲作品，将徐适和黄展娘作为男女主角，通过生旦表演的形式来讲故事，这与论诗者认为的"梅村体"诗歌取材"事本易传，诗亦易传"的初衷是一致的。

二　叙事方式

诗歌作为长于抒情的文学形式，即使与叙事相结合，仍不能如叙事文学（如戏曲、小说）一样形成以叙事为中心、多元化的叙事方式。唐代的长篇叙事诗到盛唐以后才出现，可以看出受唐传奇影响甚至相互之间影响的痕迹。而在吴伟业生活的明末清初，通俗文学得到了长足发展，以小说、戏曲为代表的通俗文学对其他文学形式也形成了一定影响。吴伟业自崇祯朝后期开始创作"梅村体"诗歌，至顺治二年左右达到顶峰，出现了《永和宫词》《洛阳行》等"梅村体"诗歌的代表作。这种长于叙事的诗歌形式，体现出较为明显的受通俗文学影响的痕迹，同时，吴伟业也以自己的戏曲创作实现了诗歌与戏曲创作之间的互动关系。

（一）双线结构

戏曲中的双线结构来自以南戏、明清传奇中的生旦戏。"十部传奇九相思"，大部分南戏、传奇作品都是以生、旦的悲欢离合为线索，以爱情故事的形式，展现广阔的社会背景。其结构套路基本为：生、旦的戏份先是用两条线索分别展现（有时生、旦先同时出场，然后因事分开），后两条线索逐渐合并在一起，最终达成大团圆的结局。

"梅村体"诗歌也受到了这种双线结构的影响。《楚两生行》就采用了明显的双线结构，讲述了说书艺人柳敬亭和昆曲艺人苏昆生的离奇命运。柳敬亭为江苏人，苏昆生为河南人，均为古楚国的范围；且两人均曾做过左良玉的幕宾，所以吴伟业将两人放于同一首诗中进行书写。为了将两人的特长、遭遇讲述清楚，吴伟业采用了双线结构，开头四句"黄鹄矶头楚两生，征南上客擅纵横。将军已没时世换，绝调空随流水声"是将两人合写，接下来分别写两人曾经的风光："一生挂颊高谈妙，君卿唇舌淳于笑；痛哭长因感旧恩，诙谐尚足陪年少。途穷重走伏波军，短衣缚袴非吾好；抵掌聊分幕府金，褰裳自把江村钓"讲的是善于说书的柳敬亭；"一生嚼徵与含商，笑杀江南古调亡；洗出元音倾老辈，叠成妍唱待君王。一丝萦曳珠盘转，半黍分明玉尺量；最是大堤西去曲，累人肠断杜当阳"讲的是擅长昆曲清唱的苏昆生。吴伟业用"一生"这样的字眼，实际上是将两人的遭遇分成了两条线索，这与戏曲中分叙生、旦不同遭遇的结构是相似的。接下来从"忆昔将军正全盛"到"貔貅散尽无横阵"插入了征南将军左良玉的命运，而其中的"生来索酒便长歌，中天明月军声静"又插入了两生的成分。自插入了对左良玉命运的唏嘘之后，又分成了两条线来讲述两生的凄凉："祁连高冢泣西风，射堂宾客嗟蓬鬓；羁栖孤馆伴斜曛，野哭天边几处闻？草满独寻江令宅，花开闲吊杜秋坟；鹍弦屡换樽前舞，鼍鼓谁开江上军？楚客只怜归未得，吴儿肯道不如君"，讲述了左良玉死后，苏昆生漂泊无依，流落吴中，虽以其技艺折服里中少年，但里中少年绝不当面表现出自己不如苏昆生。接下来作者写出自己对柳敬亭的思念和担心："我念邗江头白叟，滑稽幸免君知否？失路徒贻妻子忧，脱身莫落诸侯手！坎壈迩来为盛名，见俊寥落思君友。"最后四句是将苏昆生与柳敬亭合写，"老去年来消息稀，寄尔新词同一首；隐语藏名代客嘲，姑苏台畔东风柳"中暗含"苏""柳"二字，所以说"隐语藏名"，至此两条线索合一，类似于戏曲中的生、旦线索合一。

如果说《楚两生行》中的双线结构比较明显，在《听女道士卞玉京弹琴歌》中，则表现出较为隐晦的双线结构：其中一条线索是中山王好女的遭际；另一条线索是卞玉京的遭际。两条线索因清廷抓捕明王室成员和秦淮艺人而合二为一，也因卞玉京的讲述和吴伟业的倾听而合二为一。

在双线结构之外，多线索叙事也是通俗文学的一大特点。在戏曲作品中，除生、旦双线结构外，还会穿插着其他线索。如梁辰鱼的《浣纱记》中，在范蠡、西施的双线结构外，还穿插着勾践、夫差等线索。这种多线索叙事也体现在吴伟业的《梅村体》诗歌中，我们熟悉的《萧史青门曲》中就体现了多条线索，宁德公主的叙事是主线，而乐安公主、荣昌公主甚至没有露面的长平公主的命运都各成一条线索，这种多线索最终又融汇到宁德公主一条线索。这种叙事线索可以说是借鉴自通俗文学的。

（二）叙事方法

我们在上一节中讲过，"梅村体"诗歌中除使用顺叙这一方法外，还经常使用倒叙、插叙等方法。倒叙是从现在开始，讲述过去的故事。插叙是指在讲述一个故事之时，插入别人对该故事的评价或者其他故事。顺叙、倒叙、插叙三种叙事方法的交替使用，造就了叙事风格的多变形式。而这些叙事方法，尤其是倒叙、插叙，又是通俗文学中的常用方法。传奇作品中的副末开场，实际就是宣布要开始敷演故事了，这种形式其实就是一种倒叙。

插叙在戏曲作品中的运用更为普遍。在生、旦为主角的传奇作品中，其他角色的戏份如单设一出，可视为对生、旦故事的插入性成分。如在吴伟业的传奇作品《秣陵春》中，交代生、旦相识缘由的"仙媒"一出、交代黄展娘侍女裛烟命运的"婢侠"一出，都可以视为插叙。这种插叙是对生、旦为主角故事的补充，是多角度展现生、旦故事的一种手段。

三　叙事视角

叙事视角是指站在什么角度上进行叙事。戏曲是一种代言体文学体裁，是用现场表演的形式，每个角色均由演员敷演，都是使用第一人称，站在各自的视角上。在"梅村体"诗歌中，已经出现了类似于戏曲叙事视角的成分。《听女道士卞玉京弹琴歌》中，卞玉京讲到"中山王好女"的美貌时，用了"归来女伴洗红妆，枉将绝技矜平康，如此才足当侯王"，这一议论无论是卞玉京还是她的女伴发出的，均用了直接引述的方法，好像是卞玉京或女伴在直接对读者发出议论；"中山王好女"本列入弘光帝选妃行列，但很快清军攻破南京，弘光帝被俘北上，列入弘光帝选妃行列的"中山王好女"等人也被清军捕获。其中插入"当时错怨韩擒虎，张孔承恩已十年。但教一日见天子，玉儿敢为东昏死"，尤其是后两句，这种语气，同"中山王好女"直接哭诉没什么不同。

卞玉京叙述"中山王好女"的故事，是站在卞玉京的视角，如果卞玉京为第一人称的话，"中山王好女"应为第三人称才符合讲故事的习惯。可以说，作者要抒发的感情直接打破了这种叙事视角的区分，"中山王好女"直接以第一人称的语气站了出来，与戏曲的敷演故事已经有些相似。再从全诗来看，该诗为吴伟业听卞玉京讲故事，实际吴伟业是第一人称，"玉京与我南中遇"中的"我"就是吴伟业，可以看出，整首诗的视角从开头就确定下来，这便是吴伟业的视角。但在卞玉京讲故事时，视角又转变成了卞玉京，因为卞玉京在讲述自己的遭遇时，用了第一人称的叙事视角"我","我向花间拂素琴,一弹三叹为伤心""贵戚深闺陌上尘,吾辈飘零何足数"中的"我""吾"都是指卞玉京。这样,全诗中的"我"实际上来自两个视角:一个是听故事的吴伟业;另一个是讲故事的卞玉京。表面上看,这种叙事视角的交错,好像是作者不经意中的失误。但仔细分析我们可以发现,后面的"我""吾"等字眼用来指代卞玉京,与戏曲的代言体十分相似,给读者感觉是讲故事的卞玉京变成了敷演故事的卞玉京。"讲故事"之人是作为故事之外的人物,而"敷演故事"之人则将自己视为故事中的人物,这样一来,卞玉京如同是把自己融入了故事之中,而将原来听故事的吴伟业变成了观众,这种视角的转换深究起来,实际来自戏曲的影响。

其实,除了叙事视角这种比较隐晦的成分能看出"梅村体"诗歌与戏曲之间的关系外,还有一些明显来自戏曲中的叙事语气。《听女道士卞玉京弹琴歌》中开头"鹍鹅逢天风,北向惊飞鸣。飞鸣入夜急,侧听弹琴声。借问弹者谁? 云是当年卞玉京"中的"借问弹者谁",《松山哀》中的"拔尖倚柱悲无端,为君慷慨歌松山",都与说唱文学中的开头十分相似,如同面对着观众或听众,用来引出下文。

四 情感抒发

"梅村体"诗歌虽名为叙事诗,但其中充满作者的感情。"梅村体"诗歌成熟于顺治二年左右,崇祯朝覆灭的伤痛还未平息,清军入关、出兵江南、攻陷弘光小朝廷等事件又接连发生,国破家亡的哀伤时刻笼罩在以明遗民自居的吴伟业心头。他选取与明清易代关联密切的人物、事件,结撰成诗歌,再现天翻地覆的历史,更重要的是借此抒发自己的亡国之痛和黍离之悲。因此,"梅村体"诗歌中的很多人物都变成了吴伟业抒发情感的传声筒,吴伟业甚至直接跳出来,代诗歌中的人物抒发内心之痛。《萧史青门曲》中,宁德公主夫妇明亡后沦落柴门,由原来的"天街璧人",一朝变成"破帽迎风雪";《楚两生行》中左良玉身亡之后,曾经风光一时的苏昆生"羁栖孤馆伴斜曛,野哭天边几处闻?草满独寻江令宅,花开闲吊杜秋坟";《鸳湖曲》中吴昌时的竹亭湖墅曾经是欢声笑语、伎乐喧天,吴昌时一朝弃市,则变成了"烽火名园窜狐兔",作者甚至眼前出现了幻觉,"芳草乍疑歌扇绿,落英错认舞衣鲜";《永和宫词》中田贵妃死去之后,曾经的繁华变为"苔没长门""花飞寒食"。"梅村体"诗歌善于描述从繁华到落寞的转变,而这转变中蕴含浓浓的哀愁。这种哀愁不仅出现在"梅村体"诗歌中,也出现在吴伟业创作的三部戏曲作品中。

《秣陵春》中,"秣陵"即南京,从标题上就能看出作者浓重的黍离之悲和亡国之痛。作品中的人物,无论是否真正经历过改朝换代的转折,均以遗民的姿态感叹繁华已逝,全剧笼罩着国破家亡的伤痛与旧日繁华不再的感伤,这种在新朝怀旧的氛围与"梅村体"诗歌中表现的情绪是一致的。

《通天台》中的情感抒发更为直接一些。杂剧主人公沈炯原为南朝梁臣子,后被西魏羁留,不得回归故国。因此,沈炯在祭奠汉武帝时,将汉武帝与梁武帝进行对比,曾经的一代雄主汉武帝,只剩了"荒台百尺揽烟霞",曾经的甘泉万骑,全都没有了,"黄门乐承值的樵歌社舞,上林苑开遍了野草闲花;大将军掉脱了腰间羽箭,病椒房瘦损却脸上铅华;山门外剩几个泪眼的金人,废廊边立一匹脱缰的天马",即使贵为帝王,到头来也难逃繁华摇落的命运。何况本来国力就不够强盛的明代,一代代君主或荒淫无道,或刚愎自用,或无雄才大略,导致国运在起义军和清朝贵族的铁蹄下走到了尽头。吴伟业及其友人们的哀叹,只能变成一种面对现实无力改变的无奈,怀着昔日旧梦,在新朝战战兢兢。

第六章　吴伟业戏曲创作心态论

吴伟业终其一生，只作有三部戏曲作品，分别为传奇《秣陵春》，杂剧《通天台》《临春阁》，且均创作于顺治三年至十年，创作时间较为集中，此前或此后，均无任何戏曲作品问世。在文学史上，吴伟业最著名的是其"梅村体"诗歌，其戏曲作品并不太出名，且后世也无任何演出记载。那么，吴伟业当初是在什么样的心态下创作这三部戏曲作品的呢？

第一节　徘徊于诗歌与戏曲之间

通观吴伟业作品，可以发现一个十分有意思的现象：为世人称赏的"梅村体"诗歌大都作于崇祯十七年至顺治十四年，流传至今的三部戏曲作品，虽难以考证其具体创作时间，但均作于顺治三年至顺治十年无疑。那么，在一个相对集中的时间段内，同时涉猎两种不同的文体，是否是偶然现象呢？

笔者认为，吴伟业此时间段频繁创作出诗歌、戏曲作品，绝非偶然，而是在创作实践中不断比较诗歌、戏曲两种文体在表情达意方面的不同功能，同时，也以其心得不断纠正着创作方向。

一 吴伟业的创作实践大体沿着"梅村体"诗歌写时事、戏曲征于古的原则

"梅村体"是后人对吴伟业七言歌行体诗歌的一种称呼。《梅村家藏稿》中并无"梅村体"这一说法，现今目为"梅村体"的诗篇集中在卷二、卷三、卷十、卷十一中，吴伟业称其为"七言古诗"。《梅村家藏稿》编录体例很严格，前二十二卷为诗集（其中第二十一、二十二两卷为词），其中前八卷为诗前集，后十四卷为诗后集。卷二、卷三分别是诗前集二、诗前集三，卷十、卷十一分别是诗后集二、诗后集三。诗前集、诗后集分别按照五言古诗、七言古诗、五言律诗、七言律诗、五言排律、七言绝句的顺序排列。诗前集、诗后集除五言古诗、七言古诗在卷数上对应外，其他由于诗前集卷数少、诗后集卷数多的原因，不能一一对应。可见，在目录编次上，吴伟业对于自己的五言古诗、七言古诗是颇为看重的。但我们现在所谓的"梅村体"诗歌并不全是七言古诗，而只是七言古诗中的大部分。

根据研究者的总结，"梅村体"诗歌主要有以下几个特点：一是诗歌多咏时事，诗中所提到的人、事大部分与时势相关。如《永和宫词》咏崇祯帝贵妃田氏，叙述其入宫之后的悲欢，用其一生遭际与崇祯一朝相勾连，展示了崇祯一朝由盛到亡的整个过程。《圆圆曲》所咏之人陈圆圆虽为歌伎，但她经历被送入皇宫、成为田贵妃之父田弘遇家佐酒歌姬、与吴三桂定情、被农民军领袖刘宗敏所夺、吴三桂降清、夺回陈圆圆、吴三桂携陈圆圆西下秦关等事件，其中吴三桂降清、明朝灭亡乃历史上的大事件，由陈圆圆的经历勾连起来，展示了历史动荡中一个歌妓的遭遇。《听女道士卞玉京弹琴歌》讲述的是吴伟业听卞玉京弹琴，讲

述中山王好女的悲惨故事。弘光小朝廷偏安于江南一隅，君臣不思复国，反而日日享乐。弘光帝下诏选妃，中山王有女绝色，被选中，还没来得及入宫，清军攻破南京，君臣逃散，这些被记入名册的女子全被羁押北上，沦为奴仆。《萧史青门曲》讲述的是明末几个公主的故事。光宗时期的宁德公主和乐安公主均于崇祯朝尚盛时出嫁，极尽奢华。人生无常，转眼乐安公主因病而亡。农民起义军攻破北京，崇祯帝自缢，后妃、公主全部殉国，宁德公主潦倒苟活。崇祯帝的女儿长平公主后来康复，嫁与周世显，不久即死去。《捉船行》叙述的是清兵南下，广征船只，连打鱼的小船也不放过的情景。《芦洲行》和《马草行》则与清兵初定江南的两项政策芦政、马草有关。

　　二是体例严格，对仗工整，四句一换韵，换韵则故事有起伏。如《鸳湖曲》所咏的是明末吴昌时的故事。吴昌时生于嘉兴巨族，与东林党有着一定的关系，为复社中人。但吴昌时"不知书，粗有知计，尤贪利嗜进，难以独任"①，崇祯十五年二月起为礼部主事，到崇祯十六年十二月即被杀。吴伟业顺治九年重游嘉兴，见吴昌时的竹亭湖墅已不复当年风光。"鸳鸯湖畔草黏天，二月春深好放船。柳叶乱飘千尺雨，桃花斜带一溪烟"②，此四句是说吴伟业于春日重寻旧迹，正是烟雨时节，只见碧草连天，柳叶乱飞，桃花无人拘管，一片萧条景象。"柳叶"与"桃花"两句对仗工整，且用两个意象，渲染了作者的哀愁。"烟雨迷离不知处，旧堤却认门前树。树上流莺三两声，十年此地扁舟住"③，话锋一转，写作者正不知走到哪里时，忽然认出了旧居门前的大树，树上流莺正啼，自己十年前曾在这里住过。"长安富贵玉骢骄，侍女熏香

①　吴伟业：《吴梅村全集》，李学颖集评标校，上海古籍出版社1990年版，第605页。
②　同上书，第71页。
③　同上。

护早朝。吩付南湖旧花柳，好留烟月伴归桡"①，此四句写吴昌时权势方盛，接下来韵脚一转，"那知转眼浮生梦，萧萧日影悲风动。中散弹琴竟未休，山公启事成何用"②，繁华还未享尽，大事还没开始，吴昌时转眼就遭到了弃市的结局。《萧史青门曲》中也有这样突然的转折，"六宫都讲家人礼，四节频加戚里恩。同谢面脂龙德殿，共乘油壁月华门"③，皇宫中是这样一片人情温和、其乐融融的景象，忽然"万事荣华有消歇，乐安一病音容没。莞蒻桃笙朝露空，温明秘器空堂设"④，昨天还一同面圣的乐安公主，今天忽然就因病而亡。"同谢面脂龙德殿，共乘油壁月华门"一句对仗十分工整，且为流水对，可见作者驱遣文字的能力。

三是辞采高华，频繁用典。《永和宫词》开头四句"扬州明月杜陵花，夹道香尘迎丽华。旧宅江都飞燕井，新侯关内武安家"⑤，分别用历史上的美女张丽华、赵飞燕喻指田贵妃的美貌，用扬州、江都、杜陵、关内四个地点喻指田贵妃的生长之地和祖籍。"旧宅江都飞燕井"，据说赵飞燕原为江都王孙女，此处又对田贵妃的生长之地做了交代；"新侯关内武安家"，田贵妃受宠，其父田弘遇也水涨船高，被封为左都督。

根据这几个特点，我们可以看出，《永和宫词》《琵琶行》《圆圆曲》《萧史青门曲》《临淮老妓行》《茸城行》《楚两生行》等明显具备"梅村体"诗歌特点的作品，所咏皆为明末清初的人、事。《临淮老妓行》所咏为"明末四镇"之一的刘泽清的故事，《茸城行》讲述的是松

---

① 吴伟业：《吴梅村全集》，李学颖集评标校，上海古籍出版社1990年版，第71页。
② 同上。
③ 同上书，第75页。
④ 同上。
⑤ 同上书，第52页。

江帅马逢知的故事,《楚两生行》讲述柳敬亭、苏昆生的故事,中间夹杂着左良玉的故事。其间用了大量的典故来与历史上的人、事相比照,但读者一看,均知为当时的人、事。如《琵琶行》,作者特意在诗前加上小序,令读者对诗歌内容有更清晰的理解。综观"梅村体"诗歌,可见其中展现的改朝换代的历史,通过人物在波澜壮阔的历史中不同的际遇,抒发了作者复杂的感情。

但吴伟业的戏曲作品展示的却是全然不同于"梅村体"诗歌的风格。《秣陵春》传奇取材于《南唐书》《宋史》,《通天台》中的沈迥见于《南史》卷六十九列传第五十九、《陈书》卷十九列传第十三,《临春阁》中的冼夫人事见于《隋书·谯国夫人传》及《南史》。三部戏曲作品均取材于宋以前的正史,人物故事基本源于史料记载。在故事情节和人物形象设置方面,吴伟业作了一些改动,令其为表现自己的故国之思、兴亡之感及探求明亡之因而服务。

可见,在诗歌、戏曲展现的内容方面,吴伟业是有着明确区分的,诗歌记录时事,戏曲取材于历史;戏曲表现的是不便诉之于明文的对故国的怀恋,而诗歌则表现更广阔的内容,抒发的是更加复杂的感情。

二 "梅村体"诗歌叙事与抒情融为一体,抒发的情感较为抽象隐晦;而戏曲作品尤其是杂剧作品抒情多于叙事,抒发的情感具体可感

以《永和宫词》为例。此诗讲述了崇祯帝贵妃田氏的故事。田贵妃,本陕西西安人,家于扬州,后归信王(即后来的崇祯帝)。明崇祯元年入宫,封礼妃。她容貌娟秀,心性巧慧,琴棋书画,无所不通,蹴鞠、骑马,宫中也无人能比,因此受到崇祯帝宠幸。崇祯十五年七月十五日病逝。

《永和宫词》采用的是全知全能的视角,借崇祯帝宫中一个宫女的

视角，审视田贵妃的一生。"扬州明月杜陵花，夹道香尘迎丽华。旧宅江都飞燕井，新侯关内武安家"四句写的是田贵妃初归崇祯帝的情景。田贵妃明艳无双，用"扬州明月"和"杜陵花"两个意象来衬托其美丽，并将其比作陈后主宠妃张丽华，一者为突出其日后的受宠程度；二者也暗示了田贵妃的结局。田贵妃归崇祯帝，其娘家自然水涨船高，父亲被封侯，一家如鲜花着锦、烈火烹油。"雅步纤腰初召入，钿合金钗定情日。丰容盛鬋固无双，蹴鞠谈棋复第一。上林花鸟写生绡，禁本钟王点素毫。杨柳风微春试马，梧桐露冷暮吹箫"① 讲的是田贵妃不仅容貌秀美，且多才多艺，蹴鞠、弹棋、书画、骑马、吹箫等无所不能，深受崇祯帝宠爱。不仅如此，田贵妃还能体贴崇祯帝的心思，一举一动皆能让君王舒心，"贵妃明慧独承恩，宜笑宜愁慰至尊。皓齿不呈微索问，蛾眉欲蹙又温存"②，将田贵妃的善于体察君王心思、抚慰君王的情态细致刻画出来。崇祯一朝，宫中厉行节俭，田贵妃带头做起，但又能从简朴中透出新颖和精致。"维扬服制擅江南，小阁炉烟沉水含。私买琼花新样锦，自修水递进黄柑"③，田贵妃生于江南，将江南特色的服饰、首饰引入宫中，既节省了开支，又让人耳目一新。

但田贵妃的好运并不长久，"奉使龙楼贾佩兰，往还偶失两宫欢"④，田贵妃一直与周皇后不合，有一次被周皇后斥责，跑到崇祯帝面前哭诉，令帝后反目。贵妃之父田弘遇骄横豪奢，被朝臣弹劾，田贵妃也因恃宠而骄被斥居启祥宫。"永和宫玩花"是一个转折。帝后于永和宫看花，周皇后想起斥居的田贵妃，令人请来相见，田贵妃与崇祯帝和好如初。田贵妃为崇祯帝共诞育四子，二子早夭，后来最受宠爱的小

---

① 吴伟业：《吴梅村全集》，李学颖集评标校，上海古籍出版社 1990 年版，第 52 页。
② 同上。
③ 同上。
④ 同上。

儿子也因病夭折。接连又有河南数州被攻陷的消息传来，崇祯帝十分悲伤，"从此君王惨不乐，丛台置酒风萧索。已报河南失数州，况经少子伤零落"①。田贵妃悲伤过度，终于病倒，"豆蔻汤温冰簟冷，荔枝浆热玉鱼凉"②，宫中想尽了各种办法，也无法挽救她的生命，"病不禁秋泪沾臆，裴回自绝君王膝"③，田贵妃一病而亡。此时，隐藏的叙事者出现，"头白宫娥暗聚麖，庸知朝露非为福"④。本来，朝廷形势一日比一日紧张，田贵妃的死又使宫廷蒙上了悲伤的影子。但话锋一转，田贵妃的死从某种意义上或许还是好事，因为一年多后，李自成农民军攻入北京，崇祯帝见形势无法逆转，亲手杀死了自己的嫔妃和子女，自己也缢死在煤山。田贵妃此前病死，正免去了日后被崇祯帝亲手杀害的命运，也不用为此而哀痛国事不支。但接着，如同戏剧一般，又是一个转折，"穷泉相见痛仓黄，还向官家问永王"，田贵妃去世时仅存的一个儿子永王现在怎么样了？崇祯帝又该如何回答田贵妃呢？"自古豪华如转毂，武安若在忧家族。爱子虽添北渚愁，外家已葬骊山足"⑤，叙述者又一次站出来发表议论，时间犹如不断旋转的车轮，当年不可一世的武安侯，若今还健在，肯定要为自己的家族发愁。爱子虽然死去，所幸娘家之人虽死还有葬身之地，田贵妃九泉之下也该安心了。接着，话锋又是一转，"碧殿凄凉新木拱，行人尚识昭仪冢。麦饭冬青问茂陵，斜阳蔓草埋残垅"⑥，曾经多才多艺、深受崇祯帝宠爱的田贵妃，如今已是一抔黄土，独自在斜阳蔓草间，满眼凄凉。

无论从诗歌结构还是从田贵妃的故事本身来说，这就是最终的结局

---

① 吴伟业：《吴梅村全集》，李学颖集评标校，上海古籍出版社 1990 年版，第 53 页。
② 同上。
③ 同上。
④ 同上。
⑤ 同上。
⑥ 同上。

了，但最后一笔却是天外飞来："昭丘松槚北风哀，南内春深拥夜来。莫奏霓裳天宝曲，景阳宫井落秋槐。"① 昭丘是指楚庄王的陵墓，位于今河南境内。夜来即薛灵芸，为魏王宠妃。景阳宫是当年陈后主的宫殿。景阳宫井即胭脂井。隋军攻破金陵，陈后主及宠妃张丽华藏于胭脂井中，后被发现，张丽华被杀，陈后主被俘。这四句是影射当时的弘光小朝廷的。万历皇帝当年宠爱福王，福王领地即在河南境内。李自成农民军占领河南，杀死福王，福王之子承袭王位，即后来的弘光帝。弘光继位后，不但不思复国，反而以选妃、观剧为正事。吴伟业用陈后主、薛灵芸的典故，是预言弘光帝最终会落得跟陈后主一样的下场。

观《永和宫词》，主要有以下三个特点：一是同其他"梅村体"诗歌一样，故事性很强，中间几经转折，人物的经历与时代融为一体。二是故事虽然以主要人物为主，但仍牵涉到与其相关的人物的命运，田贵妃的故事中就夹杂了崇祯帝、其子永王的故事，甚至影射了后来的弘光帝。三是叙事视角有所变化。《永和宫词》是借助一个宫女的视角观察田贵妃从入宫到死亡的经历，一波三折，全由一个宫女之口道出。田贵妃死后，宫女还站出来发表议论，其议论也因所站角度不同，而呈现不同的结果。但仔细体味诗歌所表达的情感，又绝非一个小小的宫女所能抒发，诗中还是时时出现作者的影子。吴伟业实际是借助宫女这一媒介，表达了自己的议论。与其他"梅村体"诗歌相对照，就会发现，无论是《萧史青门曲》中的宁德公主，还是《圆圆曲》中的陈圆圆，或者是《临淮老妓行》中的刘冬儿，实际都如《鸳湖曲》中的"我"一样，都是吴伟业通过这些人的视角叙事在发表议论。这也是众多"梅村体"诗歌无论叙事者是谁，其口吻均基本一致的原因，因为最终的叙事者都是吴伟业。

---

① 吴伟业：《吴梅村全集》，李学颖集评标校，上海古籍出版社 1990 年版，第 53 页。

但是，我们不能小看这一点，这种叙事视角如再深入一步，就是戏曲叙事中的"代言体"了。《永和宫词》写的是田贵妃的故事，吴伟业刚开始就将田贵妃比作张丽华。而在杂剧作品《临春阁》中，吴伟业却塑造了一个与史实不同的张丽华的形象。历史上的张丽华，出身低微，以美色魅惑陈后主，最终导致后主亡国，自己也被隋军杀死，完全是一个红颜祸水的形象。但在《临春阁》中，吴伟业却将张丽华塑造成一个"才女"。剧中的张丽华是神仙张女郎转世投胎，甫一出场，就说要"把昨日应制的诗推敲一番"，并进一步对侍女说："就是我两人，生长深宫，颇长文翰，若同外朝取应，何惧不得一官。"其侍女也说："如今江上紧急文书，万岁爷终日沉醉，哪个不是娘娘调遣？"可见，张丽华不仅美貌，更重要的是有文才，比后主的文臣有过之而无不及。

《临春阁》第二出共有十七支曲子，除〔三煞〕由冼夫人唱、〔一煞〕由张丽华与冼夫人合唱外，其他十五支曲子均由张丽华独唱，张丽华的性格也在这些曲子中显露殆尽。

> 〔醉春风〕不争俺贵人院燕莺俦，倒替他太史公牛马走。君王好自没来由，且教他候候。多大心肠，早来公事，夜分诗酒。
>
> 〔石榴花〕当日个凭高西望白苹洲，金弹打斑鸠。蓦地里听乌飞黄鹄断矶头，铜雀锁容谋。情思悠悠，深宫陷却摩崖手。镇无聊花月吟讴，埋没咱能文会武君王后，明教让女伴觅封侯。

从这两支曲子可以看出，张丽华不但有文才，而且对自己的文才十分自信。她对深宫中花月诗酒的生活有所不满，希望英雄能有用武之地。她对后主的文臣江总、孔范的诗歌进行评价，并且直言"他（们）外头全然不济"①。

---

① 吴伟业：《吴梅村全集》，李学颖集评标校，上海古籍出版社 1990 年版，第 1371 页。

对比《永和宫词》与《临春阁》，可以看出：《永和宫词》虽然写的是田贵妃的故事，但用的是外人的视角，写的是外人眼中田贵妃的一生遭际。诗歌以叙事为主，虽有议论，但相对来说所占比例很小，且较为抽象，如"自古豪华如转毂，武安若在忧家族"，田贵妃一生的起起落落，甚至死亡，全都用人世繁华不能长久一语来概括。虽然作者表现的是崇祯一朝最终灭亡的命运，但基本是通过叙事表现出来的，作者并没有站出来发表大篇议论。而在《临春阁》中就不同，戏曲的"代言体"形式决定了人物一出场，其说、唱表现的都是自身的所思、所想，不需要外人来替自己叙述。《永和宫词》表现田贵妃多才多艺，用的是"丰容盛鬋固无双，蹴鞠谈棋复第一。上林花鸟写生绡，禁本钟王点素毫。杨柳风微春试马，梧桐露冷暮吹箫"六句诗，是外人眼中田贵妃的样子。而《临春阁》中张丽华表现自己的多才多艺，用的则是一支曲子："［幺篇］折莫是擘篌篌、打宫毬、双陆围棋、卷白回波、射覆探阄，信口诌，信手投，将无作有……"完全是自己对自己的认定。《永和宫词》中田贵妃死后，宫女站出来发表议论："头白宫娥暗颦蹙，庸知朝露非为福。宫草明年战血腥，当时莫向西陵哭。"用的完全是哀悼的语气，且为田贵妃的死寻找理由。《临春阁》中冼夫人听到张丽华的死讯后，用了六支曲子，表现自己的哀痛和对后主等人的不满。

　　［紫花儿序］（娘娘呵）谁似你千娇百纵，谁似你粉艳香融，谁似你断燕惊鸿。我见了芳心犹动，亏下的一点霜锋。从容，肠断琵琶曲未终。寄语那黑头江总：还亏我薄命昭阳，点缀了诗酒江东。

　　［麻郎儿］他锁着雕房玉枕，五言诗怎卖卢龙？我醒眼看人弄醉翁，推说道里头张孔。

　　［幺篇］须与他女兄相逢，唧哝。生折倒琼树青葱，枉捽碎玉佩丁冬，活支煞翠娟雏凤。

〔络丝娘〕密扎扎刀枪没缝，冷清清茶饭谁供。一个人儿厮葬送。（君王呵）做官家何用？

〔东原乐〕（娘娘）你恨血千年痛，悲歌五夜穷。（便算是）有文无禄，（做个）诗人冢，（消不得）一碗凉浆五粒松。（谁似你）魂飘冻，（只留得）女包胥，向东风一恸。

〔绵搭絮〕洞庭波涌，五岭云封。嘹呖呖几行征雁，昏惨惨几树青枫。他血污游魂怕晓钟，除非是神女兰香有梦通。我也认不出雨迹云踪，待折那后庭花问远公。①

两相对比，诗歌中表现的是一种怨而不怒的情绪，而戏曲则将怨恨、不满、愤怒全部表现了出来。因此，吴伟业将对明亡的悲痛、对弘光朝君臣误国的痛恨、对崇祯皇帝的怀恋、对自己坚持做明遗民的决心，通过戏曲这种形式，比诗歌更加淋漓尽致、痛痛快快地表达。所以，在顺治十年之前，吴伟业尝试采用戏曲这一形式，将心中的愤懑、哀痛表现出来。甚至同一题材，用诗歌、戏曲两种形式来表达，如《琵琶行》表现了吴伟业听白彧如弹琵琶诉崇祯朝十七年以来之事的哀思，《秣陵春》中同样又出现了曹善才弹奏琵琶向后主哭诉的情景。

第二节　以史为鉴：在真实与虚构之间

吴伟业是有着明确的史官意识的。崇祯朝覆亡后，他曾多方搜求资料，整理出《绥寇纪略》，记录了明末农民起义军逐渐发展、壮大并灭

---

① 吴伟业：《吴梅村全集》，李学颖集评标校，上海古籍出版社1990年版，第1384页。

亡的过程。"梅村体"诗歌着眼于时事，以历史兴亡过程中的王侯将相、达官显贵、宫女嫔妃以及与历史密切相关的下层艺人为载体，表现了吴伟业对朝代盛衰的准确把握和此过程中人物个体的悲欢离合。在被迫应清廷之召北上京师后，吴伟业与著名历史学家谈迁相识，对谈迁写作《国榷》中具体的历史问题进行指导，为存留一代之信史做出了贡献。

或许有人会问，戏曲作品一般以虚构为主，吴伟业的《秣陵春》等作品也虚构居多，与信史有什么关系？在回答这个问题之前，我们先来看一下吴伟业对待信史的态度。

在《清忠谱序》中，吴伟业提出了"信史"的概念。明朝天启年间，宦官魏忠贤把持朝政，号称"九千岁"，天下遍布其干儿义子，残酷迫害忠良。周顺昌被捕，苏州市民严佩炜等五人奋起追打缇骑，文震孟也在朝中声援。张溥《五人墓碑记》写的就是苏州市民奋起反抗的情形。当时很多戏曲作者以这一故事为素材，李玉的《清忠谱》出现最晚，但影响最大。吴伟业在《清忠谱序》中认为《清忠谱》"事俱按实……目之信史可也"①。此处，按实与信史是相对照的，只有事件反映了历史的真实样貌，才能看作信史。但在多大程度上反映历史的真实才能被称作信史，作者并未明确点出。《清忠谱》虽然以阉党迫害正直、正直之人奋起反抗为主线，但因其是戏曲作品，只能在历史情节上做到真实，并不能在人物的具体行为、感受方面时时处处按实，必须夹杂着合理的想象。那么，吴伟业究竟如何看待"信史"这一概念呢？我们可以对照其戏曲作品进行具体分析。

首先，信史存在于书写历史故事的作品中。通观吴伟业的三部戏曲作品，都是取材于正史的。《秣陵春》取材于陆游和马令的《南唐书》及《宋史》，其中李后主、黄保仪、徐适、徐铉、耿先生、曹善才都有

---

① 　吴伟业：《吴梅村全集》，李学颖集评标校，上海古籍出版社 1990 年版，第 1216 页。

具体史料可考，对照史料来看，人物性格言辞、行为举止基本与历史相一致。虽然徐适是移花接木的产物，但对照其历史上的抗金态度与《秣陵春》中拒绝接受赵宋王朝官职的态度，仍能看出相似性。《临春阁》取材于《陈书》《南史》《隋书》，冼夫人、张丽华、陈后主、江总、孔泛、袁大舍在历史上也真实存在，人物之间的关系也大致符合历史实际。作者最大的改变有两处：一是将冼夫人历三朝的经历全部放在陈朝；二是为张丽华做翻案文章。但这种改变代表着作者本人的态度，与历史事件的真实没有十分密切的关系。《通天台》取材于《陈书》《南史》，部分取材于《汉书》中的汉武帝事迹，但除沈炯人生遭际与历史记载一致外，《通天台》基本无故事情节，也就谈不上历史情节的真实。因此，吴伟业在结撰戏曲作品时，其取材方向已明确昭示着自己所认为的信史是什么。

其次，信史存在于文人笔下，其意义是"以史为鉴"。任何历史都是以当下的存在为依据的。今天发生的事情为当下，但一旦发生，就变成了历史。但显然吴伟业并未理解到这种程度，仍然秉承自己生活的时代发生的事情为时事，此前发生的事情为历史的态度。他也意识到，历史是文人有意识的一种记录。因此，他有意识地在做史官的工作。他不仅通过写作历史作品，如《绥寇纪略》等来记载历史，也通过诗歌来记载历史。目前进入研究者视野范围的"梅村体"诗歌大都是时事的记录，如《雁门太守行》《洛阳行》《东皋草堂歌》等作品，均取材于实事，诗中抒发的情感、议论，虽有个人色彩，但仍不失为真实的记载。显然，吴伟业也是在以自己的理解，对历史进行补充。他的三部戏曲作品虽取材于正史，但在人物活动、情节发展方面虚构居多，甚至某些人物关系也出于虚构，这也表现出了吴伟业以自己的经历解读历史的努力。

其实，从这种解读中，我们也可以看出吴伟业的创作态度。吴伟业曾在《秣陵春序》中谈到，有人问他幽婚冥媾本为虚无缥缈之事，虽见于稗官野史，但人们仍怀疑它的存在，为什么要做这样虚无的描写。吴伟业自己回答，这都是眼界所限，有些事情，尤其是人的思想感情，虽然不见于记载，或者没有详细的历史记载，但仍可以根据历史的真实，进行合理的虚构。那这种历史的真实是什么呢？简言之，就是情感的真实。一些正统的历史著作往往由于记载模式的限制，忽视了历史人物的情感。但人都是有感情的动物，人物决定着历史走向，人物的情感又决定了人物的走向。在吴伟业看来，能够反映人物情感真实的作品，就可以当作反映历史的真实。吴伟业在《西堂乐府序》中写到尤侗仕途不偶，其牢骚不平之气在作品中淋漓尽致地发抒了出来，反映了内心的真实，因此，吴伟业在读其作品的时候，能够产生共鸣，有感于心。同理，吴伟业写作《秣陵春》时，正是最彷徨苦闷的时候，情感欲发抒而不得途径，转而从历史中取材，借男女爱情故事，表达自己的故国之思、兴亡之感。《通天台》几乎全篇抒情，沈炯就是吴伟业的代言人，在汉武帝欲征用他时，竭力辞官，一者认为汉武帝不是自己的故主，二者思念故国和老母，这些情感在很大程度上都是吴伟业的所感所受。

那么，吴伟业在创作戏曲作品时，为什么一定要从历史中取材呢？这反映出吴伟业"以史为鉴"的创作态度。这在《临春阁》中表现得十分明显。陈后主醉心于作诗赋、结彩楼，不问国事，看详奏章的职责交给了宠妃张丽华，巡视边关的职责交给了冼夫人，日日与江总、孔范等人诗酒玩乐。张丽华文采高华，冼夫人武略过人，二人为女子中的佼佼者。隋军攻破南京，一班文臣将亡国之因推到张丽华身上，认为女色误国，张丽华做了刀下之鬼。冼夫人伤心之下入道，但一言道破陈朝亡国之因："毕竟妇人家难决雌雄，则愿你决雌雄的放出个男儿勇。"男人们承担不起治国平天下的职责，一旦祸事来临，则将女子推出去以免责。这些男子与弘光朝的权奸、镇将何其相似！不仅如此，《秣陵春》《临春阁》《通天台》三部作品分别以南唐、南陈、南梁亡国为背景。对照明朝尤其是弘光朝屈居一隅的情景，可以看出作者在取材方面是别具匠心的。作者正是通过南唐、南陈、南梁亡国的背景，反思明朝尤其是弘光朝灭亡的原因，对历史发展进行观照。在此观照中，作者真实地表达了亡国之民的心理状态，再现了历史的真实原貌。

因此，在吴伟业的笔下，历史事件的真实与情感的真实同时出现，为了表现情感的真实，部分情节可以虚构。赵翼所谓"国家不幸诗家幸，赋到沧桑句便工"，用在吴伟业戏曲创作方面，实在也是恰如其分的。

第七章　吴伟业戏曲理论

　　吴伟业并无专门的戏曲理论著作，但他亲自从事戏曲创作，并为自己的戏曲作品及友人戏曲集、诗文集、曲谱等撰写序言，表达了自己对于戏曲抒发情感、戏曲功能、戏曲产生、戏曲地位的认识，综合来看，是可以自成系统的。

第一节　戏曲抒情论

　　从我国古代戏曲发展史来看，最初戏曲的产生是敷演故事的需要。之所以元代文学体裁以戏曲冠名，一是因为民间词曲的发展为戏曲的产生提供了条件；二是因为商业的发展呼唤符合市民需要的通俗文学的出现。如唐以诗冠名，宋以词为代表体裁，元代文学的代表体裁是杂剧，明清传奇、杂剧及地方戏曲是延续元代的文学历史继续发展的结果。通俗文学与庙堂文学相比，最大的不同是受众，后者的受众是以文人士大夫为代表的阶层，而前者则极大地拓展了范围，将市井小民纳入文学受众范围。因此，以诗歌为代表的庙堂文学符合文人士大夫的欣赏趣味，有着他们追求的雅化倾向，其题材、抒发感情自然是雅化的。而以戏曲（词原为通俗文学，后被雅化）为代表的通俗文学产生在商业社会的土壤中，其受众要求在取材、趣味方面带有市井化倾向，能为一般的市井小民所接受。而戏曲这种当众表演故事，且故事大多来源于民间传说、市井传闻的形式，市井小民不仅能看懂，而且其直观性、代言体的形式会产生一种代入感，使观众深受感染。戏曲的目的在于敷演故事，以此形成自己固定的受众群。

回顾具代表性的戏曲作品，如宋元南戏《白兔记》《荆钗记》，元关汉卿的《窦娥冤》、郑光祖的《倩女离魂》、王实甫的《西厢记》，明代汤显祖的《牡丹亭》、王世贞的《鸣凤记》，目的都在于向受众传达故事，而这些故事大多以男女爱情故事为主，最终形成明传奇中生、旦的双线结构。即使作者在其中寄托了自己的某些情感，如研究者普遍认为《牡丹亭》反映了汤显祖的"至情观"，但对于戏曲来说，敷演故事仍为其本行。如果戏曲作家仅用戏曲来抒情，估计受众会大大减少。

但吴伟业却提出了戏曲的抒情理论。他在为邹式金编纂的《杂剧三集》所作的序言中指出，"传奇、杂剧，体虽不同，要于纵发欲言而止"①。"纵发欲言而止"是什么意思呢？在以诗、文为代表的庙堂文学中，讲究抒情要和平中正、怨而不怒，不能将情绪一泻千里，而要有所节制，不能做到畅所欲言。另外，诗、文的作者一般是明确的，抒发的感情也是作者本人的，读者可以根据其中表现的感情对作者本人进行评价。文人士大夫总是爱惜"羽毛"和名声的，这也是诗、文作者不能畅所欲言表达内心感情的一个原因。而在戏曲作品中，这样的顾虑可以打消。一个重要的原因是，戏曲作为代言体文学体裁，即使作者在其中寄

---

① 吴伟业：《吴梅村全集》，李学颖集评标校，上海古籍出版社 1990 年版，第 1211 页。

托着自己的感情，也是借助戏曲人物之口表达出来的，可以看作戏曲人物的感情，作者的感情是隐藏于戏曲人物背后的。

吴伟业在为李玉《北词广正谱》所作的序言中将戏曲抒发感情阐述得更加明确："盖士之不遇者，郁积其无聊不平之慨于胸中，无所发抒，因借古人之歌呼笑骂，以陶写我之抑郁牢骚。而我之性情爱借古人之性情而盘旋于纸上，宛转于当场。"① 文人士大夫仕途坎坷、遭遇不顺，往往感慨兴怀，需要借助一定的渠道抒发出来，而戏曲就成了一个很好的渠道。为什么呢？因为戏曲之表演，"即当场之歌呼笑骂"，文人士夫借剧中人物之口，将自己的牢骚不平现场表演出来，情感得到了抒发，自己也就从中得到了快感。

吴伟业曾为尤侗《西堂乐府》写作序言。他从顺治四年与尤侗相识，二人一见如故，结为忘年交。他对尤侗的经历十分熟悉，将尤侗比作东汉的崔駰。崔駰以布衣向孝章帝献颂，孝章帝十分赏识他的才华。但因窦宪从中阻挠，后终有机会晋见之时，却因孝章帝临时有事，未能得见。尤侗曾于顺治初年任河北永平府推官，因鞭打旗丁被罢黜。尽管顺治和康熙将其视为"才子"，但仕途终无收获。不得已，归家养亲，其牢骚不平之气发之于戏曲作品，作有传奇《钧天乐》和杂剧《读离骚》《吊琵琶》《桃花源》《黑白卫》《清平调》。吴伟业阅读尤侗的作品后，认为尤侗在作品中抒发了个人强烈的感情，将其理想和讽刺全部寄托在戏曲人物身上，因而对尤侗颇为赏识。

吴伟业对戏曲的抒情功能有着很深的认识。他不仅在评价戏曲作品和戏曲作家时，极力揄扬在其中寄托、抒发感情的做法，而且他在自己的戏曲创作中也贯穿着这一宗旨。综观其三部戏曲作品，虽然有一定的故事情节，但借剧中人物之口，抒发自己的感情，却占了很大的成分。

---

① 吴伟业：《吴梅村全集》，李学颖集评标校，上海古籍出版社 1990 年版，第 1213 页。

前文已经分析出这三部戏曲作品通过不同的形式，寄托了作者明清易代的黍离之悲、对阉党及其附逆分子的批判、对女性的赞美。

值得注意的是，吴伟业发现了戏曲作者抒情的主动性，认为作者在戏曲创作中并非单纯结撰故事，而是可以自由选择戏曲人物、背景及故事情节，使之与作者所要抒发的感情融为一体。如在《秣陵春》中，他为了抒发自己的亡国之痛，将故事发生时间放在南唐灭国之后，这就与明亡后的背景相一致。他在李后主亡国的基础上，选取黄保仪这一人物作为第二女主角，是因为黄保仪能够串联起徐、黄两家，为黄展娘和徐适的爱情故事创造合适的条件。他将南宋抗金将领徐适移花接木到南唐灭国时，将其作为南唐臣子徐铉的儿子，影射着自己的反清感情。这一戏曲创作的心路历程虽然是我们推测出来的，但结合吴伟业戏曲作品要寄托作者情感的理论来看，是完全站得住脚的。

那么，为了抒发感情，戏曲是否会变成作者感情的传声筒呢？吴伟业认为曲亦有道，而这种"道"是将戏曲作为一种文学体裁看，创作戏曲也要符合文学的规律。因此，他强调的是"借古人之歌哭笑骂，以陶写我之抑郁牢骚，而我之性情爱借古人之性情而盘旋于纸上，宛转于当场"（《北词广正谱序》）①，这就需要在作者与假借的古人之间形成一个情感的共鸣体，"盘旋""婉转"则是指戏曲塑造人物的逼真性和表演的逼真性。

另外，戏曲是一种"代言体"表现形式，作者在结撰作品时，必须考虑到剧中人物角色的不同，赋予其不同的情感。因此，作者的情感投射到戏曲作品人物身上，就不可能单纯抒发情感，而必须有一定的情节，剧中人物通过自己的境况、遭遇来抒发情感，使其人、其事、其情

---

① 吴伟业：《吴梅村全集》，李学颖集评标校，上海古籍出版社 1990 年版，第 1213 页。

完美结合在一起，这也就是所谓的"显微阐幽"。如在《通天台》中，男主人公沈炯以南朝梁尚书左丞羁留西魏，思归而未得，甫一出场，即唱"万里思家，青袍布袜"，并用"西风""落木""寒鸦""哀湍"等意象，营造了深秋西风初起、落木萧萧、寒鸦乱啼、清溪奔流的凄清意象，与主人公思念故国、老母而不得归家的凄凉情绪正相对应，情景相融，使读者立刻感受到主人公内心的落寞、孤寂。沈炯登上通天台，上一道表文给汉武帝后，想到应该祭拜自己的君王梁武帝，用"故宫""寒潮""空城""杜鹃""西风""白发""江头荻花""石头车驾""修陵松槚""秋月悲笳"等十个意象，表达了自己怀念故主、心力交瘁的心绪，既与当时的时间（深秋）相对应，又恰好准确地表达出自己的情绪，使人、情、景一体化。而沈炯的这些情感，又正是吴伟业隐藏内心不能诉之于口的情感。假如说"梅村体"诗歌是"史外传心之史"，那么，这种将戏曲人物放入特定历史时空的戏曲作品，也可以成为吴伟业的心史。

第二节　戏曲功能论

我国的文学传统一直喜欢为文学赋予某种功能，如"文以载道"，是说文章要能够传达"道"，才会言之有物，成为好文章。如"诗言志"，是说诗歌要能表现作者的情志，抒发作者的感情，否则将成为言之无物的文字垃圾。那么，戏曲应承担什么功能呢？

从早期的戏曲作品来看，大部分戏曲作品来自民间传说、奇闻轶事，如宋元南戏《白兔记》来自民间传说中刘知远建立北汉的故事；

戏文《赵贞女蔡二郎》同样取材于民间传说，也有人认为是用来讽刺某人的轶事；元杂剧《倩女离魂》取材于唐传奇《离魂记》；《西厢记》取材于唐传奇《莺莺传》。这些戏曲作品所表现的故事无一例外都具有一定的传奇性，戏曲作者（有时是民间集体作者或者假托于某人）利用普通民众的猎奇心理，将本具有传奇性的故事进行敷演，利用舞台演出的形式，向观众传播传奇故事。那么，最终目的是什么呢？大部分的戏曲作品与爱情故事有关，因此，封建卫道士们极力反对戏曲作品的传播和舞台演出，认为戏曲会"诲淫诲盗"，败坏世风。实际上，通过戏曲的演出和戏曲作品的传播，普通民众也受到了一定的感染和教化，如《窦娥冤》中社会不公的控诉，通过窦娥的悲惨命运和号哭的形式展现出来，会使大众受到极大的感染；《西厢记》中男女对美好爱情的追求，通过舞台表演的形式表现，会使民众对这种爱情产生一定的向往之情。戏曲这种大众喜闻乐见的形式在促进新思想的传播方面确实有独到的功用。因此，在明代初年，文人有目的地结撰一些戏曲作品，如邵璨的《香囊记》，宣扬封建礼教，希望民众服从于封建礼教的教化。虽然这类作品在艺术性上缺乏新意，但其劝世的目的是显而易见的。明代中叶产生了一批以时事为创作对象的戏曲作品，如王世贞的《鸣凤记》，这类作品以批判权奸、弘扬社会正义为目的，在劝世的同时还促使受众对历史进行反思。

吴伟业对戏曲的功能也有比较清醒的认识，他认为，戏曲的主要功能是感染、劝世和反思。

一　感染

吴伟业在《北词广正谱序》中对戏曲的感染功能做了描述，他认为，作者可以在戏曲作品中有所寄托，借古人之口吻，抒发自己的抑郁牢骚。这种寄托"令阅者不自觉其喜怒悲欢之随所触而生，而亦于是乎歌呼笑骂之不自己"①，作者寄托在戏曲中的思想感情与戏曲人物的感情融为一体，令读者受到感动，悲伤着人物的悲伤，欢乐着人物的欢乐，不能控制自己的感情，这就是戏曲感人的力量。

这种感染是因为戏曲作品中融入了作者的浓重感情，因此，作者在创作戏曲作品时，不能一味为创作而创作，单纯只为编撰故事，而是要像诗歌创作一样，将作者的感情完美融合在戏曲作品中，借助一定的形式来表现，才能真正达到感人至深的目的。

二　劝世

吴伟业在《杂剧三集序》中对戏曲作品进行了二元化分类：秉贞气所创作的为表现忠孝节烈之事的作品；秉淫气所创作的为表现放荡邪慝之事的作品。这两类作品是戏曲世界中缺一不可的，如《诗经》中不仅有"大雅""小雅""颂"等表现礼仪规范和歌颂先王功德的作品，还有"国风"中表现普通民众感情的作品，尤其是"郑风""卫风"等表现男女爱情的作品。戏曲作品中不仅有《清忠谱》《鸣凤记》等弘扬正气的作品，还有《西厢记》《倩女离魂》等表现青年男女努力争取爱情的作品（也就是表现放荡邪慝之事的作品）。后一类作品既然能够得以流传，自有其合理性和必然性。如果说《清忠谱》等作品是正面指导人们应该做什么，那么《西厢记》等作品也"可以为鉴，可以为劝者也"。在吴伟业生活的时代，将张生、崔莺莺私下定情当成不合乎礼教的事情，是受到社会认知局限的。

值得肯定的是，吴伟业并未将表现放荡邪慝之事的戏曲作品看作错误的、应明令禁止的，而是以如今所谓的辩证法的角度出发，认为

---

① 吴伟业：《吴梅村全集》，李学颖集评标校，上海古籍出版社1990年版，第1213页。

凡是存在的，必有其合理性，承认了这类作品存在的意义，即可以劝世，可以作为借鉴。

三　反思

优秀的文学作品，不仅可以让读者感受到其中的美感，还会提供反思的力量，促使读者进行思考。吴伟业认为，优秀的戏曲作品，尤其是反映时事的作品，会给人提供反思历史的视角。他在《清忠谱序》中详细论述了戏曲的这一功能。李玉的《清忠谱》讲述的是明末阉党擅权、清流士人奋起反抗、市井民众维护正义的故事。明末清初书写这一题材的作品很多，李玉的《清忠谱》出现最晚，但吴伟业认为，《清忠谱》"事俱按实……目之信史可也"①，塑造了周顺昌、颜佩韦等忠烈的形象，周顺昌可以与当时的清流文震孟相辉映。吴伟业由此想到，崇祯帝即位后，虽一直兢兢业业、焦劳勤政，但其为人猜忌，刚愎自用，始终没有改变明王朝衰弱的局势。其实，明代灭亡更深层的原因可以追溯到魏忠贤擅权，阉党附逆，败坏了朝政之风。如果文震孟在崇祯朝不被罢官，以其人格和能力，或许可能挽救明末的颓势。但历史不能重来，所以《清忠谱》在劝世的同时，可以让文人们对历史不断进行反思，防止历史重演。

第三节　戏曲流变论

一代有一代之文学，我们通常说"唐诗""宋词""元曲""明清小说"，即每一朝代的文学自有其代表文体。戏曲产生时间目前尚存争论。

---

① 吴伟业：《吴梅村全集》，李学颖集评标校，上海古籍出版社1990年版，第1216页。

若从表演形式考察，则可追溯到汉代的百戏，甚至更早的祭祀传统。但真正从现代戏曲概念来考察，则其产生时间基本可定为宋元时期。南宋年间，即已出现现在所谓的南戏作品，如《赵贞女蔡二郎》等。元代出现关汉卿、郑光祖、马致远、王实甫等元曲四大家，代表作品《窦娥冤》《倩女离魂》《汉宫秋》《西厢记》流传千古。明代初期杂剧、传奇并行，后期昆腔传奇占据上风。在吴伟业生活的时代，演剧之风很盛。

但戏曲是如何产生的？古代文人多从"曲"的概念论述戏曲的产生，而忽视了"戏"的概念。如明代中期的李开先认为，"今之乐，犹古之乐也"（《西野游春词序》）①，今天的戏曲与古乐一脉相承，"今乐"是"古乐"在今天的特殊表现形式，但其感动人心的内核是一致的。吴伟业的认识与此也有类似的成分。他认为，文学形式由四言发展至五七言，再发展至词（诗馀），发展至曲，北曲发展为南曲，都是不同时代风尚在文学上的反映。"其言益长，其旨益畅"②，文学形式越复杂，敷演的语言越多，要表达的思想感情也就越清晰。他在《北词广正谱序》中开头即说："今之传奇，即古者歌舞之变也；然其感动人心，较昔之歌舞更显而畅矣。"③ 在这里，吴伟业一方面看到了戏曲的起源，认为戏曲是由古代的歌舞逐渐发展而来的，这与我们梳理戏曲发展史时寻找戏曲的源头是一致的。戏曲虽由歌舞表演发展而来，但与歌舞表演又有所不同，是因为戏曲与歌舞表演相比，在感动人心方面更显达明畅。吴伟业在这里显然是看到了戏曲"代言体"形式的优势："白"（对白、自白、旁白等）加歌唱、舞蹈的形式显然要比单纯的歌舞更形象，更容易让市井小民明白作者所要表达的感情。歌舞毕竟带有某

---

① 李开先：《李开先集》，路工辑校，中华书局 1959 年版，第 335 页。
② 吴伟业：《吴梅村全集》，李学颖集评标校，上海古籍出版社 1990 年版，第 1211 页。
③ 同上书，第 1213 页。

些抽象的意味，戏曲表演的程式化、舞台布景的形象化、"白"的口语化都是贴近生活、贴近民众的方式。因此，吴伟业是将"戏"和"曲"连在一起进行评价的，表达的是"戏曲"的概念而非单纯的"曲"的概念。

更进一步来说，吴伟业认为，作为戏曲内部的种类，无论是传奇还是杂剧，体式虽然不同，但是都"要于纵发欲言而止"（《杂剧三集序》）①。传奇也好，杂剧也罢，都是作者表达感情的一种载体，都能够将作者的感情淋漓尽致地表达出来。这与诗文讲究的中正平和、怨而不怒是完全不同的。所以说，吴伟业看到了社会发展与文学体式之间的关系，认为不同的社会会产生不同的文学体式。文学是向前发展的，戏曲与其他文学体式的宗旨是一样的，都是要感动人心，但其感动人心的程度是不同的。在他生活的社会背景中，作者和受众都需要这种长篇的、能够感动人心的文学形式，对作者来说可以消除胸中块垒，对受众来说可以感染到作者的感情，与戏曲中人物的感情形成共鸣，从而达到感人、劝世、反思的目的。

既然戏曲是出于抒发情感的需要，那么戏曲与其他文学形式有什么区别呢？这就是吴伟业所谓的"曲亦有道也：世路悠悠，人生如梦，终身颠倒，何假何真？若其当场演剧，谓假似真，谓真实假，真假之间，禅家三昧，惟晓人可与言之"②。戏曲作为一种"代言体"形式，其最不同于诗词文的特点就是现场演剧的形式，演员本非剧中人，但剧中人又必须依靠演员才能呈现。演员呈现的是一个虚拟的时空，在此时空中，暂时告别自己，成为剧中人，依照演剧的逻辑行事。这是诗歌等文体不能比拟的。吴伟业善于作诗，在诗歌中他可以写作已经发生的事

---

① 吴伟业：《吴梅村全集》，李学颖集评标校，上海古籍出版社 1990 年版，第 1211 页。
② 同上书，第 1212 页。

情，用的是讲故事的口吻，无论讲故事的人是谁，都是用语言来呈现故事发生的场景，始终是讲述的状态，而不能做到代言模拟，即现场呈现。因此，也就不存在讲故事的人与作者孰真孰假的问题。但这却成为戏曲中的一个问题：演员演绎的是否就是剧中人？或者演绎的成分中哪些是真，哪些是假？吴伟业在这里卖了一个关子：真假只有"晓人"才能知道。

其实，结合吴伟业的其他文字，还是能找出头绪的。他在为李玉《清忠谱》所作的序中指出，《清忠谱》"事俱按实"，可目为信史。但其自己的作品《秣陵春》却是托诸鬼魂之事，令人疑惑其真假性。他自己则说，"余端居无聊，中心烦懑，有所彷徨感慕，仿佛庶几而将遇之，而足将从之，若真有其事者"①，则剧中所言之事为假已可知。但我们前面已指出过，《秣陵春》取材于《南唐书》，大部分人物都有依据，并且作者在剧中抒发了真实的感情，所以，其情也是按实的，也可以视为当时明遗民心态的信史。这样，就可以揭开谜底了：戏曲为了更流畅地传情而生，其中的故事情节可真可假，但字里行间流露出作者的感情却是真实的。现场演剧的演员，敷演的是自身而外的故事，但却要将自己当作剧中人，真实地敷演出作者寄予其中的感情。

那么，为什么无论事情真假，皆可入戏呢？吴伟业认为，天地造物，即有阴、阳两气，分别代表贞、淫两种状态。贞者为忠孝节烈，淫者为放荡邪慝。这在文人笔下就成为情状万殊的存在。既然世间有其事，则不能禁止其流传。放在戏曲的范畴中同样如此，演绎忠孝节烈的作品，如《清忠谱》等，可以为劝；而演绎男女情事的作品，如《西厢记》等，则可以为鉴。但这是吴伟业作为文人的思考。戏曲产生于民间，市井小民对于男女情事津津乐道，"十部传奇九相思"，在流传过程

---

① 吴伟业：《吴梅村全集》，李学颖集评标校，上海古籍出版社1990年版，第728页。

中，反而成为绝好一桩公案。在《秣陵春》中，吴伟业并未过度渲染徐适、黄展娘的情事，反而将二人之情看作长辈撮合的结果，重点抒发的是故国之思、明亡之痛。可以看出，吴伟业在思索明亡原因过程中，将明末出现的情欲、自由思潮也当成了反思内容，自觉将其归入放荡邪慝范围，将其视为诗人鉴戒的对象。这或许也是一种矫枉过正吧。

参考文献

文集：

（清）吴伟业著《吴梅村全集》，李学颖集评标校，上海古籍出版社1990年版。

（清）吴伟业著《吴梅村词笺注》，陈继龙笺注，上海古籍出版社2008年版。

（清）吴伟业著《吴梅村诗选》，叶君远选译，人民文学出版社2000年版。

（清）汤显祖著《汤显祖戏曲集》，钱南扬校点，上海古籍出版社2010年版。

（清）梁辰鱼著《梁辰鱼集》，吴书荫编集校点，上海古籍出版社2010年版。

（清）洪升：《长生殿》，敦煌文艺出版社2011年版。

（清）孔尚任著，梁晨点校：《桃花扇》，敦煌文艺出版社2011年版。

（清）侯方域：《壮悔堂集》，四部备要本，1981年影印本。

（清）钱谦益：《牧斋有学集》，上海古籍出版社1996年版。

（清）蒋景祁编《瑶华集》，中华书局1982年版。

史籍：

（清）张廷玉等撰《明史》，中华书局 1977 年版。

赵尔巽等撰《清史稿》，中华书局 1977 年版。

（元）脱脱等撰《宋史》，中华书局 1961 年版。

（唐）魏徵等撰《隋书》，四部备要本，（台湾）中华书局 1981年版。

（清）计六奇：《明季南略》，任道斌、魏得良点校，中华书局 1984年版。

（清）计六奇：《明季北略》，任道斌，魏得良点校，中华书局 1984年版。

（明）谈迁：《北游录》，中华书局 1997 年版。

《清实录》，中华书局 1985 年影印本。

小横香室主人编《清朝野史大观》，上海科学技术文献出版社 2010年版。

今人专著：

周光培编《清代笔记小说》48 之王家桢《研堂见闻杂录》，河北教育出版社 1996 年版。

傅璇琮、徐海荣、徐吉军主编《五代史书汇编》，九州出版社 2004年版。

邓长风：《明清戏曲家考略》，上海古籍出版社 2009 年版。

郭英德：《明清传奇戏曲文体研究》，商务印书馆 2004 年版。

吴梅：《中国戏曲概论》，冯统一点校，中国人民大学出版社 2011 年版。

郭英德：《明清传奇史》，江苏古籍出版社 1999 年版。

［日］青木正儿：《中国近世戏曲史》，王古鲁译著，中华书局 2010年版。

郭英德：《明清文人传奇研究》，北京师范大学出版社 2001 年版。

胡忌、刘致中：《昆剧发展史》，中国戏剧出版社 1989 年版。

陆萼庭：《昆剧演出史稿》，国家出版社 2002 年版。

卢前：《明清戏曲史》，岳麓书社 2011 年版。

中国戏曲研究院：《中国古典戏曲论著集成》，中国戏剧出版社 1959 年版。

许建中：《明清传奇结构研究》，中州古籍出版社 1999 年版。

徐朔方：《晚明曲家年谱》，浙江古籍出版社 1993 年版。

傅晓航：《戏曲理论史述要》，文化艺术出版社 1994 年版。

赵景深：《明清曲谈》，古典文学出版社 1957 年版。

刘水云：《明清家乐研究》，上海古籍出版社 2005 年版。

钱仲联：《梦苕盦专著二种》，中国社会科学出版社 1984 年版。

冯其庸、叶君远著《吴梅村年谱》，文化艺术出版社 2007 年版。

黄锦珠：《吴梅村叙事诗研究》，花木兰文化出版社 2008 年版。

白一瑾：《明清鼎革中的心灵史——吴梅村叙事诗人物形象研究》，天津人民出版社 2008 年版。

叶君远：《吴梅村传》，人民文学出版社 2012 年版。

叶君远：《吴伟业评传》，首都师范大学出版社 1999 年版。

叶君远：《清代诗坛第一家：吴梅村研究》，中华书局 2002 年版。

叶君远：《吴伟业与娄东诗传》，吉林人民出版社 2000 年版。

陈光莹：《吴梅村讽喻诗研究》，花木兰文化出版社 2009 年版。

徐江：《吴梅村研究》，首都师范大学出版社 2001 年版。

王振羽：《梅村遗恨：诗人吴伟业传》，江苏教育出版社 2006 年版。

高章采：《官场诗客》，中华书局 2004 年版。

王建生：《增订本吴梅村研究》，文津出版社 2000 年版。

施祖毓：《吴梅村钩沉》，天马图书有限公司 2003 年版。

薛若邻：《尤侗论稿》，中国戏剧出版社 1989 年版。

孙利平：《吴伟业其人与明清文化传播》，云南大学出版社 2011 年版。

黎国韬、周佩文著《梁辰鱼研究》，中山大学出版社 2007 年版。

徐坤：《尤侗研究》，上海文化出版社 2008 年版。

王于飞：《吴梅村生平创作考论》，重庆出版社 2003 年版。

孙利平：《吴伟业戏曲研究》，博士学位论文，南京大学，2002 年。

杨碧云：《吴伟业仕清心态考论》，硕士学位论文，南京师范大学，2006 年。

韩晓庆：《诗人吴梅村的政治心态与生命观》，硕士学位论文，苏州大学，2010 年。

期刊论文：

齐森华：《试论明代家乐的勃兴及其对戏剧发展的作用》，《社会科学战线》2000 年第 1 期。

俞为民：《明清戏曲创作倾向的变迁》，《中华戏曲》第 14 集。

徐世中：《论史官心态对吴梅村戏曲创作的影响》，《赣南师范学院院报》2010 年第 2 期。

沈亚丽：《吴梅村仕清心态新探——以其戏剧作品为中心》，《宿州教育学院学报》2010 年第 2 期。

郑志良：《吴梅村与汤显祖师承关系的文献考述》，《文献季刊》2009 年第 2 期。

冷桂军：《论吴梅村戏曲创作自叙传式的抒情性》，《艺术百家》2007 年第 2 期。

陆林：《清初戏曲家徐懋曙事迹考略》，《艺术百家》2006 年第 4 期。

顾启、姜光斗：《冒辟疆家乐班的戏剧活动》，《韩山师专学报》1984 年第 1 期。

顾启：《冒辟疆与吴伟业》，《南通师范学院学报》1997 年第 4 期。

施晔：《清代名伶三曲述略及士优男风文化解读——以〈王郎曲〉〈徐郎曲〉〈李朗歌〉为考察对象》，《浙江师范大学学报》2006 年第 5 期。

朱则杰：《〈秣陵春〉作期新考》，《杭州师范学院学报》1994 年第 2 期。

李玫：《〈长生殿〉中的〈弹词〉》，《名作欣赏》2010 年第 19 期。

李忠明：《吴伟业与王时敏父子交游考论》，《南京师范大学文学院学报》2006 年第 3 期。

施祖毓、洪丽慧：《吴梅村与卞玉京》，《厦门教育学院院报》2005 年第 3 期。

苏同炳：《说书大家柳敬亭》，《紫禁城》2010 年第 9 期。

谭坤：《祁彪佳与晚明曲家交游考》，《中华戏曲》2007 年第 1 期。

孙书磊：《明末清初传奇作期丛考》，《中华戏曲》2004 年第 2 期。

李忠明：《吴伟业与阮大铖交游考论》，《江苏社会科学》2009 年第 6 期。

邱江宁：《江南文化与吴伟业的戏曲创作》，《浙江社会科学》2008 年第 8 期。

白一瑾：《论清初贰臣士人的生存罪恶感》，《河北师范大学学报》2010 年第 5 期。

薛珊：《从吴伟业的戏曲创作看明末清初文人的历史意识和遗民心态》，《艺海》2012 年第 6 期。

党月异：《从清初戏曲看清初文人的儒家情怀》，《求索》2009 年第

9 期。

王良成：《词场角力名利之争——述论明代戏曲繁荣的另一个潜在原因》，《文化艺术研究》2009 年第 4 期。

施赛男：《从吴伟业隐居十年的作品看其仕清政治态度》，《乐山师范学院院报》2007 年第 3 期。

王永健：《大诗人的昆曲情结——论吴伟业的戏曲创作》，《东南大学学报》2009 年第 4 期。

周维培：《惆怅兴亡系绮罗——试论吴伟业的戏曲创作》，《艺术百家》1988 年第 1 期。

李玫：《悲歌一曲为谁吟——读〈圆圆曲〉》，《名作欣赏》2010 年第 1 期。

周金声、李秀成：《悲剧人物吴梅村》，《喀什师范学院学报》1992 年第 4 期。

李玫：《从小说〈紫荆树〉到小戏〈打灶王〉——一个古老题材演变中传统观念及习俗的变化》，《南都学坛》2011 年第 2 期。

王于飞：《从〈临春阁〉到〈秣陵春〉——吴梅村剧作与清初士人心态的变迁》，《浙江学刊》2001 年第 2 期。

施祖毓：《读吴三札》，《漳州师范学院院报》2002 年第 4 期。

朱则杰：《读吴伟业诗词曲》，《浙江大学学报》1994 年第 1 期。

孙丽华：《杜子春故事所体现的小说趣味漂移》，《齐鲁学刊》2009 年第 3 期。

刘志宏：《略论明清昆腔传奇的角色理论模式》，《中国戏曲学院学报》2010 年第 4 期。

皋于厚：《古代小说、戏曲的相互渗透及小说戏剧化手法的演进》，《艺术百家》1999 年第 4 期。

董乃斌、季孝弟：《关于文学史类型的思考》，《华中师范大学学报》2007 年第 3 期。

李忠明：《计东〈上太仓吴祭酒书〉涉及的若干史实考释》，《南京师范大学文学院学报》2008 年第 4 期。

张英：《论明代南京戏曲表演的特色及其成因》，《河南大学学报》2010 年第 4 期。

俞为民：《论明代戏曲的文人化特征》（上），《东南大学学报》2002 年第 1 期。

俞为民：《论明代戏曲的文人化特征》（下），《东南大学学报》2002 年第 2 期。

吕靖波、张文德：《论明代戏曲话语地位的历史变迁》，《徐州师范大学学报》2005 年第 3 期。

白一瑾：《论清初贰臣士人"两截人"的处境心态》，《北方论丛》2010 年第 1 期。

范秀君：《论清初南北贰臣文人愧疚自赎心态的差异及成因》，《扬州大学学报》2011 年第 3 期。

张鹏飞：《论汤显祖戏曲"梦幻叙事"范式的文化情韵》，《东华理工大学学报》2010 年第 2 期。

杨惠玲：《论晚明家班兴盛的原因》，《南京师范大学学报》2005 年第 1 期。

聂付生：《论晚明戏曲演出的传播体系》，《艺术百家》2005 年第 3 期。

黄天冀：《论吴梅村的诗风与人品》，《文学评论》1985 年第 2 期。

叶君远：《论吴梅村仕清后的政治态度》，《中国韵文学刊》1987 总第 1 期。

江合友：《论吴梅村戏曲的多重混成情境》，《艺术百家》2006 年第

3 期。

徐世中：《论吴梅村与岭南文化》，《西华师范大学学报》2010 年第
6 期。

曾垂超：《论吴伟业的戏曲创作——兼评案头戏》，《厦门教育学院
学报》2003 年第 2 期。

杜桂萍：《论吴伟业对戏曲文体的选择》，《江汉论坛》2003 年第
6 期。

张娟：《论吴伟业〈秣陵春〉中的感伤主义》，《齐齐哈尔师范高等
专科学校学报》2007 年第 6 期。

徐坤、孔剑扬：《论尤侗戏曲的文人化形式》，《戏剧文学》2006 年
第 2 期。

叶桂桐：《论中国古代小说戏曲诗歌的互动》，《烟台大学学报》
2002 年第 2 期。

董乃斌：《论中国文学史抒情和叙事两大传统》，《社会科学》2010
年第 3 期。

朱黎明、王亚菲：《论中国戏曲表演叙事》，《艺术百家》2009 年第
2 期。

李克：《论"清初江南遗民曲家群"》，《宜宾学院学报》2008 年第
2 期。

王珍珠：《漫将苦调谱哀弦——析吴伟业戏曲作品中的精神蕴涵》，
《安徽文学》2009 年第 4 期。

黄语：《冒襄文人雅集对家乐戏曲的影响》，《河北学刊》2010 年第
2 期。

尹丽丽：《明末戏曲散出选本中的〈浣纱记〉》，《艺术百家》2010
年第 1 期。

曾琳：《明末清初传奇戏曲中的文化内涵探析》，《江西行政学院学报》2005 年 S1 期。

徐朔方、孙秋克：《明代清曲的创作和发展》，《昆明师范高等专科学校学报》2003 年第 3 期。

吴书荫：《明代戏曲文学史料概述》，《文献》2004 年第 1 期。

张维青：《明代戏曲形态流变》，《齐鲁艺苑》2011 年第 2 期。

孙丽华：《明代通俗小说中"女人祸水"主题的解读》，《明清小说研究》2008 年第 4 期。

徐子方：《南戏传奇化与传奇昆曲化》，《浙江万里学院学报》2006 年第 1 期。

张宇：《清初遗民戏曲文学研究》，《文化艺术研究》2010 年第 3 期。

孙书磊：《清初杂剧的旗帜——试论吴伟业的杂剧史剧艺术》，《艺术百家》2007 年第 1 期。

陈美林：《清代三部以南京为场景的传奇》，《艺术百家》2004 年第 1 期。

张增元：《清代戏曲作家考略》，《文献》1994 年第 1 期。

江合友、胡宪丽：《情感的双声重奏——论吴梅村〈秣陵春〉传奇的隐喻修辞》，《西南交通大学学报》2006 年第 5 期。

杨柳：《人鬼情未了——浅析〈牡丹亭〉中的爱情模式及其文化成因》，《安徽文学》2010 年第 6 期。

徐坤：《三百年来尤侗研究综述》，《中华戏曲》2008 年第 2 期。

刘敏：《试析〈秣陵春〉的"诞"》，《思想战线》1998 年第 2 期。

傅瑛：《大别山名人苏昆生》，《信阳师范学院学报》2002 年第 1 期。

张宗原：《谈迁和吴伟业》，《华东理工大学学报》1994 年第 Z1 期。

李玫：《特殊的"家人"和特殊的献身——明清之际苏州作家群

"义仆戏"论析》,《文学遗产》1995 年第 3 期。

戴健:《晚明优人与戏剧之场上传播》,《扬州大学学报》2004 年第 5 期。

程宇昂:《王紫稼生卒年考》,《韶关学院学报》2007 年第 8 期。

陈雨人:《吴梅村的两难——由一种历史现象引出的话题》,《戏剧艺术》1996 年第 2 期。

施祖毓:《吴梅村三上京师勘实》,《闽江学院学报》2004 年第 1 期。

冯其庸:《吴梅村年谱序》,《苏州大学学报》1986 年第 3 期。

施祖毓:《吴梅村三上京师所面临的局势及其自我防护》,《西北师范大学学报》2003 年第 4 期。

陈茹:《吴梅村仕清浅论》,《温州师范学院学报》2002 年第 2 期。

叶君远:《吴梅村:清代诗坛第一家》,《阅江学刊》2010 年第 1 期。

郭英德:《吴伟业〈秣陵春〉传奇作期新考》,《清华大学学报》2012 年第 6 期。

张怡冰:《通天台创作时间考辨》,《赤峰学院学报》2011 年第 6 期。

冯沅君:《清代戏剧研究札记》,《许昌师专学报》1989 年第 2 期。

蒋寅:《清初江南诗学散论——以吴梅村、尤侗、汪琬为中心》,《江淮论坛》2011 年第 3 期。

任聪颖:《失节遗民的自赎——以钱谦益、吴伟业为例》,《湖北民族学院学报》2014 年第 4 期。

郭修敏:《吴伟业失节后的心灵悲歌》,《当代教育理论与实践》2011 年第 6 期。

后　记

　　吴伟业是明末清初著名的诗人、戏曲家、书画家，其独创的"梅村体"诗歌宗法唐诗，学习"初唐四杰"、元白、杜甫、李商隐等唐代名家，又能熔铸成自己的风格，在明清易代的大动荡中，着眼于重大历史事件，用一系列人物将改朝换代之际的幻灭感、悲剧感勾画出来，形成"梅村体"诗歌错彩镂金、感均顽艳的风格，为后世所宗法、研究。

　　在文学史上，"梅村体"诗歌所占的比重显然要比吴伟业创作的三部戏曲作品《秣陵春》《通天台》《临春阁》重得多。但吴伟业作为一个完整的人，不仅是明崇祯朝的翰林院编修、东宫侍讲，还曾被迫仕清，成为被人不齿的"半截人"。从被迫仕清的经历看，吴伟业显然不是傅山、冒襄等响当当的明遗民，即使以死相迫，也绝不仕清；但他又绝对不是钱谦益、龚鼎孳等主动仕清之流。因此，他变成了腰杆子硬的明遗民和膝头软的由明入清的士大夫之间的第三种人，他曾向朋友发愿绝不仕清，但事到临头，又变成了临阵逃脱者。他既在坚持为明守节的明遗民群中失去了话语权，也未从清廷得到任何实际的好处，始终处于悔恨万分的心理折磨中。这种心理折磨反映到诗歌中，是"我本淮王旧鸡犬，不随仙去落人间""浮生所欠只一死，尘世无由识九还"，我们看到的是一个时时活在悔恨愧疚中的吴伟业。

戏曲作为一种通俗文学，之所以能在文学领域中占有一席之地，与其代言体特点所决定的抒发情感的多样性有很大关系。从已经考证得知的吴伟业创作戏曲作品的大致时间来看，基本上是在明亡后到仕清前，这一时期同时也是"梅村体"诗歌的成熟时期。吴伟业在"梅村体"诗歌中以旁观者和全能者的角度，不断对诗中的人物经历发表议论，将自己的感情融入其中，使读者能够体会到其中的沧桑幻灭感。而在其戏曲作品中，这种情感也有所体现，且换了一种形式，不再是诗中旁观者的角度，而是借戏曲人物之口道出。但戏曲中的人物也并非作者简单的传声筒，而是由自己所处的立场、经历决定的，这就把人物的情感与作者的情感很好地结合在一起。戏曲作品中除兴亡之感外，还有浓重的抉择困难，这与吴伟业仕清之前的心态是可以相互印证的。

本书是在我博士学位论文的基础上修改而成。我硕士、博士均在中国社会科学院就读，师从李玫教授，研究中国古代戏曲史。之所以选择吴伟业作为写作对象，是因业内在 2008 年左右，对吴伟业的研究仍集中在其诗歌方面，对戏曲作品涉猎较少。因此我选择将吴伟业的戏曲单独进行研究，梳理了他与戏曲有关的交游，对其戏曲作品进行了细读，从史料中一一进行分析，自认做了一些分内之事。但在 2008 年至 2016 年之间，已经有不少学者开始对吴伟业本人尤其是其戏曲作品感兴趣，并结撰了不少论文。我一贯懒散，并未认识到早些发表文章的重要性，现在一看，一些成果已经问世，且不乏观点相似者。我用了五年的时间写作博士学位论文，李玫老师也为其倾注了大量精力，在抱歉之余，更希望能早一些将此文出版，以为慰藉。

读博期间，我同时步入职场，身为人妻、人母，用在研究上的时间少了很多，查阅资料也变成了困难之事。多谢刘玲华师姐、张媛老师为我借来书籍，送书上门。多谢师兄王小岩对我学术上的指导。也多谢我的先生，在我无暇照顾家庭之际的付出。更该感谢的是李玫老师，虽工作繁忙，仍对我的请教有求必复，并为本书撰写序言。

世间值得感恩之处太多，来不及一一道谢，又该启程。我会将种种记在心间，继续今后的漫漫长路。

2016 年 6 月 10 日